JOHANNA LINDSEY es una de las autoras de ficción romántica más populares del mundo, con más de sesenta millones de ejemplares vendidos. Lindsey es autora de cuarenta y seis *best sellers*, muchos de los cuales han sido número uno en la lista de los libros más vendidos del *New York Times*. Vive en Maine con su familia.

ZETA

Título original: *Say You Love Me*
Traducción: Mª Eugenia Ciocchini
Ante la imposibilidad de contactar con el autor de la traducción, la editorial pone a
su disposición todos los derechos que le son legítimos e inalienables.
1.ª edición: octubre 2011

© 1996, Johanna Lindsey
© Ediciones B, S. A., 2011
 para el sello Zeta Bolsillo
 Consell de Cent, 425-427 - 08009 Barcelona (España)
 www.edicionesb.com

Printed in Spain
ISBN: 978-84-9872-543-8
Depósito legal: B. 24.787-2011

Impreso por LIBERDÚPLEX, S.L.U.
Ctra. BV 2249 Km 7,4 Polígono Torrentfondo
08791 - Sant Llorenç d'Hortons (Barcelona)

Dime que me amas

JOHANNA LINDSEY

ZETA

1

Ese sitio que iba a presenciar la venta de la muchacha al mejor postor no estaba mal. Era limpio y estaba decorado con elegancia. La recepción donde la hicieron pasar primero podría haber pertenecido a la casa de cualquiera de los amigos de su familia. Era una casa cara, en una de las mejores zonas de Londres y se la denominaba, con cierta cortesía, la Casa de Eros. Era un lugar de pecado.

Kelsey Langton todavía no podía creer que estaba allí. Desde el momento en que traspuso la puerta, sentía el estómago revuelto de miedo y aprensión. Y, sin embargo, estaba allí por su propia voluntad. Nadie la había obligado a entrar mientras ella pateaba y gritaba.

Lo más increíble fue que no tuvieron que obligarla a ir, ella había aceptado hacerlo... más bien aceptó que era la única posibilidad. La familia necesitaba dinero —mucho dinero—, para evitar que la echaran a la calle.

¡Si hubiese habido tiempo para hacer planes...! Hasta casarse con un desconocido habría sido preferible para ella. Pero, sin duda, el tío Elliott tenía razón cuando señaló que ningún caballero con los recursos suficientes para ayudar habría estado de acuerdo en casarse en pocos días, aunque se pudiese conseguir una licencia especial. El matrimonio era algo demasiado permanente para precipitarse sin pensarlo con sumo cuidado.

Pero estos... bueno, estos caballeros adquirían a menudo amantes nuevas sin pensarlo demasiado, a sabiendas de que eran tan costosas como una esposa, si no más. La gran diferencia residía en que, si bien era fácil conseguir una amante, también era fácil deshacerse de ella, sin el interminable papeleo legal y el consiguiente escándalo.

Ella iba a ser la amante de alguien. No la esposa. Y, sin embargo, Kelsey no conocía en persona a ningún caballero con el que pudiera casarse, y menos uno dispuesto a saldar las deudas del tío Elliott. En Kettering, donde había crecido, tuvo muchos pretendientes antes de La Tragedia, pero el único que tenía un ingreso importante se había casado con una prima lejana.

Todo había ocurrido de manera vertiginosa. La noche anterior, Kelsey bajó a la cocina antes de acostarse, como era su costumbre, a fin de calentar un poco de leche para que le resultara más fácil conciliar el sueño. Desde el momento en que ella y su hermana Jean habían ido a vivir con la tía Elizabeth, tenía dificultades para dormirse.

El insomnio no tenía nada que ver con el hecho de dormir en una casa diferente, ni con la tía Elizabeth. La tía era una mujer afectuosa, la única hermana de la madre de ellas, amaba a las sobrinas como si fuesen sus propias hijas, y las había recibido con los brazos abiertos, con toda la simpatía que tanto necesitaban, después de La Tragedia. No, lo que perturbaba el sueño de Kelsey eran las pesadillas, los vívidos recuerdos y la obsesión de que ella habría podido evitar La Tragedia.

Meses atrás, cuando por fin advirtió las ojeras bajo los ojos grises de Kelsey, la tía Elizabeth le sugirió que probase con leche tibia y, además, le sonsacó con delicadeza el motivo. En efecto, la leche ayudaba... casi siempre. Se había convertido en un ritual nocturno y, como por lo general a esa hora la cocina estaba vacía, no molestaba a nadie. Hasta la noche anterior...

La noche anterior, encontró al tío Elliott sentado ahí, junto a una de las mesadas, y no ante un bocadillo de última hora sino ante una solitaria botella, bastante grande, de fuerte licor. Kelsey nunca lo había visto beber más que el único vaso de vino que la tía Elizabeth permitía con la cena.

La tía no aprobaba la bebida y, por lo tanto, no tenía alcohol en la casa. Pero, dondequiera hubiese conseguido el esposo esa botella, ya estaba más que mediada, y el efecto que le provocaba era apabullante. Estaba llorando. Se sacudía en silenciosos sollozos, con la cabeza entre sus manos mientras las lágrimas caían sobre la mesa y se estremecían sus hombros. Kelsey entendió las razones de la tía para no querer bebida espirituosa en la casa.

Pero pronto descubriría que no era la bebida lo que acongojaba a Elliott de ese modo. No, estaba ahí sentado, suponiendo que nadie lo molestaría, mientras consideraba la posibilidad de matarse.

Desde entonces, Kelsey se había preguntado muchas veces si, en verdad, habría tenido el valor de hacerlo si ella se hubiese retirado en silencio. Nunca le había parecido un hombre demasiado valiente sino, más bien, algo gregario y, por lo general, bastante jovial. Y, al fin y al cabo, fue su aparición la que le inspiró una solución a sus problemas, una solución que, en otras circunstancias no habría pensado, que sin duda *ella* no habría pensado jamás.

Y lo único que Kelsey hizo fue preguntar:

—Tío Elliott, ¿qué te pasa?

El hombre giró con brusquedad y la vio de pie detrás de él, vestida con el camisón de cuello alto y la bata, llevando la lámpara que siempre traía consigo cuando bajaba. Por un momento, el hombre se quedó atónito, pero luego dejó caer la cabeza entre las manos, murmuró algo que la muchacha no pudo entender y ella tuvo que pedirle que lo repitiese.

Entonces, levantó un poco la cabeza y dijo:

—Vete, Kelsey, no debes verme así.

—Está bien, no hay problema —le dijo con suavidad—. ¿Quieres que vaya a buscar a tía Elizabeth?

—¡No! —dijo con tanta vehemencia que la sobresaltó y, luego, con más calma pero aún agitado, agregó—: Ella no aprueba que beba... y... y... no lo sabe.

—¿No sabe que bebes?

No le respondió de inmediato, pero Kelsey supuso que eso era lo que quería decir. La familia siempre supo que Elliott era capaz de hacer cualquier cosa para evitar que Elizabeth viviera situaciones desagradables, incluso las que él mismo causaba.

Elliott era un hombre fornido, de facciones que mostraban franqueza y pelo casi completamente encanecido, que se acercaba a los cincuenta años. Nunca había sido apuesto, ni aun de joven, pero Elizabeth, la más bonita de las dos hermanas, y todavía hermosa a sus cuarenta y dos años, se casó con él. Hasta donde Kelsey sabía, aún lo amaba.

No habían tenido hijos en los veinticuatro años de matrimonio y, tal vez, por eso Elizabeth amaba tan tiernamente a las sobrinas. Una vez, la madre había comentado al padre de Kelsey que no se los podía culpar de no haberlo intentado, que sencillamente no estaban destinados a tenerlos.

Claro que Kelsey no debió de haberlo oído, pero en aquel momento la madre no advirtió que ella podía oírlos. Y a lo largo de los años, Kelsey había oído también a la madre comentar lo perpleja que la dejaban los motivos de la hermana para casarse con Elliott, que era poco agraciado y no tenía fortuna, considerando que Elizabeth tenía muchos otros candidatos más apuestos y ricos para elegir. Además, Elliott era comerciante.

Pero ese era problema de Elizabeth y, seguramente, la tendencia a proteger siempre a los humildes debió de haber pesado en su elección... o no. La madre de Kelsey también solía decir que nunca se sabía qué podía pasar con el amor y sus extrañas consecuencias, que jamás estaba ni estaría gobernado por la lógica, ni aun por la propia voluntad.

—No sabe que estamos arruinados.

Kelsey parpadeó, pues había pasado mucho tiempo desde que había hecho la pregunta y, además, no era la respuesta que esperaba. Más aún, no podía darle crédito. Tampoco podía ser la bebida la causa de su ruina social, pues numerosos caballeros —y damas también bebían en exceso en las reuniones que frecuentaban. Decidió seguirle la corriente.

—Por eso hiciste un poco de escándalo, ¿verdad? —lo regañó.

—¿Escándalo? —el tío pareció confundido—. Oh, sí, ya lo creo que habrá escándalo. Y Elizabeth jamás me perdonará cuando nos echen de esta casa.

Kelsey ahogó una exclamación, pero una vez más, sacó una conclusión errónea.

—¿La perdiste en el juego?

—Vamos, ¿por qué habría de hacer algo tan tonto? ¿Acaso crees que quiero terminar como tu padre? Quizá debería terminar así. De ese modo, por lo menos habría una mínima posibilidad de salvación, en cambio ahora no hay ninguna.

A esa altura, la que estaba confundida era Kelsey, más aún, incómoda. Los pecados pasados del padre y la evocación de lo que esos pecados habían provocado, la avergonzaban.

Sumida en un sonrojo que, seguramente, el tío no notó, dijo:

—No entiendo, tío Elliott. ¿Quién va a quitarnos la casa? ¿Y por qué?

Elliott dejó caer la cabeza otra vez entre las manos, tan avergonzado, a su vez, que fue incapaz de enfrentarla, y contó la historia. La muchacha tuvo que acercarse para poder oír lo que decía, y soportar, de ese modo, los vapores agrios del whisky. Cuando terminó, ella estaba tan impresionada que guardó silencio.

Era muchísimo peor de lo que había imaginado y, en verdad, se asemejaba a la tragedia de los padres de Kelsey, aunque ellos enfrentaron la situación de manera muy diferente. Pero, en cuanto a Elliott, no había tenido la fuerza de carácter para aceptar un fracaso, ajustarse el cinturón y seguir adelante.

Ocho meses antes, cuando ella y Jean fueron a vivir con la tía Elizabeth, Kelsey estaba demasiado abrumada por la muerte de sus padres para notar nada malo. Ni el hecho de ver al tío en la casa con más frecuencia de lo que solía le llamó la atención.

Llegó a la conclusión de que los tíos no creyeron necesario contar a las sobrinas que Elliott había perdido el empleo que tenía desde hacía veintidós años, y que estaba tan alterado por ello que, desde ese momento, no pudo conservar ningún puesto por mucho tiempo. Peor aún, tenían dos bocas más para alimentar, cuando casi no podían sostenerse a sí mismos.

Kelsey se preguntó si la tía Elizabeth conocería la magnitud de la deuda. Elliott había estado viviendo del crédito, práctica acostumbrada entre la gente acomodada, pero también era costumbre pagar esos créditos antes de que fuesen llevados a la Corte. Pero como no ingresaba dinero, ya había pedido prestado a todos los amigos que podía para mantener alejados a los acreedores. Ya no tenía a quién recurrir, y la situación había escapado de su control.

Iba a perder la casa de Elizabeth, que había pertenecido a la familia de Kelsey durante generaciones. Elizabeth la heredó, porque era la hermana mayor, y ahora los acreedores amenazaban con arrebatársela en un término de tres días.

Por eso Elliott bebía hasta descomponerse, esperando encontrar en la botella el coraje para poner fin a su vida, porque no se atrevía a enfrentar lo que sucedería en los próximos días. Él tenía la responsabilidad de sostenerlas —por lo menos a la esposa—, y había fracasado.

Claro que matarse no era una solución. La sobrina le señaló cuánto peor sería para Elizabeth si, además del desalojo, tenía que enfrentar también un funeral. Ella y Jean ya habían soportado un desalojo, aunque en aquel momento tenían a dónde ir. Esta vez, en cambio... Kelsey no podía permitir que sucediera de nuevo. Ahora, la hermana era su responsabilidad. Ella tenía que encargarse de que fuese bien criada, que tuviera un techo decente sobre la cabeza. Y si para eso tenía que...

No supo bien cómo surgió la idea de venderse. Primero, Elliott le dijo que había pensado en casarla con el que hiciera la mejor propuesta, pero había postergado tanto tiempo abordar ese tema, que ahora era demasiado tarde para bodas, y le explicó que algo tan importante tenía que ser reflexionado a fondo, y no podía resolverse en unos días.

Tal vez fue la bebida lo que le soltó la lengua, lo cierto fue que procedió a relatarle lo sucedido a un amigo que, hacía muchos años, había perdido todo, y cómo la hija había salvado a la familia vendiéndose a un viejo depravado, que valoraba la virginidad, y que había estado dispuesto a pagar muy bien por ella.

Luego, casi en el mismo impulso, le contó que había encarado a un caballero que él conocía muy bien para ver si estaría interesado en una esposa joven. La respuesta recibida había sido:

—No me casaría con la chica, en cambio, necesito una nueva amante. Si ella está dispuesta, pagaría unas libras...

Así fue cómo se inició la conversación sobre amantes comparadas con esposas, y sobre cómo los señores ricos pagaban muy bien por una amante joven y nueva para exhibir ante los amigos, sobre todo si esa muchacha todavía no había hecho la ronda pasando por esos amigos, y mucho mejor si ella no participaba del acuerdo.

Dejó bien plantadas las semillas, exhibió ante ella la solución, sin pedirle, directamente, que se sacrificara. Kelsey ya estaba horrorizada por esa conversación sobre amantes y angustiada por la situación, por el modo en que los afectaría pero, sobre todo, desesperada por Jean y por el grado en que esto arruinaría sus posibilidades de hacer, algún día, un matrimonio decente.

Era posible que Kelsey consiguiera un empleo, pero difícilmente serviría más que para sobrevivir, en especial si asumía la responsabilidad de mantenerlos a todos. No lograba imaginarse a la tía Elizabeth trabajando y, en cuanto a Elliott, había demostrado, de manera patética, que no se podía contar con él, ya que no era capaz de conservar un empleo mucho tiempo.

Imaginar a la hermana menor obligada a mendigar en las calles para colaborar la impulsó a preguntar, en un susurro mortificado:

—¿Conoces a algún hombre que esté dispuesto a...

a pagar bastante bien si yo... si yo acepto convertirme en su querida?

Cuando le respondió, la expresión de Elliott era de esperanza y de alivio:

—No, no conozco ninguno. Pero conozco un lugar de Londres donde acuden los señores ricos, un lugar donde puedes ser presentada y recibir una excelente oferta.

Kelsey se quedó silenciosa, vacilando aún por la monstruosa decisión que debía afrontar, sintiendo que se le revolvía el estómago al admitir que parecía ser la única alternativa posible. Elliott incluso comenzó a sudar, hasta que ella expresó su consentimiento con un breve movimiento de cabeza.

Y entonces, intentó consolarla, como si quedase algo que lograra consolarla.

—No será tan terrible, Kelsey, en serio. Una mujer puede hacer mucho dinero para ella de esta manera, si es lo bastante astuta para independizarse... y hasta casarse, luego, si quiere.

Tanto la sobrina como el tío sabían que en eso no había pizca de verdad. El estigma que se grabaría en ella una vez iniciado este proceso, no se borraría durante el resto de su vida. La sociedad elegante no volvería a recibirla nunca más. Pero ésa era la cruz que debería soportar. Por lo menos la hermana tendría el futuro que se merecía.

Todavía sacudida por lo que había aceptado hacer, le sugirió:

—Te dejaré, para que puedas decírselo a tía Elizabeth.

—¡No! No debe saberlo. Jamás lo permitiría. Pero estoy seguro de que se te ocurrirá algo razonable para explicarle tu ausencia.

¿También tendría que ocuparse de eso? ¡Pero si casi

no podía pensar en otra cosa que en la apabullante verdad de lo que acababa de aceptar...!

Cuando se iba de la cocina, estaba dispuesta a terminar ella misma con el licor, pero se le había ocurrido una excusa para ofrecer a los demás. Diría a la tía que Anne, una de sus amigas de Kettering, le había escrito informándole de que estaba gravemente enferma, que los médicos no le daban muchas esperanzas. Por supuesto, tenía que visitarla y brindarle el consuelo que pudiera. Y que el tío Elliott se había ofrecido a acompañarla.

Elizabeth no había advertido nada raro. La palidez de Kelsey podría atribuirse a la preocupación por la amiga. Y la bendita Jean no la importunó con cientos de preguntas, como era su costumbre, por la sencilla razón de que no recordaba a esa amiga de la hermana. Pero Jean había madurado mucho a lo largo del año anterior. Cuando una tragedia se abate sobre la familia, suele interrumpir la infancia, a veces para siempre. Kelsey casi hubiese preferido la andanada de preguntas de su hermana de doce años, que acostumbraba poner a prueba su paciencia. Pero Jean todavía estaba acongojada por el duelo familiar.

¿Y cuando no regresara de su visita a Kettering? Bueno, ya se preocuparía por eso llegado el momento. ¿Volvería a ver a la hermana o a la tía Elizabeth alguna vez? Era probable que descubriesen la verdad; ¿se atrevería a verlas? No lo sabía. En ese preciso momento, lo único que sabía era que nada volvería a ser igual.

2

—Ven, queridita, es la hora.

Kelsey miró de hito en hito al hombre alto y delgado que estaba en el vano de la puerta. Le habían indicado que lo llamase Lonny, el único nombre por el cual lo conoció cuando la entregaron a él, el día anterior. Era el propietario de la casa, la persona que estaba a punto de venderla al mejor postor.

Nada en él indicaba que fuese proveedor de vicios y carne. Se vestía como cualquier señor. Tenía apariencia agradable. Hablaba como un hombre culto... por lo menos mientras el tío Elliott estuvo presente. En cuanto se fue, el lenguaje de Lonny se deslizaba, de tanto en tanto, hacia otro menos refinado, que revelaba su verdadero origen. Con todo, siguió siendo amable.

Había explicado a Kelsey con suma minuciosidad que, debido a la gran suma de dinero que iba a pagarse por ella, no tendría la posibilidad de participar en el arreglo, como lo haría cualquier otra querida normal. El caballero que la comprase tendría la garantía de obtener el valor por el cual había pagado, durante todo el tiempo que quisiera.

Kelsey aceptó la condición, aunque la consideraba casi de esclavitud. Tendría que quedarse con el hombre, le gustara o no, la tratase bien o no, hasta que ya no quisiera mantenerla.

—¿Y si no? —se atrevió a preguntar.

—Bueno, queridita, no creo que te agrade saber qué pasaría en ese caso —le dijo, en un tono tal, que fue como si su propia vida estuviese en peligro. Pero luego le explicó, con cierto aire de reproche, como si ella ya debiera haberlo sabido—: Yo garantizo el arreglo, en persona. No puedo poner en juego mi reputación por los caprichos de una muchacha que, a último momento, decide que no le gusta el arreglo que ha hecho. Si así fuera, nadie participaría en esta clase de ventas, ¿no crees?

—¿Ha realizado muchas ventas como esta?

—Ésta será la cuarta que se lleva a cabo aquí, si bien es la primera de alguien de tu clase. La mayoría de las personas acomodadas que se hallan en una situación como la tuya logran casar a sus hijas con maridos ricos, y así resuelven el problema. Es una pena que tu tío no haya intentado conseguir un marido para ti. No me pareces del tipo de las amantes.

Como no supo si sentirse insultada o complacida, se limitó a responder:

—Mi tío ya se lo dijo, no hubo tiempo para concertar un matrimonio.

—Sí, pero de todos modos es una pena. Bueno, ¿vamos a acomodarte para pasar la noche? Serás presentada mañana, una vez que yo haya tenido tiempo de avisar a aquellos caballeros que supongo interesados. Espero que una de mis chicas tenga algo apropiado para que uses en la presentación. Una querida debe tener aspecto de tal, y no parecer como una hermana, no sé si me entiendes —y la recorrió con mirada crítica—. El conjunto que llevas será encantador, pero más apropiado para un té en el jardín, queridita. ¿O acaso trajiste algo más adecuado...?

No le quedó otra opción que negar con la cabeza, incómoda de tener una apariencia tan... señorial.

El hombre suspiró.

—Bueno, estoy seguro de que conseguiremos algo —dijo.

Luego le indicó el camino de salida del recibidor, subieron la escalera y se dirigieron al dormitorio que ocuparía esa noche.

Como el resto de la casa, el cuarto estaba amueblado con buen gusto, y Kelsey tuvo la cortesía de señalarlo:

—Muy elegante.

—¿Acaso esperabas algo de mal gusto? —Lonny sonrió, al ver que la expresión de la joven confirmaba su sospecha—. Yo proveo a la buena sociedad, queridita, y he descubierto que son mucho más pródigos con su dinero si se sienten como en su hogar cuando lo gastan —entonces, rió—. La gente de las clases bajas no puede pagar mis precios, no puede ni pasar por la puerta.

—Entiendo —dijo Kelsey, aunque no era cierto.

Los hombres gozaban de sus placeres donde los encontraban, y en Londres había casas de mala reputación que lo demostraban. La presente sólo era una de las más caras.

Y antes de dejarla, quiso cerciorarse una vez más:

—¿*Entiendes* bien el arreglo que has aceptado, y en qué se diferencia de otros más frecuentes de este tipo?

—Sí.

—¿Y que no recibirás nada tú misma, más que los regalos que el caballero decida darte durante el tiempo que estés con él? —Kelsey asintió, pero el hombre quería dejar todo perfectamente claro—. Se fijará una cifra mínima, que es la que necesita tu tío, y eso será para él. Yo recibiré una parte de todo lo que se pague por encima de eso, por acordar la venta. Pero tú no recibirás nada.

La muchacha lo sabía, y rogó que se ofreciera mucho más, lo suficiente para mantener a la familia hasta que

Elliott consiguiera un empleo nuevo y lograse conservarlo. En caso contrario, habría hecho un sacrificio sólo por una postergación momentánea del desastre. Pero en el trayecto a Londres, el tío le había jurado que conseguiría empleo y lo conservaría, aunque no estuviese de acuerdo con sus expectativas, y de que nunca más se dejaría caer en una situación tan ruinosa.

Lo que la preocupaba, sabiendo lo mucho que debía Elliott, fue lo que, por fin, le preguntó a Lonny:

—¿Realmente cree que alguien *pagará* esa cantidad?

—Oh, sí —repuso, con la más completa confianza—. Esos ricos nababs no tienen otra cosa en qué gastar su dinero. Sus principales caprichos son caballos, mujeres y juego. Con todo placer, yo les suministro dos de esos tres, y cualquier otro vicio que tengan, salvo el asesinato.

—¿Cualquier vicio?

El sujeto rió entre dientes.

—Queridita, te sorprendería lo que piden algunos de esos caballeros... y de esas damas. ¡Si hasta tengo una condesa que viene no menos de dos veces por mes y me paga para que le proporcione un caballero diferente cada vez para que la castigue con un látigo con cuidado, por supuesto, y la trate como a la más humilladas de las esclavas. Usa una máscara, para que nadie la reconozca. De hecho, los caballeros que le envío quedan convencidos de que es alguna de mis chicas. Me gustaría complacerla yo mismo, pues es bien parecida, como tú, pero no es lo que ella quiere. Lo que más la excita es el hecho de que los conoce a todos personalmente, y que ellos ignoren que se trata de ella. Los encuentra en las reuniones del mundo elegante, baila con ellos, juega a los naipes y conoce sus secretos sucios.

Kelsey se había puesto roja, y sin palabras al oírlo. ¡Que hubiese personas que, en verdad, hicieran esas cosas... y pagaran para que alguien las hiciera! ¡Jamás había concebido algo semejante!

Al ver el cambio, Lonny dijo, disgustado:

—Por Dios, por ahora esos rubores están bien, pero será mejor que te acostumbres a esta clase de conversación, muchacha. A partir de mañana, tu tarea consistirá en proveer sexo al hombre que te compre, del modo que él lo prefiera, ¿entiendes? Los hombres hacen con las queridas lo que *no harían* con las esposas. Para eso es una amante. Te enviaré a una de mis chicas para que te lo explique con más detalle, pues es evidente que tu tío no lo hizo.

Y, para mayor mortificación de Kelsey, eso fue lo que hizo. Una bonita joven llamada May acudió a la habitación esa noche, llevándole el llamativo vestido que Kelsey tenía puesto en ese momento, y pasó varias horas explicándole los hechos de la vida sexual. May no había dejado nada de lado, desde el modo de evitar embarazos no deseados, pasando por todas las maneras imaginables de complacer a un hombre, de incitarlo a la lujuria y de conseguir de él lo que *ella* quería. Sin duda, esto último no formaba parte de lo que Lonny quería que aprendiese, pero May parecía compadecida de ella, y por eso le ofreció también esa clase de información.

Por cierto, no se había asemejado en nada a la breve conversación sobre el amor y el matrimonio que Kelsey había tenido con la madre hacía más de un año, cuando ella cumplió diecisiete. La madre le había hablado del acto amoroso y de los hijos en su estilo directo, y luego prosiguió hablando de otro tema que no tenía ninguna relación, como si no estuviesen ambas avergonzadas hasta el tuétano por la primera parte de la conversación.

Al irse, May le dio un último consejo:

—Recuerda que, lo más probable es que te compre

un hombre casado, y el motivo por el que desea una amante es que su esposa no lo satisface. Diablos, algunos ni siquiera vieron a la esposa desnuda, aunque no lo creas. Cualquiera te dirá —bueno, cualquiera de las personas que yo conozco—, que al hombre le gusta contemplar a la mujer desnuda. Tú ofrécele lo que no obtiene en el hogar, y te adorará.

Y ahora había llegado el momento. Kelsey casi temblaba de miedo. Cuando Lonny abrió la puerta y la vio ataviada con el vestido rojo rubí, de profundo escote, le dirigió una mirada aprobadora... muy aprobadora, en realidad. Que él aprobara su apariencia no hizo demasiado para fortalecer el ánimo de la joven.

Para bien o para mal, el futuro de Kelsey lo decidiría esa noche el hombre que estuviese dispuesto a pagar más por ella. Comprendía que ese hombre no tenía por qué gustarle a ella. May le había aclarado muy bien que hasta podría despreciarlo desde el comienzo, si era viejo o cruel. Lo único que podía esperar era que no fuese así.

Lonny la llevó a la planta baja. Cuando el ruido que llegaba de la planta baja indicó a Kelsey que debía de estar repleto, Lonny tuvo que empujarla un poco para hacerla moverse, y lo peor fue que no la llevó al recibidor, donde podría haber conocido a los caballeros y conversado con ellos.

Lo que hizo fue conducirla a la sala privada donde se jugaba, que era bastante grande, y cuando la muchacha se detuvo por completo, le susurró:

—La mayoría de estos señores no está aquí para pujar por ti. Ha venido a jugar a los naipes y en busca de otros placeres. Pero he descubierto que cuanto más gente haya, los caballeros se vuelven más activos en sus ofertas. En cuanto a los otros, bueno, para ellos es un buen espectáculo, y eso también es conveniente para mi negocio, ¿sabes?

Y antes de que Kelsey entendiera a qué se refería, la alzó sobre una de las mesas y le advirtió, siseando:

—Quédate aquí y haz un esfuerzo por mostrarte tentadora.

¡Tentadora! ¡Pero si estaba paralizada de miedo y de vergüenza! Y como la mayoría de los hombres presentes en el salón no eran postores, y no tenían idea de por qué ella estaba de pie sobre una mesa, Lonny hizo un breve anuncio para informarles sobre ello.

—Caballeros, les ruego un momento de atención, para una subasta muy singular.

La palabra *subasta* logró captar de inmediato la atención, sin excepciones, pero Lonny tuvo que esperar unos segundos más para que se hiciera un silencio completo.

—A los que estén satisfechos con sus actuales amantes, les ruego que sigan jugando, pues la subasta no es para ustedes. Pero los que estén buscando algo nuevo en el mercado, les ofrezco esta visión... de ruboroso encanto —se elevaron numerosas risas entre dientes porque, en efecto, Kelsey se había puesto casi del color del vestido—. Mis buenos señores, no es para probar sino para hacerla suya por todo el tiempo que lo deseen. Y por semejante privilegio, las ofertas se iniciarán con diez mil libras.

Como era natural, la cifra provocó un estrépito inmediato, haciendo elevar mucho más el nivel de ruido que había en el salón antes del anuncio de Lonny.

—No hay mujer que valga tanto, ni mi esposa —dijo uno, provocando hilaridad alrededor.

—Peters, ¿puedes prestarme diez mil?

—¿Acaso está hecha de oro? —dijo otro.

—Quinientas, y ni una libra más —exclamó una voz de borracho.

Esos no eran más que algunos de los muchos comentarios que Lonny, con astucia, dejó pasar unos instantes, para luego ponerles fin, volviendo a señalar:

—Como esta joya irá a las manos del mejor postor, el nuevo protector tendrá la opción de conservarla el tiempo que quiera. Un mes, un año, por tiempo indefinido... él decidirá, y no ella. Esto quedará estipulado en el contrato de venta. Así que, vamos, caballeros, ¿quién tendrá la fortuna de ser el primero... el único... en probar este lujurioso bocado?

Kelsey estaba demasiado conmocionada para escuchar casi nada de lo que se dijo a partir de ese momento. Como le habían dicho que sería «presentada» a los caballeros, creyó que se encontraría con ellos y tendría oportunidad de hablar con cada uno, que ellos harían tranquilamente las ofertas a Lonny, en caso de tener interés.

Jamás habría imaginado que todo se haría de manera tan pública. Buen Dios, si hubiese sabido que sería subastada, ¡rematada! en un salón repleto de hombres, la mitad de los cuales estaban borrachos, ¿habría aceptado esto?

Una voz irrumpió entre sus pensamientos horrorizados.

—Yo haré la primera oferta.

Los ojos de Kelsey se movieron en dirección a esa voz fatigada; sólo pudo ver un rostro igualmente fatigado y viejo. Tuvo la sensación de que iba a desmayarse.

3

—Todavía no sé qué estamos haciendo aquí —farfulló lord Percival Alden—. El local de Angela es tan elegante como éste, y estaba mucho más cerca de la cena en White's, y sus chicas están acostumbradas a las orgías *normales*.

Derek Malory rió entre dientes y guiñó el ojo al primo Jeremy, mientras entraban en el vestíbulo detrás del amigo.

—¿Existen las orgías normales? Me parece que esa es una contradicción en los términos, ¿no?

A veces, Percy decía las cosas más insólitas, pero era uno de los amigos más íntimos de Derek desde la época de la escuela, como Nicholas Eden, y por eso podía perdonarle ocasionales caídas en la estupidez. En la actualidad, Nick ya no salía tan a menudo con ellos, y de ninguna manera a sitios como éste, desde que lo había atrapado Regina, la prima de Derek. Y si bien Derek estaba encantado de tener a Nick en la familia, era de la firme opinión de que el matrimonio podía esperar hasta después de los treinta, y para él faltaban cinco largos años.

Sus dos tíos más jóvenes, Tony y James, eran ejemplos perfectos de lo atinado de esa idea. Habían sido dos de los más notables libertinos de Londres, y no fue sino hasta alrededor de los 35 años que se asentaron y fundaron familias, después de haber corrido suficientes juergas. Jeremy, el hijo ilegítimo de James, de 18 años, no pensaba en formar familia siendo joven, porque había sido concebido fuera de la santidad del matrimonio... igual que Derek. Además, en el caso de Jeremy, el tío James no supo de su existencia hasta hacía pocos años.

—Oh, no sé —replicó Jeremy, con toda seriedad—. Yo puedo participar de orgías tan bien como cualquiera, y lo hago con absoluta normalidad.

—Sabes lo que quiero decir —repuso Percy, observando receloso el vestíbulo y la escalera, como si esperara ver aparecer al demonio en persona—. Se dice que unos individuos de lo más raro frecuentan este establecimiento.

Derek alzó una de sus cejas doradas y dijo, desdeñoso:

—Yo he estado algunas veces aquí para jugar y para ocupar una de las habitaciones de arriba... y a su moradora, y no advertí nada fuera de lo común. Pude reconocer a casi todos los presentes.

—No dije que *todos* los que vienen aquí sean extraños, viejo. Dios, no. Nosotros estamos aquí, ¿no es cierto?

Jeremy no pudo contenerse:

—¿Quieres decir que no somos extraños? Caramba, habría jurado...

—Cállate, bribón —lo cortó Derek, conteniendo la risa a duras penas—. Nuestro amigo habla muy en serio, al parecer.

Percy hizo un gesto enfático.

—Claro que sí. Se dice que aquí se puede encontrar cualquier fetiche o fantasía, por desusado que sea el gusto de uno. Y ahora lo creo, porque vi afuera al cochero de lord Ashford. Tengo miedo de entrar en el cuarto de alguna de las muchachas, y que me entregue unas cadenas —dijo, estremeciéndose.

El apellido Ashford cortó de inmediato la diversión de Derek, y también la de Jeremy. Los tres habían tenido un encontronazo con ese sujeto unos meses antes, en una de las tabernas que había junto al río, y hacia ella los atrajeron los gritos aterrados de una mujer, que llegaban desde una de las habitaciones de la planta alta.

—¿No es ese el tipo que yo desmayé a golpes hace poco tiempo? —preguntó Jeremy.

—Lamento diferir contigo, querido muchacho —replicó Percy—. El que dejó inconsciente al tipo fue Derek. Estaba tan furioso que no nos dio mucha oportunidad... Aunque tú lograste dar un par de puntapiés después de que él quedó inconsciente, según recuerdo. Ahora que lo pienso, yo también.

—Me alegra oírlo —Jeremy asintió—. Debo de haber estado ebrio para no recordarlo.

—Lo estabas. Todos lo estábamos. Menos mal pues, de lo contrario, podríamos haber matado a ese maldito desgraciado.

—Y eso sería, precisamente, lo que merecía —farfulló Derek—. Ese sujeto está loco. No hallo otra excusa para ese tipo de crueldad.

—Oh, te aseguro que estoy de acuerdo —dijo Percy, y añadió por lo bajo—: He oído decir que, si no hay sangre, él no puede... bueno, ya sabes...

¡Como para confiar en que Percy levantara el ánimo! A decir verdad, Derek estalló en carcajadas.

—Buen Dios, hombre, estamos en el burdel más famoso de la ciudad. Aquí no es necesario andar con subterfugios.

Percy se sonrojó, y refunfuñó:

—Bueno, sigo queriendo saber qué estamos haciendo aquí. Los servicios que brindan en esta casa no son de mi agrado.

—Tampoco del mío —admitió Derek—. Pero, como ya dije, eso no es lo único que funciona aquí. Si bien complacen a los depravados, las muchachas todavía son capaces de apreciar un buen revolcón normal, cuando eso es lo que se les pide. Además, vinimos porque Jeremy descubrió que su pequeña rubia Florence, del establecimiento de Angela, se trasladó aquí, y yo le prometí que pasaría más o menos una hora con ella antes de que nos presentemos en la fiesta donde iremos más tarde. Podría jurar que ya dije eso, Percy.

—No recuerdo —repuso Percy—. No digo que no lo mencionaras, sino que no lo recuerdo.

Jeremy se había puesto ceñudo.

—Si este lugar es tan malo como dicen, no sé si quiero que mi Florence trabaje aquí.

—Bueno, hazla volver a la casa de Angela —le sugirió Derek—. Es probable que la chiquilla te lo agradezca. No tenía modo de saber en qué se metía, más aún si le habían prometido mayores ganancias.

Percy asintió.

—Y date prisa, querido muchacho. No digo que no me agradaría jugar unas manos aquí, mientras tú buscas a la muchacha. Con la condición que Ashford no esté en el mismo condenado salón —y así diciendo, dio unos pasos dentro de la sala de juego, para observar, y luego agregó, con cierto entusiasmo—: Oh, les aseguro que hay ahí un pajarillo con el que no me molestaría pasar una hora, ni aún aquí.

Pero creo que no está disponible, qué lástima... o quizá sí. No, no lo está. Demasiado costosa para mis gustos.

—Percy, ¿de qué *estás* hablando?

Percy dijo, sobre el hombro:

—Según parece, está desarrollándose una subasta. A mi edad, no tengo necesidad de una querida, me basta distribuir algún dinero aquí y allá, y así me arreglo perfectamente.

Derek suspiró. Era evidente que de Percy no obtendrían ninguna respuesta coherente, pero esa no era ninguna novedad. La mitad de las veces, los comentarios de Percy eran un misterio. Con todo, en ese momento, Derek no tenía ganas de desentrañar la madeja, sabiendo que bastarían unos pasos para ver por sí mismo qué era lo que, esta vez, había excitado al amigo.

Acompañó a su amigo hasta la entrada, igual que Jeremy. Y los dos la vieron de inmediato, algo inevitable ya que estaba de pie sobre una mesa. Una preciosa joven... al menos eso parecía. El rubor que cubría su cara en ese momento hacía difícil asegurarlo. No obstante, tenía una hermosa figura. Muy bella.

Y entonces los comentarios de Percy cobraron sentido. Oyeron que el propietario decía:

—Una vez más, caballeros, esta pequeña joya será una espléndida querida. Y piensen que, siendo virgen, será muy fácil de entrenar para complacer los gustos del que se la lleve. ¿Alguien dijo veintidós mil?

Derek resopló por lo bajo. ¿Virgen? ¿En un lugar como ese? Imposible. Pero había bobos a los que se podía hacer creer cualquier cosa. Con todo, era obvio que la subasta se había descontrolado; el precio era absurdo.

—No creo que aquí encontremos una partida amistosa de whist, Percy, mientras siga esta tontería —dijo Derek—. Mira un poco, nadie está prestando atención al juego.

—No los culpo —dijo Percy, riendo entre dientes—. Yo, por mi parte, prefiero mirar a la muchacha.

Derek sonrió.

—Jeremy, si no te molesta atender de prisa tus asuntos, preferiría llegar temprano a la fiesta, después de todo.

Ve a buscar a la chiquilla y, de camino, la llevaremos a lo de Angela.

—Quiero a ésa.

Como aún tenía los ojos clavados en la muchacha que estaba sobre la mesa, Derek no tuvo que preguntarle a quién se refería. Se limitó a decir:

—Eso es demasiado para ti.

—No sería, si tú me prestaras el dinero.

Eso hizo reír a Percy, pero no a Derek, que frunció el entrecejo. El «no» fue tan terminante que debió de haber bastado, pero el pícaro de Jeremy no se dejaba amilanar tan fácilmente.

—Vamos, Derek —lo engatusó—. Puedes cubrir sin problemas un préstamo de esa envergadura. He oído hablar de la gran donación que te hizo el tío Jason cuando terminaste los estudios. Incluía varias propiedades que dejaban alguna renta. Y como el tío Edward invirtió la mayor parte a tu nombre, demonios, ahora debe de ser el triple...

—Más bien se multiplicó por seis, pero eso no significa que vaya a derrocharlo por impulsos lascivos, sobre todo cuando no son, al menos, mis propios impulsos. No pienso prestarte semejante cantidad. Además, a una mujer como esa, tan adorable, hay que mantenerla en un estilo elegante. Y tú, primo, tampoco puedes permitirte eso.

Sonriendo con descaro, Jeremy repuso:

—Ah, pero yo puedo mantenerla *feliz*.

—A una querida le importa más lo que hay en tus bolsillos que lo que hay en medio de ellos —intervino Percy, sonrojándose de inmediato por haberlo dicho.

—No son *tan* mercenarias —protestó Jeremy.

—Lamento no estar de acuerdo...

—¿Cómo lo sabes, si nunca tuviste una?

Derek puso los ojos en blanco y cortó la discusión.

—No es necesario discutir aquí. La respuesta es no, y seguirá siendo no, así que, no insistas, Jeremy. Si, por mi culpa, te endeudaras tanto, tu padre me cortaría la cabeza.

—Mi padre entendería, mejor que el tuyo.

En ese aspecto, el argumento del muchacho era válido. Según lo que se decía, James Malory había hecho cosas igual de escandalosas en su juventud, mientras que el padre de Derek, por ser el marqués de Haverston, y el mayor de los cuatro hermanos Malory, había tenido que asumir responsabilidades siendo muy joven. Pero eso no significaba que no caería el techo sobre las cabezas de todos ellos si Derek cedía a la exigencia del primo.

Por eso, dijo:

—Tal vez entendería, pero debes admitir que, ahora que está casado, el tío James es mucho más formal. Por otra parte, es ante mi padre que tengo que responder. Más aún, ¿dónde alojarías a una querida, teniendo en cuenta que aún estás estudiando y vives con tu padre, cuando estás en tu casa?

Por fin, Jeremy manifestó disgusto consigo mismo.

—Maldición, no había pensado en eso.

—Además, una querida puede ser tan exigente como una esposa —puntualizó Derek—. Una vez lo intenté, y el convenio no me agradó en absoluto. ¿Acaso quieres atarte de esa manera, siendo tan joven?

Jeremy se mostró apabullado.

—¡Diablos, no!

—En ese caso, alégrate de que no te permita derrochar *mi* dinero en un capricho tonto.

—Oh, ya lo creo que me alegro. No puedo agradecértelo bastante, primo. No sé en qué estaba pensando.

—Veintitrés mil —se oyó decir en ese momento,

atrayendo una vez más la atención de ellos a lo que ocurría en el salón.

—Ahí tienes otro motivo para alegrarte de haber recuperado la sensatez, Jeremy —dijo Percy, riendo—. Da la impresión de que la subasta no terminará.

Derek, en cambio, no sólo no se divertía sino que se había puesto rígido al oír la puja, pero no por lo absurdo del precio, que seguía subiendo. Diablos, *realmente* habría preferido no reconocer la voz que pronunció la última cifra.

4

—Veintitrés mil.

Kelsey nunca habría imaginado que la cifra llegaría tan alto, aunque saber que podía lograr ese precio no hizo mucho por halagar su vanidad. Más aún, ni siquiera la alegraba saber que eso resolvería los problemas de los tíos por un tiempo *muy* prolongado. No, estaba demasiado horrorizada para alegrarse.

El postor parecía... cruel. Era la única palabra que acudía a su mente una y otra vez, no sabía por qué. ¿Sería por el dibujo de sus labios finos? ¿Por el frío brillo de sus ojos azul claro que mantenía entrecerrados, que la observaban retorcerse bajo su mirada? ¿Por el escalofrío que le corrió por la espalda el primer instante en que sorprendió la mirada del hombre recorriéndola de arriba abajo?

Estimó que tendría poco más de treinta años, pelo renegrido y facciones patricias, como la mayoría de los señores. No era desagradable, lejos de ello. Pero la crueldad de su expresión lo despojaba de la apostura que podría haber tenido. Y Kelsey tenía la esperanza de que el anciano que había empezado con las ofertas, aun con sus miradas lascivas, siguiera superando a éste.

Que el cielo la amparase, sólo esos dos seguían todavía pujando. Los otros que habían hecho una o dos ofertas al comienzo, desistieron al sorprender las miradas letales que les lanzaba aquel otro caballero, miradas tan ominosas como para helar hasta el alma más endurecida. El viejo seguía pujando porque no las había notado, sin duda a causa de su mala visión o porque no estaba demasiado lúcido; seguramente estaría bebido.

Entonces, oyó una voz diferente que elevaba la cifra a veinticinco mil, seguida de una pregunta formulada a gritos, por parte de otro hombre que estaba cerca:

—Malory, ¿para qué necesitas una amante? Oí decir que las mujeres hacen fila para meterse en tu cama.

El comentario provocó abundantes carcajadas, y más aún; la respuesta del nuevo apostador:

—Ah, pero ésas son *damas*, milord. Tal vez esté de humor para algo... diferente.

Claro que ése era un insulto para Kelsey, aunque no tuviese esa intención. Al fin y al cabo, él no podía saber que ella era una dama, de pies a cabeza, hasta que entró en esa casa. A decir verdad, en ese momento, nada en ella indicaba que fuese otra cosa de lo que todos ellos pensaban, lo más alejado posible de una dama.

No podía ver dónde estaba el que había hecho la nueva oferta. La voz sonaba desde la zona cercana a la entrada, pero era difícil determinar la posición exacta del que hablaba, por el bullicio que reinaba en el salón. Y en esa parte había bastantes hombres, tanto sentados como de pie. Era imposible saberlo. En cambio, el hombre a cuyas manos ella no quería ir a dar, sabía quién era el nuevo oferente, porque ahora fijó sus ojos amenazantes en aquella dirección. Sin embargo, Kelsey no podía determinar con exactitud a quién dirigía sus miradas asesinas.

Contuvo el aliento y esperó a ver qué haría. Una mirada al anciano le bastó para saber que, seguramente, no pujaría más. De hecho, cabeceó, y a nadie se le ocurrió despertarlo. Bueno, cuando pujaba, parecía bastante borracho, y daba la impresión de que la bebida lo había vencido. ¿Seguiría ofertando su salvador, quienquiera fuese, contra el otro caballero, o se dejaría intimidar, como los otros?

—¿Oí veinticinco cinco? —exclamó Lonny.

Silencio. De repente, Kelsey cobró conciencia de que todas las otras ofertas habían ido subiendo de a quinientas libras... excepto la última. El hombre al que llamaban Malory fue el primero en alzar la puja en dos mil. ¿Indicaría eso que hablaba en serio? ¿O que era demasiado rico y no le importaba? O quizás estaba demasiado bebido para prestar alguna atención.

—¿Oí veinticinco cinco? —repitió Lonny, un poco más alto, para llegar hasta el fondo del salón.

Kelsey fijó la vista en el caballero de ojos azules esperando, rogando que se sentara y no siguiese pujando. Tenía las venas del cuello hinchadas, tanta era su furia. Y de pronto, para su sorpresa, salió a zancadas del salón, volcando una silla al pasar, empujando a los hombres si no se apartaban a tiempo de su camino.

Kelsey miró al dueño de la casa para observar su reacción, y la expresión decepcionada de Lonny lo confirmó. El señor que se fue ya no pujaría más.

—Entonces, veinticinco mil a la una... —hizo una breve pausa, y luego agregó—: A las dos... —otra pausa, un poco más larga—. Muy bien, vendida a lord Malory. Si se acerca usted a mi oficina, al otro lado del pasillo, podremos cerrar la operación.

Una vez más, Kelsey intentó ver con quién estaba hablando, pero Lonny ya la bajaba de la mesa, y como ella no medía más de un metro cincuenta y ocho, no pudo ver más allá de los hombres que tenía delante.

Agradeció que, al fin, hubiese terminado esa penosa

experiencia. Sin embargo, el alivio que debería experimentar no llegaba, porque aún no sabía quién la había comprado. Y su recelo seguía siendo intenso porque, buen Dios, el sujeto podía ser tan infame como los otros dos. Después de todo, aquel comentario de que las mujeres hacían fila para meterse en su cama, bien podía ser una ironía que significara todo lo contrario. Esa clase de sarcasmo provocaría el mismo grado de hilaridad en el público.

—Muy bien, queridita —le susurró Lonny, mientras la acompañaba al recibidor—. La verdad es que me sorprendió que el precio llegara tan alto. Pero estos ricachos pueden darse ese lujo. Ahora, ve a buscar tus cosas, y no remolonees. Ve a mi oficina; allí está —le indicó una puerta abierta al final del pasillo—, cuando estés lista.

Le dio una palmada en el trasero para empujarla hacia las escaleras.

¿Remolonear? ¡Pero si su principal preocupación era averiguar quién la había comprado! Voló, casi, escaleras arriba. Y, en realidad, no tenía nada que recoger, porque prácticamente no había sacado nada de su maleta el día anterior. En menos de diez minutos, más bien cinco, ya estaba otra vez en la planta baja.

No obstante, se detuvo bruscamente a un paso de la puerta abierta. De súbito, el miedo fue más fuerte que el deseo de ver al hombre que había pagado una suma tan exorbitante. Era un trato cerrado. Tendría que cumplirlo o enfrentar la sutil amenaza de Lonny que, sin duda, era una amenaza de muerte. Pero lo desconocido la paralizaba. ¿Y si el comprador no podía ser denominado decente, sino que era cruel y vicioso, como parecía serlo el otro señor? ¿Y si era absolutamente repugnante, y no podía conseguir mujeres salvo que las comprara, tal como había hecho?

¿Qué haría? Lo más espantoso era que no *podía* hacer nada. Podría detestarlo, podría gustarle... o no sentir nada, en absoluto. Prefería esto último. Por cierto, no quería encariñarse con un hombre con el que jamás podría casarse, aun cuando tuviese intimidad con él.

—Estoy seguro de que comprobará que ha hecho una compra excelente, milord —estaba diciendo Lonny, mientras retrocedía desde la puerta de la oficina. Luego, al ver a Kelsey allí, la hizo entrar en la habitación, diciendo—: Ah, aquí está ella, así que, le doy las buenas noches.

Kelsey estuvo a punto de cerrar los ojos, pues aún no estaba lista para afrontar su futuro. Pero su otro lado opuesto, el más valiente, no quiso postergarlo un segundo más. Miró a las personas presentes y, al hacerlo, experimentó un alivio inmediato. Un inmenso alivio. Todavía no sabía quién la había comprado, porque no había un solo hombre esperando en la oficina de Lonny, sino tres. Y de los tres, uno era apuesto, otro muy apuesto y el tercero increíblemente guapo.

¿Cómo era posible que fuese tan afortunada? No podía creerlo. Algo debía de estar mal, pero no se le ocurría qué cosa. Le pareció que, hasta con el menos guapo de los tres, que parecía también el mayor, podría arreglárselas. Era alto y delgado, de tiernos ojos castaños, y sonrisa admirativa. Observándolo, la palabra que se le ocurrió fue inofensivo.

El más alto de los tres podía ser el más joven, no mayor que la misma Kelsey, aunque tenía hombros muy anchos y una expresión más bien madura, que lo hacía parecer mayor. Además, era muy guapo, de cabellos renegridos, ojos de un bello color azul cobalto, apenas sesgados con un toque exótico. Tuvo la impresión de que podría tratar a las mil maravillas con él, y esperó, rogó, que fuese el comprador. Cielos, no podía sacarle los ojos de encima, porque apelaba a todos sus sentidos.

Pero se obligó a mirar al tercero de los hombres que tenía ante sí. Si no hubiese mirado primero al joven de los ojos azules, habría afirmado con toda sinceridad que nunca había visto a un hombre tan apuesto como éste. Tenía espeso pelo rubio, rebelde e indócil. Los ojos eran azulados —no, verdes, sin duda eran verdes—, y la mirada era un poco perturbadora, sin que supiera por qué. Era un poco más bajo que los otros dos, y por cierto, bastante más alto que ella, pues le llevaba, por lo menos, treinta centímetros.

En ese momento él le sonrió, y el estómago de Kelsey dio un vuelco... por primera vez en la vida. Qué sensación extraña. Y, de repente, la habitación le pareció demasiado cálida. Deseó tener un abanico, pero no se le había ocurrido traer uno, pues no creyó necesitarlo en mitad del invierno.

—Podrías dejar eso... —le dijo, mirando la maleta—. Y tú, Jeremy, date prisa y ve a buscar a quien tengas que ir a buscar.

—Dios, me olvidé de la chica que él venía a buscar —dijo el mayor de los tres—. Sí, date prisa, Malory. Es curioso que la velada se prolonga tanto y todavía continúe.

—Maldición, yo mismo me olvidé de Flo —admitió Jeremy, con sonrisa culpable—. Pero no me llevará mucho tiempo ir por ella... si la encuentro.

Kelsey vio que el más joven de los tres salía de estampida de la habitación. De modo que, a fin de cuentas, había logrado su deseo. Sólo oyó que lo llamaban Malory, y el que había pagado una suma tan exorbitante por el privilegio de tenerla como querida, había sido un lord Malory. Entonces, ¿dónde estaba el alivio que seguramente sentiría?

—Kelsey Langton —dijo, al comprender con mucha demora que el hombre rubio estaba preguntando su nombre después de sugerirle que dejara la maleta en el suelo.

Se sonrojó por haber barbotado así su nombre. Y todavía no había apoyado la maleta, ni tenía conciencia de que seguía sosteniéndola, hasta que el mismo hombre se adelantó y la quitó de su mano.

—Mi nombre es Derek, y el placer es mío, Kelsey, se lo aseguro —le dijo—. Pero tendremos que esperar un poco a que el joven resuelva lo que nos trajo aquí. Tal vez quiera sentarse.

Le indicó una de las sillas que estaban cerca del escritorio de Lonny.

No sólo era apuesto, sino también amable. Vaya. Y, sin embargo, en cierto modo, perturbador. Cuando se acercó tanto y los dedos de él rozaron los de ella para quitarle la maleta y dejarla a un lado, el corazón de la muchacha dio un vuelco. No imaginaba qué tendría ese hombre para provocarle reacciones tan extrañas, pero de súbito supo que se alegraba *mucho* de que no fuera él el que la llevara consigo.

Ya tenía bastante con enfrentarse al hecho de que, al terminar la jornada, se convertiría en una querida; había sumergido el pensamiento en el fondo de su mente pues, de lo contrario, no habría sobrevivido hasta ese momento. No necesitaba sumar preocupaciones. Y, por lo menos, con el joven Jeremy, suponía que el peor problema para ella sería cómo hacer para no estar mirándolo todo el día como una boba. Pero, sin duda, ese joven, con su fascinante apariencia, debía de estar acostumbrado a eso.

—Conocí a un conde que era de Kettering, de apellido Langton —dijo, de pronto, el otro hombre—. Era un sujeto muy agradable, aunque supe que terminó mal. Pero, por supuesto, no tendrá ningún parentesco.

Por fortuna, no lo formuló como pregunta sino que lo afirmó, y así le evitó mentir. Aun así, el momento en que mencionó al padre de Kelsey fue horrible. ¿En qué estaría pensando cuando dio su verdadero apellido? Por cierto, no estaba pensando en absoluto, y ahora ya era demasiado tarde.

—Percy, ¿para qué mencionarlo si no hay ningún parentesco? —dijo Derek, con cierta sequedad.

Percy se alzó de hombros.

—Lo que pasa es que era una historia interesante, y el apellido de ella me la recordó. De paso, ¿vieron la expresión de Ashford cuando pasó junto a nosotros?

—Imposible dejar de verla, viejo.

—No tendremos problema por ese lado, ¿verdad?

—Ese sujeto es un canalla y un cobarde. *Ojalá* cause problemas, maldito sea. Que me dé un motivo para hacerle morder el barro. Pero los tipos como ése sólo maltratan a los que no pueden defenderse.

La ira que expresaba el llamado Derek hizo estremecerse a Kelsey. No estaba segura, pero suponía que se referían al señor de ojos azules que había estado pujando por ella, y que se había marchado tan furioso. Y si era cierto, significaba que estos caballeros ya se habían cruzado antes con él.

Pero no quiso preguntar. Se acercó al escritorio para sentarse en la silla ofrecida, con la esperanza de pasar inadvertida. Pero fue un error, pues los ojos de los dos se posaron en ella. Empezó a removerse, aunque estaba harta, exhausta del estado de nervios y temor que la había acompañado todo el día.

Para contrarrestarlo, surgió en ella una chispa de enfado, y eso le permitió decir:

—No se preocupen por mí, caballeros. Prosigan con la conversación a su satisfacción.

Percy la miró parpadeando. Derek entrecerró los ojos. Y Kelsey supo que se había equivocado... otra vez. Si bien no tendría el aspecto de una dama con ese llamativo vestido rojo que llevaba, sin duda hablaba como si lo fuese. Era algo que no podía evitar, no tenía talento para fingir. Aun cuando intentara hablar como ignorante y, durante un tiempo, lo consiguiera, en algún momento se le escaparía su forma habitual de hablar y entonces tendría que dar más explicaciones.

Decidió cobrar valor y mentir pues, por cierto, la verdad estaba fuera de la cuestión.

Con expresión inocente dedicada a los dos hombres, preguntó:

—¿Dije algo desafortunado?

—No es lo que dijo, mi querida, sino cómo lo dijo —respondió Derek.

—¿Cómo lo dije? ¡Ah, se refiere a mi manera de hablar! Sí, de vez en cuando, sorprende. Pero mi madre fue institutriz, y así pude gozar de los mismos tutores que les fueron asignados a los pupilos de ella, ¿saben? Una experiencia muy enaltecedora, si se me permite decirlo.

El retruécano la hizo sonreír, aunque ellos no lo hubiesen captado. Percy aceptó la palabra de la joven y se tranquilizó. Derek, en cambio, seguía ceñudo.

Y no pasó mucho tiempo antes que lo expresara en palabras.

—Me cuesta creer que hayan permitido eso, teniendo en cuenta que la mayoría de los señores son de la vieja escuela, y son de la idea de que las clases bajas deben seguir siéndolo y, por lo tanto, al margen de los conocimientos más elevados.

—Ah, es que sucedía que no había ningún señor que

dijera sí o no, sino que mi madre trabajaba para la viuda de un lord, y a ella no le importaba en absoluto qué hacían los hijos de sus criados. De hecho, dio permiso. Más aún, mi mamá no habría sido capaz de tomarse semejantes libertades por su cuenta. Y yo le estaré eternamente agradecida a esa señora... por no interesarse.

En ese momento, Percy tosió y luego lanzó una risa burlona.

—Déjalo como está, viejo. Lo que estás pensando no es posible, lo sabes.

Derek resopló.

—Como si tú no pensaras lo mismo...

—Sólo un segundo.

—¿Podrían decirme, por favor, de qué están hablando? —preguntó Kelsey, manteniendo la expresión inocente.

—Nada importante —respondió Derek, en tono bajo y áspero.

Metiendo las manos en los bolsillos, fue a pararse en la entrada, apoyado en el marco de la puerta, de espaldas a la habitación.

Kelsey miró a Percy en procura de una respuesta más concreta, pero el hombre no hizo más que sonreírle, con aire de disculpa, encogerse de hombros y meter también las manos en los bolsillos, balanceándose hacia atrás sobre los talones. Kelsey tuvo ganas de reírse. Claro que no admitirían que habían pensado, aunque sólo fuera un instante, que ella era una dama. Hombres de su clase no podían ni pensarlo, y en eso consistía, precisamente, la protección de ella. La familia de Kelsey había soportado un escándalo, y no estaba dispuesta a causar otro, si podía evitarlo.

5

—Derek, ¿estás seguro de que no quieres que me endeude contigo para toda la vida?

—Nos ponemos golosos, ¿eh? Estaba convencido de que ese tema había terminado.

—Bueno, eso fue antes de que te llevaras el premio —repuso Jeremy, con una sonrisa encantadora.

Kelsey no tenía noción de lo que estaban diciendo, pero tampoco le importaba. Como ya iban en camino de lo que, suponía, sería su nuevo hogar, estaba poniéndose nerviosa otra vez. Muy pronto empezaría a ser una querida, y... se estremeció, incapaz de continuar el pensamiento.

Estaban en un coche de lujo, tapizado de terciopelo que, al parecer, pertenecía a Derek, y avanzaban a buena velocidad. Ya eran cinco. Jeremy había regresado a la oficina de Lonny llevando del brazo a una joven rubia, vestida de manera tan llamativa como Kelsey. La presentaron como Florence y, en pocos segundos, se hizo evidente que adoraba a Jeremy Malory. No podía sacarle las manos ni los ojos de encima, en ese momento, en el carruaje, estaba prácticamente sentada sobre las piernas del muchacho.

Kelsey se sintió por completo indiferente. Aunque la relación entre ella y Jeremy no hubiese comenzado aún, sabía que no tenía ningún derecho a exigirle fidelidad. El pagaría el mantenimiento de ella. Y si bien la situación era bastante fuera de lo común, pues la había comprado, lisa y llanamente, el solo hecho de que la mantuviese significaba que esperaría de ella la más absoluta fidelidad. El hombre, en cambio, no tenía por qué comportarse del mismo modo. Todo lo contrario. Después de todo, la mayoría de esos caballeros tenían esposa.

Mientras los hombres seguían discutiendo en broma acerca de precios y deudas para toda la vida, Kelsey hizo lo que pudo por ignorarlos. Sin embargo, al oír que Jeremy hablaba de deudas, se le ocurrió pensar cómo habría hecho un hombre tan joven como él para solventar el precio escandaloso que pagara por ella, sabiendo que la mayoría de los jóvenes tenían que arreglárselas con las cuotas quincenales que les daban los padres o que extraían de las propiedades a heredar.

Debía de tener una fortuna propia, cosa que Kelsey no podía menos que agradecer. Si no fuese así, en ese mismo momento estaría con aquel otro lord, en lugar de estar con estos caballeros, yendo a... nadie sabía dónde.

Cuando el coche se detuvo, sólo se apearon Jeremy y Florence. No se le dio ninguna explicación, ni se le indicó que los siguiera. Pero Jeremy volvió a los pocos minutos sin Florence, y como ninguno de los otros dos le preguntó qué había hecho con la muchacha, Kelsey llegó a la conclusión de que ya estaban al tanto.

El coche arrancó de nuevo, y pasaron unos quince minutos hasta que se detuvo una vez más. Aunque Kelsey no conocía Londres en absoluto, ya que nunca había estado antes de que Elliott la llevara el día anterior, le bastó una mirada por la ventana para reconocer una vecindad de aspecto muy elegante, con imponentes mansiones y cocheras: eran las casas que la clase alta tenía en la ciudad.

Si tenía presente la cantidad de dinero que había

cambiado de manos esa noche, no tenía motivos para sorprenderse. Pero se equivocaba al creer que era ahí a donde la llevaban, pues fue Derek el que se apeó del coche, y no Jeremy. Así que era Derek el que vivía allí; llegó entonces a la conclusión de que el coche los dejaría a él y a Percy en sus respectivos hogares, para luego llevarlos a ella y a Jeremy a su destino final.

Pero se equivocaba una vez más, porque Derek se volvió hacia el carruaje y extendió su mano para ayudarla a bajar. Kelsey se sorprendió tanto que le dio la mano sin pensarlo, dejándose llevar la mitad del trayecto hacia unas imponentes puertas dobles, hasta que por fin pudo preguntar:

—¿Por qué me acompaña usted, y no Jeremy?

El hombre la miró, con evidente aire de perplejidad:

—No se quedará aquí mucho tiempo, sólo esta noche. Mañana haremos otros arreglos.

Kelsey asintió y se sonrojó, temiendo haber entendido, al fin. Como Jeremy era tan joven, aún debía de vivir con los padres, y no podía llevarla consigo a su casa. Por eso, Derek debió de ofrecerse a alojarla por esa noche, gesto amable de su parte. Era de esperar que no hubiese nadie a quien debiera dar explicaciones.

—Entonces, ¿es usted el que vive aquí?

—Cuando estoy en Londres, sí —respondió—. Es la casa de mi padre, aunque pocas veces él está aquí. Prefiere el campo, y Haverston.

Se abrió la puerta antes de que hubiese terminado, y un robusto mayordomo le hizo una ligera reverencia y lo saludaba con un:

—Bienvenido a casa, milord —cuidando de no mirar a Kelsey.

—No me quedaré, Hanly —le informó Derek al sirviente—. Sólo vine a dejar a una invitada que es necesario alojar por esta noche. Te agradecería que buscaras a la señora Hershal para que la atienda.

—¿Huésped de la planta alta... o la baja?

A Kelsey la asombró ver cómo Derek se ruborizaba al oír la pregunta, tan impertinente como necesaria. Aunque se había puesto la chaqueta, que cubría buena parte del horroroso vestido que llevaba, aún se veía bastante, y ese atuendo proclamaba claramente cuál era su profesión.

—Abajo estará bien —respondió Derek, cortante—. Ya dije que yo no me quedo.

Y Kelsey se ruborizó otra vez, ante la insinuación. No obstante, el mayordomo se limitó a asentir, y se alejó para buscar al ama de llaves.

Derek farfulló:

—Esto es la consecuencia de conservar tanto tiempo a los criados: lo conocen a uno desde que usaba pañales. Caramba, que eso les da alas.

Kelsey habría reído si no se sintiera tan incómoda. Por apuesto que fuese, Derek estaba gracioso así, enfurruñado, pero aunque ella hubiese logrado reír, a él no le parecería divertido. Por lo tanto, se limitó a clavar la vista en el suelo y esperó a que se marchara.

Cuando estaba por hacerlo, le dijo:

—Bueno, que descanse bien esta noche. Mañana tendrá que viajar casi todo el día. Un cuerpo se agota si no se le da descanso.

Y antes de que pudiera preguntarle a dónde viajaría, el joven cerró la puerta tras él.

Kelsey suspiró. En ese momento, experimentó otra oleada de alivio. Iba a pasar la noche sola; lo que había estado tratando de no pensar quedaba postergado... al menos por otro día. Por desgracia, ahora que el asunto había sido postergado, no logró olvidarse de él.

Para ella, empezar a ser una querida, sería como vivir una noche de bodas, aunque faltaran el certificado de casamiento y todo sentimiento tierno entre los participantes. Sabía que el matrimonio entre desconocidos era una cosa frecuente. Las parejas eran concertadas entre los padres o por el algún funcionario del reino, y a los contrayentes sólo se les daba unos días para conocerse... y a veces menos, según las circunstancias. Sin embargo, tales matrimonios eran muy poco frecuentes en la actualidad. Al presente, si los contrayentes no habían elegido por sí mismos, al menos se les daba tiempo sobrado antes de las nupcias.

¿De cuánto tiempo dispondría Kelsey? Esta tregua era inesperada. Estaba convencida de que *no* pasaría la noche sola. Y al día siguiente, viajaría. ¿Eso se convertiría en una nueva demora?

Esperaba que sí. Pero las postergaciones no le servirían de mucho si no le daban oportunidad de conocer un poco mejor a Jeremy. Y hasta el momento, ahora que lo pensaba, no le había dicho una palabra al joven, ni él a ella. ¿Cómo diantres consolidaría la relación si no podían conversar?

Supuso que lo averiguaría al día siguiente. En ese momento, lo que tenía que decidir era cómo tratar con el ama de llaves de esa casa. ¿Como estaba acostumbrada a hacerlo? ¿O con modales más acordes con su nueva condición?

Resultó que no tuvo que adoptar tal decisión. La señora Hershal apareció en ese preciso momento y, después de un prolongado examen visual a Kelsey, lanzó un resoplido y se encaminó hacia las entrañas de la casa, sin fijarse si Kelsey la seguía o no. No importaba. En adelante, tendría que acostumbrarse a ese trato. Lo único que esperaba era que la ardiente humillación que la situación le provocaba se hiciera más fácil de soportar.

6

Derek debió de haber adivinado que los amigos del alma no lo dejarían en paz. Tan pronto había vuelto a entrar en el carruaje, Jeremy dijo:

—¡Demonios, no puedo creerlo! ¿De todos modos irás a la fiesta? Maldita la gana que yo tendría para ir.

—¿Y por qué no? —preguntó Derek, alzando una ceja—. La muchacha no irá a ninguna parte, y nuestra prima Diana pidió, en persona, que asistiéramos esta noche a la presentación de su amiga. Teniendo en cuenta que los dos aceptamos asistir, Jeremy, ¿qué te parece que es más importante?

—Eso es, exactamente, lo que digo —replicó Jeremy, resoplando—. Al menos yo sé qué es lo más importante, y no añadirá nada a las cifras de lo que será el baile del año, según se dice. Es probable que entre la multitud Diana ni siquiera note nuestra presencia.

—Lo note o no, hemos aceptado asistir y estamos obligados a hacerlo. Percy, ¿tendrías la amabilidad de explicarle a este jovenzuelo irresponsable cuáles son sus obligaciones?

—¿Yo? —Percy rió—. Me temo que yo veo las cosas desde el mismo punto de vista que él, viejo. No sé si tendría la fortaleza de dejar a una amante flamante para correr a una reunión de la alta sociedad que no promete ser diferente de cualquier otra a la que ya hemos asistido.

Ahora bien, si alguno de tus tíos o tu encantadora prima Amy estuviese presente, eso sería otra cosa. Tus tíos saben cómo animar lo aburrido, y Amy aún no se casó con ese yanqui, así que, todavía la tengo apuntada en mi lista.

Derek y Jeremy, acostumbrados a la parquedad del amigo, quedaron sin habla tras esa larga parrafada. Derek, que fue el primero en recobrarse, dijo:

—Puede que Amy todavía no esté casada, pero la boda está arreglada para la semana que viene, así que, táchala de tu lista, Percy.

Y entonces, Jeremy agregó:

—Y ya no puedes contar con mi padre para la diversión. Ahora está completamente domesticado, y no quiere echar más grano en los molinos de las habladurías. Y en la misma situación se encuentra el tío Tony.

—Lamento no estar de acuerdo, querido muchacho. Esos dos Malory nunca estarán tan domesticados como para no provocar una o dos cejas levantadas. Por Dios, yo mismo presencié, poco después de que naciera tu hermana Jack, cómo tu padre y tu tío arrastraban a ese norteamericano a un salón de billares, y el yanqui salió cojeando.

—Eso fue cuando acababan de descubrir que Anderson tenía interés en Amy, y no estaban de acuerdo. Era lógico que reaccionaran así. Pero ya te explicamos eso cuando tú mismo querías cortejarla, Percy. Es porque ambos ayudaron a criar a nuestra prima Regan después que la hermana de ellos murió, y por el hecho de que Amy se parece tanto a Regan...

—Reggie —lo interrumpió Derek, del mismo modo que lo hubiese hecho el padre de haber estado presente, aunque con menos vehemencia—. Entiendo que tu padre insista en llamarla con otro apodo, sólo para irritar a los hermanos, pero tú no tienes por qué imitarlo.

—Ah, pero a mí me gusta imitarlo —Jeremy rió, sin amilanarse—. Y no lo hace para irritarlos... bueno, tal vez un poco, pero no fue por eso que empezó a llamarla Regan. Eso empezó hace mucho, antes de que yo naciera. Como tenía tres hermanos, dos mayores que él, sintió la necesidad de ser diferente en todo.

—Bueno, en eso tuvo éxito—dijo Derek, con un guiño perspicaz.

—Ya lo creo.

Los primos se referían a los días de pirata de James Malory, cuando se lo denominaba Halcón, y la familia lo había desheredado. Fue durante su infame carrera como Halcón que James descubrió la existencia de un hijo ya crecido, y no sólo reconoció a Jeremy sino que lo llevó con él, razón por la cual el muchacho había tenido una educación tan poco ortodoxa, y sabía tanto de mujeres, peleas y borracheras, cosas aprendidas de la abigarrada tripulación pirata del padre.

Pero Percy no lo sabía, y no debía saberlo. Tal vez fuese querible como amigo, pero era incapaz de guardar un secreto aunque le costara el alma, y las nefandas hazañas del pasado de James eran un secreto bien guardado, que sólo la familia debía conocer.

—Además —dijo Jeremy, volviendo al tema—, mi padre odia las fiestas, y sólo la insistencia de la esposa lo obliga a asistir, Percy. Lo mismo ocurre con el tío Tony. Por cierto, sé cómo se sienten. Es como si en este momento me obligasen a mí, maldito si lo es.

Derek frunció el entrecejo.

—Yo no te obligo, muchacho, sólo te señalo tus obligaciones. No estabas obligado a aceptar el pedido de Diana.

—¿No? —replicó Jeremy—. ¿Acaso no sabes que me siento incapaz de decirle que no a una mujer? A cualquier mujer. Sencillamente, no soporto decepcionarlas. Y no te quepa duda de que no habría decepcionado a la que tú acabas de dejar.

—Jeremy, si lo único que quería ella era que la dejaran en paz, de modo que no creo decepcionarla.

—¿Dejarla en paz?

—¿Te parece increíble?

—Las mujeres traman planes y se pelean para meterse en tu cama, primo, no para abandonarla. He visto con mis propios ojos...

Derek lo interrumpió

—Y, en ocasiones, las mujeres no quieren que se las moleste, por un motivo u otro, y ésa es la nítida impresión que me dio esta muchacha. Parecía agotada. Quizá no fuese más que eso, pero como, de todos modos, yo tenía otros planes... Por otra parte, no me deshice de todo ese dinero sólo para acostarme con la chica, Jeremy, así que no estoy impaciente por hacerlo. Para empezar, no *quería* una amante, pero ahora que tengo una, te aseguro que la veré cuando de verdad tenga ganas, si te parece bien.

—Por ser algo que *no* querías, fue una suma indecente —comentó Percy.

Jeremy rió.

—Qué te parece.

Derek se dejó caer en el asiento, rezongando.

—Ustedes saben por qué lo hice.

—Claro que sí, viejo —repuso Percy—. Y te felicito por eso, ya lo creo. Aunque yo no tengo tanto como para ser tan noble, me alegra que uno de nosotros, al menos, lo sea.

—Sí —concordó Jeremy—. Impidió que Ashford consumara su propósito y, al hacerlo, consiguió una espléndida bonificación. Una magnífica noche de trabajo, si se me permite decirlo.

Sonrojándose ante el inesperado elogio, Derek dijo:

—En ese caso, tal vez podrían dejar de fastidiarme por haber dejado a la chica.

Jeremy rió:

—¿Debemos hacerlo?

Una mirada severa de Derek le obligó a mirar por la ventana, y a silbar una alegre cantilena. Incorregible pillastre. En realidad, al tío James le daría bastante trabajo enseñar a este cachorro a cumplir sus responsabilidades, cuando llegara el momento. Por supuesto que el padre de Derek debía de haber lamentado lo mismo en lo que a él se refería. De los cuatro hermanos Malory, a Derek tenía que tocarle el jefe de la familia y, por serlo, Jason Malory, marqués de Haverston, era el más severo de los tres y el más difícil de complacer.

7

Por lo general, Derek disfrutaba de los bailes, si bien no de los que tenían más de trescientos asistentes, como era el caso esa noche. Pero le gustaba bailar, solía encontrar una partida amistosa de whist o de billares, y nunca faltaba una cara nueva, o dos, que lo intrigase.

Sin embargo, la parte de la intriga nunca duraba demasiado, pues la mayoría de las damas jóvenes que tan espléndidamente se ataviaban para esas ocasiones, y que coqueteaban con tanta afectación, sólo buscaban una cosa: matrimonio. Y en el preciso instante en que ese propósito se hacía evidente, Derek les decía adiós, porque lo último que podía interesarle era el matrimonio.

Había ciertas excepciones a esa regla pero no eran frecuentes. Aun cuando la muchacha no quisiera casarse de inmediato, sufría presiones por parte de la familia en ese sentido. Era rara la joven que pudiese soportar esa presión y dedicase cierto tiempo sencillamente a disfrutar.

En verdad, esa clase de muchachas de mente independiente eran las que más agradaban a Derek, y había conocido muy bien a algunas de ellas. Aún eran puras, de modo que las relaciones no tenían un carácter sexual. Lejos de ello. Derek respetaba las reglas sociales, y le resultaba refrescante tratar con ellas en el terreno de la buena conversación, los intereses compartidos, y de poder aflojar la guardia cuando estaba con ellas.

Eso no significaba que no estuviese siempre a la búsqueda de la próxima compañera de cama. Lo que sucedía era que no la elegía entre las inocentes que llegaban a Londres cada temporada. No, por lo general, elegía objetos sexuales entre las esposas jóvenes y las viudas, las primeras, descontentas de su matrimonio, las últimas, libres para hacer lo que prefiriesen... por supuesto, con discreción. Y nunca salía de uno de esos grandes acontecimientos londinenses sin arreglar una cita para esa semana, o para esa misma noche, incluso.

No obstante, en esta fiesta no encontró nada que le interesara. Para complacer a la anfitriona, cumplió su parte en la danza, y tuvo que esforzarse por no bostezar antes de entregar cada compañera al siguiente caballero que tenía anotado en su carnet de baile. Probó con unas manos de whist, pero tampoco pudo concentrarse en el juego, aun cuando las apuestas fueron peligrosamente elevadas.

Dos de sus antiguas amantes intentaron interesarlo en un encuentro amoroso, pero contra su costumbre, que consistía en postergarlas con promesas, sencillamente les decía que tenía otro compromiso en ese momento. Y, sin embargo, no era así. No podía considerar un compromiso a la muchacha que había dejado en su casa... pero... Además, nunca se consideraba así a una amante, no se la veía como un compromiso serio. Una querida era nada más que una comodidad, muy grata... y muy costosa.

Aun así, no podía creer que tuviese una querida en ese momento. La única vez que aceptó pagar el mantenimiento de una mujer a cambio de sus favores, había sido un completo desastre.

Se llamaba Marjorie Eddings. Era una viuda joven, de buena familia, que no lograba seguir viviendo de acuerdo con el estilo en que había sido criada. Él había pagado las deudas... la mayoría de las cuales, en realidad, eran del esposo fallecido, hizo cambiar la decoración de la casa que ella había heredado, y cedió a los caprichosos deseos de la joven por las chucherías costosas.

Hasta había aceptado acompañarla a las numerosas reuniones a las que continuaban invitándola, aunque no quería cumplir ese papel. Desde luego, todo era muy abierto, y respetable, hasta el hecho de acompañarla hasta su residencia, como correspondía, y tener que esperar, luego, durante horas a que fuera seguro escabullirse para recibir los favores a que tenía derecho... que, la mitad de las veces, la mujer afirmaba estar demasiado cansada para brindar. Y durante los seis meses que duró la relación, aun sabiendo que él no tenía interés en casarse, no dejó de tramar jugarretas para llevarlo al altar.

Aunque le hubiese gustado lo suficiente para hacer permanente la relación, cosa que no sucedía, no le agradaba que le hicieran trampa y que le mintiesen, y ella lo había hecho. Aseguró que estaba embarazada, y era mentira. Luego, hizo divulgar rumores acerca de la relación, asegurando que él le había prometido matrimonio. Esa fue la gota que colmó la copa porque, además, esa afirmación la hizo, directamente, ante el padre de Derek.

Claro, Marjorie había subestimado a la familia Malory. Era imposible introducirse en sus filas por medio de mentiras. El padre de Derek lo conocía lo bastante bien para saber que el hijo jamás haría semejante promesa. En realidad, a Jason Malory le habría encantado que fuese de otro modo.

Pero Jason sabía que su único hijo todavía no estaba dispuesto a sentar la cabeza, que faltaba mucho para eso y, por suerte, jamás intentaría obligarlo a cambiar de opinión. Derek sabía que llegaría el día en que empezaría a presionarlo. Las responsabilidades, la línea de sucesión a lo que, en el caso de Derek, se sumaba el título que heredaría en su momento, eran elementos a tener en cuenta.

En cuanto a Marjorie, bueno, a Jason tampoco le gustaban las personas mentirosas. Era un hombre de principios rígidos. Y como había sido jefe de familia tanto tiempo, desde que tenía dieciséis años, y tuvo necesidad de llamar al orden muchas veces a los hermanos menores por sus fechorías, igual que a Derek y a Reggie, a la que había criado, estaba dotado de una gran habilidad para enfrentarse a ese tipo de situaciones.

También debería mencionarse un carácter bastante explosivo. Sólo los más inocentes podían soportar uno de los furiosos sermones de Jason. El culpable no tardaba en desmoronarse de vergüenza, en estallar en llanto en el caso de las mujeres, pues no era nada grato que a uno le cayera el techo sobre la cabeza, como decía Tony.

Marjorie se había marchado llorando, avergonzada, y nunca volvió a molestar a Derek. En el transcurso de la relación ella había conseguido hacerse con una buena cantidad de dinero, de modo que el joven no sentía culpa de que hubiese terminado tan mal. Y había aprendido la lección... eso creía, al menos.

Para ser justos, la mujer que había adquirido hacía unas horas no sería —no debería ser— como Marjorie, ni nada semejante. Kelsey Langston no pertenecía a la alta sociedad, aunque lo pareciera, no había sido formada para el gozo de privilegios, y seguramente no tendría más que agradecimiento hacia cualquier cosa que él pudiera hacer por ella, y Marjorie, en cambio, las esperaba como si tuviese derecho a ellas.

Más aún, la había comprado. La factura que tenía en el bolsillo lo demostraba, aunque todavía no sabía bien qué hacer al respecto. Pero ella se había puesto en venta. Nadie la había vendido sin su permiso, y... prefería no pensar, siquiera, en ese aspecto de la cuestión. Había conseguido una querida, y ni siquiera lo hizo para obtenerla sino para que aquel bribón de Ashford no maltratara a otra mujer más, y en este caso, a una que no podía escapar a sus crueldades.

Por cierto, derrotar a golpes a Ashford no había dado fin a sus costumbres perversas, como Derek esperaba. Ahora, lo encaraba de una manera más legal, como en esa subasta absurda, y mediante el uso de casas como la de Lonny, que proporcionaban mujeres para semejantes fines.

Antes, David Ashford compraba rameras baratas por una noche. Tales mujeres no tenían recursos para defenderse de señores de la raza de Ashford; peor aún, tal vez creyesen que las escasas libras que les arrojaba eran suficiente compensación por las cicatrices que podía dejarles. Patético, pero cierto. Y aunque Derek presentara acusaciones contra Ashford tras haber visto con sus propios ojos de qué género eran los placeres enfermos de ese hombre, sabía que ninguna de las víctimas se atrevería a testificar contra el sujeto. Eran compradas, o desaparecían antes del juicio.

Pero Derek sentía tanta indignación por esa situación, que tendría que hacer algo al respecto, convencido ya de que Ashford seguía en lo mismo. Y no podía ir por ahí comprando a todas las mujeres que Ashford intentara adquirir, aun cuando se enterase a tiempo de cada subasta como la de esa noche. No tenía una provisión de dinero infinita. Esa noche, había obedecido a un impulso.

Quizá debía hablar con el tío James, consultarle acerca de qué debía hacer. En su época de calavera, James se había enfrentado durante mucho tiempo al costado maligno de la vida, y si alguien sabía cómo tratar con canallas como Ashford, ese era él.

Pero eso quedaba para el día siguiente. Esa noche, estaba costándole mucho esfuerzo divertirse. Y, por fin, cuando cobró conciencia de que veía un par de ojos grises por todas partes, en lugar de los azules de la compañera con la que estaba bailando, empezó a preguntarse si Percy y Jeremy no tendrían razón. ¿Qué demonios estaba haciendo en una fiesta, cuando tenía a una mujer joven y encantadora —bajo su propio techo, además—, que tal vez hubiese ido a acostarse, extrañada de que no estuviese con ella?

Claro que el estar «bajo su propio techo» ponía un paño húmedo sobre su entusiasmo. Una de las razones por las que se llevaba bien con el padre, y por las que pocas veces era llamado al orden, era entender que Jason no se oponía a sus placeres siempre y cuando los practicara con discreción. Y Derek siempre lo había hecho de ese modo.

Lo cual significaba que jamás había llevado a una muchacha a la casa de Londres, ni siquiera a las dos propiedades que le habían sido entregadas. Las murmuraciones de los criados eran lo peor, y no había red clandestina más veloz que la que conectaba las casas de una calle y más allá, a través de mayordomos, cocheros, doncellas, mozos de cuadra, y así de seguido. Eso significaba que esa noche no conocería de verdad a su nueva amante.

Por fin, desistió de seguir fingiendo que se divertía, y buscó a Jeremy y a Percy para informarles de que se iba, y que, más tarde, les enviaría el carruaje. Por supuesto, lo miraron con guiños de complicidad y sonrisas pícaras, pensando que volvía a la casa a divertirse. Lo que sucedía era que no tenían padres como Jason Malory.

Eso no quería decir que no pensara mucho en la chica

en el trayecto hasta la casa. Al fin y al cabo, Kelsey Langston no pertenecía a la servidumbre. Y no estaría en la casa el tiempo suficiente para murmurar con cualquiera de los criados corrientes. De hecho, podría ir a verla sin que nadie se enterase y, a la mañana, estar metido en su propia cama. Su ayuda de cámara no estaría despierto para enterarse, pues él no quería que se quedase levantado esperándolo.

A decir verdad, no necesitaba esforzarse mucho para convencerse de hacer una visita breve a Kelsey. Por eso se decepcionó bastante cuando se encontró con Hanly junto a la puerta, a esa hora tan avanzada; esa presencia desbarató todos sus planes.

Viejo entremetido. Si Hanly no hubiese estado ahí, en el recibidor, observando cómo Derek subía cada uno de los peldaños, todavía habría tenido la posibilidad de volver a bajar, y buscar a la muchacha en los alojamientos de los criados. Pero no dudaba ni por un momento de que Hanly andaría por ahí merodeando, vigilándolo.

Y el padre de Derek se enteraría antes de que pasara una semana, y le endilgaría un sermón acerca de la corrección, la discreción y el cuidado que debía tener de no dar materia de rumores a los criados de la propia casa sino, en todo caso, de las ajenas. Y todo por una pequeña escapada con una chica a la que podría acceder en cualquier momento... después de esa noche. ¡Sería un disparate!

Con todo, esa noche le costó mucho dormirse.

8

—La culpa es mía —farfulló la señora Hershal—. Tendría que haberme percatado de inmediato, pero confieso que mi vista no es lo que solía ser, sobre todo de noche.

Kelsey se frotó los ojos para ahuyentar el sueño, escuchando sólo a medias al ama de llaves. No hizo comentarios, pues no sabía de qué hablaba la mujer: sin duda, se había perdido esa parte pues, al despertar, vio a la señora Hershal sacando uno de sus vestidos de la maleta, para alisarlo.

El cuarto ya estaba aseado, si bien Kelsey no había tenido tiempo de desordenarlo mucho la noche anterior. Y había agua fresca esperándola, toallas esponjosas y algo que parecía una tetera.

Bostezó, contenta de no haber despertado sin saber dónde estaba, preguntándose quién diablos era la mujer que merodeaba por su cuarto. Pelo castaño recogido en un severo rodete, anchos hombros, exagerado busto que daba a la figura una cierta pesadez en la parte de arriba, y cejas espesas, que parecían siempre fruncidas.

Ah, sí, recordaba bien al ama de llaves... el despectivo chasquido de la lengua de la mujer y las miradas desdeñosas que habían hecho que se sintiera como la más abyecta rata de albañal. Y el comentario que hizo al marcharse, a la noche, y que Kelsey jamás olvidaría:

—Y no ande por ahí, robando cosas, porque sabremos quién lo hizo, lo sabremos.

Era demasiado arduo digerir semejante desdén, sobre todo porque ella jamás había experimentado nada que se pareciera al reproche en toda su vida, pero supo que debería acostumbrarse a tales actitudes. Tendría que acorazar sus sentimientos de tal modo que llegara el momento en que ya no la lastimasen ni avergonzaran como en el presente.

Kelsey tuvo ganas de que la mujer se diese prisa y se marchara. Pero seguía murmurando para sí, sin percatarse de que Kelsey ya estaba despierta. Cambió de opinión cuando comenzó a prestar más atención a lo que la mujer decía.

—Eso me pasa por confiar en la opinión de Hanly. ¿Qué sabe él, me pregunto? Me dice que usted es una cualquiera que Su Señoría trajo a casa, y yo voy y le creo. Ha sido culpa mía, lo reconozco. Tendría que haber observado mejor. Se nota en los huesos. Los huesos no engañan, y usted los tiene.

—¿Perdón?

—¿Lo ve? ¿Qué le dije? Si anoche me hubiese pedido perdón, yo habría advertido de inmediato que usted no era para estar aquí abajo, milady. Fue por el vestido, ¿entiende? Y, como ya le dije, mi vista no es muy buena.

Kelsey se puso tensa, y se sentó en la cama llena de bultos. La noche anterior, ni se enteró de que era tan incómoda. ¡Por Dios, esa mujer estaba *disculpándose*! A eso se refería con sus murmuraciones. Por cierta razón, concluyó que había cometido un error al clasificar a Kelsey entre las ratas de albañal. ¿Y cómo tenía que reaccionar ante eso? Kelsey no *quería* que nadie creyese que ella era una dama.

Podía quedarse callada, dejar que la mujer pensara lo

que quisiera. De todos modos, no se quedaría en la casa y no tendría que verla a diario. Pero existía la posibilidad de que la señora Hershal se sintiera lo bastante culpable para seguir disculpándose ante lord Derek, y eso no estaba bien.

Por eso, dirigió una sonrisa no muy entusiasta a la mujer, y le dijo:

—No es como usted piensa, señora Hershal. Si bien es cierto que ese vestido ordinario no era mío, y que si no vuelvo a verlo me sentiré dichosa, yo no soy de clase alta, realmente, no lo soy.

—Entonces, ¿cómo se explica que...?

Kelsey se apresuró a interrumpirla.

—Mi mamá era institutriz, y no lo pasamos tan mal, ¿sabe? Estuvo empleada con la misma familia la mayor parte de mi vida, y vivimos en una casa elegante, como ésta. Incluso tuve el privilegio de compartir los tutores que educaron a las jóvenes a cargo de mi madre... y quizá por eso usted piense que no soy lo que soy. Pero le aseguro que no es la única que ha cometido ese error, al oírme hablar.

Al repetirla, la mentira iba haciéndose más fácil, pero la señora Hershal fruncía el entrecejo con aire de duda, y observaba el rostro de Kelsey como si tuviese la verdad inscrita en él y cualquiera que la mirase podría verla.

—Eso no explica lo de los huesos, milady. Tiene los huesos finos de la clase alta, sí.

Desesperada, Kelsey pensó un momento, y dijo lo primero que se le ocurrió:

—Bueno... no he conocido a mi padre, en realidad.

Y no tuvo necesidad de intentar disimular el sonrojo que le provocó la mentira.

—Entonces, ¿ha sido una casualidad? —replicó, pensativa, la señora Hershal, y asintió para sí misma, muy complacida con una conclusión tan lógica. Añadió con simpatía—: Ah, bueno, por aquí eso es muy frecuente, si lo sabré. El propio lord Derek, que Dios bendiga, no venía del lecho conyugal. Por supuesto que su papá, el marqués, lo reconoció y lo convirtió en su heredero, y por eso la alta sociedad lo acepta sin dificultades, aunque no siempre fue así. Ha tenido que pelearse mucho, sí, con lo crueles que son los jovenzuelos, hasta que el vizconde Eden se hizo su amigo, en la época del colegio.

Por cierto, Kelsey no esperaba escuchar la historia de Derek, el amigo de Jeremy, y no supo bien qué decir. La ilegitimidad del hombre no era asunto de ella, pero como acababa de proclamarse ilegítima, supuso que debía de manifestar cierta comprensión.

—Sí, yo sé lo que es eso.

—Me imagino, señorita, me imagino.

Al oír que la trataba de «señorita» y ya no de «milady», se relajó. La señora Hershal tampoco parecía ya tan afligida, satisfecha de saber que no se había equivocado tanto, y que no se vería en problemas por ello.

El ama de llaves sacó una rápida conclusión:

—¿Así que tuvo problemas y lord Derek la ayudó?

Lo más fácil hubiese sido decir que sí, y que quedase como estaba, pero debió saber que la mujer era demasiado entremetida para pescar la insinuación.

—¿De modo que hace mucho que conoce a Su Señoría?

—No, en absoluto. Me... perdí. No conozco la ciudad, ¿sabe?, acababa de llegar, y había tenido suerte al encontrar alojamiento enseguida, pero luego la suerte se invirtió, y anoche el edificio se incendió. Por eso llevaba puesto ese espantoso vestido. Alguien me lo prestó antes de que rescataran mi maleta, y... y lord Derek pasaba en su coche, vio el humo, y se detuvo para ver si podía ayudar.

Kelsey, que iba improvisando a medida que hablaba, se enorgulleció de haber inventado un incendio que explicara lo del vestido, y también su propia presencia allí.

—Sí, nuestro lord Derek tiene buen corazón, sí. Recuerdo que una vez...

Un golpe en la puerta interrumpió la evocación. Una doncella joven abrió y asomó la cabeza, diciendo:

—Ha llegado el coche, y Su Señoría está esperando.

—Dios mío, ¿tan temprano? —dijo la señora Hershal, agitando la mano para despedir a la doncella, y echando luego una mirada a Kelsey—. Bueno, entonces no tengo tiempo de planchar esto, ¿no? Pero creo que le he sacado bastante bien las arrugas, y ya está listo para que se lo ponga. Tampoco hay tiempo de desayunar, así que le diré a la cocinera que le prepare un cesto para llevarse.

—Eso no es necesa... —se apresuró a decir Kelsey, pero la mujer ya había salido.

Suspiró, y esperó no tener que avanzar más con la flagrante mentira que acababa de decir. Aunque, como no iba a quedarse, no tenía importancia.

Pero esta cuestión de las mentiras no le sentaba bien. Además, no era muy buena para mentir, pues jamás se había ejercitado. Tanto ella como Jean fueron educadas en la más escrupulosa sinceridad, y ninguna de las dos había tenido motivos para apartarse de esa norma —Kelsey, al menos—, hasta el momento.

El té ya estaba tibio, pero bebió de prisa una taza, mientras se lavaba y se vestía. Pensó en dejar ahí el vestido rojo, pero recordó un consejo que le había dado May en la casa de Lonny, referido a que siempre luciera lo mejor, lo más provocativa posible para su amante, y no tenía ninguna cosa que pudiera considerarse provocativa. Kelsey tal vez pensara que era una prenda de extremado mal gusto, pero al parecer los hombres no opinaban lo mismo pues, de lo contrario, las pujas no habrían llegado tan alto.

Pero si alguna vez volvía a usarlo, sólo lo haría tarde por la noche, y a puertas cerradas. Por el momento, se puso el vestido que la señora Hershal había sacado, uno de gruesa lana beige, que armonizaba con la chaqueta corta, de las denominadas *spencer*. Y por Dios que era bueno vestir con decencia una vez más, aunque la «decencia» ya no formase parte de su futuro.

Cuando bajó la escalera, el que estaba esperándola en el vestíbulo era lord Derek, y no Jeremy, y golpeaba los guantes contra los muslos, en señal de impaciencia. Vestido con los colores claros que se usaban para el día, parecía diferente, pero no menos apuesto.

A decir verdad, la luz intensa del vestíbulo remarcaba su apostura desde cualquier punto de vista, empezando por el cuerpo alto, delgado, hasta el rostro finamente cincelado... y los ojos, en realidad, eran azulados. La noche pasada debió de verlos verdes por la luz.

Y, por cierto, esos ojos la recorrían con detenimiento esa mañana, dándole la impresión de que no le agradaba lo recatado de su atuendo. Era comprensible. En ese momento tenía la apariencia de una dama, y no sería eso lo que él esperaba. Pero como no era a él al que debía impresionar o provocar, no pensaba preocuparse.

Había supuesto que, cuando se dijo, «Su Señoría está esperando», hablaba de que Jeremy había ido a buscarla, pero el joven señor no estaba por ningún lado. Claro, debía de estar esperando en el coche.

—Espero que haya dormido bien —le dijo Derek, cuando se acercó a él, en un tono algo desafiante, como si no lo creyese posible.

—Sí, muy bien.

A ella misma la sorprendía que fuese así, pero pensándolo bien, debió de haberse dormido en cuanto su cabeza tocó la almohada. Era lógico, teniendo en cuenta el miedo y la ansiedad que había soportado todo el día.

—Tengo entendido que esto es para usted.

No había visto el cesto que él tenía a medias oculto detrás de sí. Kelsey asintió, con la esperanza de que la señora Hershal no se lo hubiese entregado en persona o que, al menos, lo hubiese hecho sin comentarios. Pero no tenía tan buena suerte...

—¿Así que me atribuyen una buena acción que no recuerdo haber realizado?

Kelsey se ruborizó intensamente por haber sido sorprendida en una mentira.

—Lo lamento, pero, esta mañana su ama de llaves me importunaba con preguntas y me preció que usted no querría que supiera la verdad.

—Muy cierto, y en todo caso, no es asunto de ella. ¿En verdad, durmió bien?

La sorprendió que volviese a preguntárselo en ese tono, como si no lo creyera posible.

—Sí. Estaba exhausta. Fue un... día agotador.

—¿En serio? —el tono de duda seguía presente, indiscutible, pero entonces, el hombre sonrió—. Bueno, espero que hoy sea mejor. ¿Salimos?

Indicó la puerta.

La joven suspiró y asintió. Ese hombre estaba comportándose de un modo muy extraño, y ella no entendía el porqué. Tal vez no fuese extraño en absoluto, tal vez fuese un hombre escéptico. Aunque, en verdad, no tenía importancia pues luego de ese día no volvería a verlo.

La ayudó a subir al carruaje que esperaba, y en el instante en que la mano del hombre tocó la de ella, sintió otra vez una de esas inquietantes reacciones. Pero no fue por eso que frunció el entrecejo cuando el hombre se sentó frente a ella, sino porque el coche estaba vacío.

No pudo seguir postergando la pregunta:

—¿Iremos a buscar a su amigo Jeremy?

—¿Jeremy?

La momentánea confusión del hombre la irritó, sumándose a su propia confusión, pero repitió con calma:

—Sí, Jeremy. ¿Iremos a buscarlo esta mañana?

—¿Para qué? —replicó—. No necesitamos su compañía en el trayecto hasta Bridgewater —cuando sonrió, Kelsey hubiese jurado que tenía ojos verdes—. Además, es una oportunidad perfecta para conocernos mejor, y yo ya no puedo aguantar un momento más para averiguar qué sabes.

Antes de que la muchacha supiera qué pasaría, la había sentado sobre sus rodillas. Pero no demoró un instante su reacción: antes de que él hubiese acercado los labios a los de ella, lo abofeteó. El hombre la miró como si se hubiese vuelto loca, y ella a él, también.

A continuación, la dejó otra vez en el asiento de enfrente, y dijo, con cierta rigidez:

—No sé si pedirle perdón o no, señorita Langton. Teniendo en cuenta el agujero que me dejó ayer en el bolsillo a cambio del uso de su dulce persona, creo que merezco una explicación. ¿O acaso está usted bajo la errónea impresión de que soy como uno de esos pocos que frecuentan la casa de Lonny porque les gusta practicar el sexo con cierta rudeza? Le aseguro que no es así.

Kelsey se quedó con la boca abierta, las mejillas en llamas: *él* la había comprado, no Jeremy. Y ella acababa de iniciar la relación abofeteándolo.

—Yo... yo puedo explicárselo —dijo, sintiéndose un tanto descompuesta.

—Eso espero, mi querida, porque ahora siento el impulso de pedir la devolución de mi dinero.

9

Kelsey se sentía bastante descompuesta. No sabía cómo explicar lo que acababa de hacer. Y no lo sabía, pues la presencia de Derek delante de ella, mirándola, ceñudo, no le permitía pensar con claridad. En ese momento, lo único que *tenía* claro era que él era el que la había comprado. Él. El único que la perturbaba. El único de los tres que ella esperaba que no fuese.

Y ahora sabía por qué había esperado que no fuese él: la perturbaba de tal modo que no podía pensar.

—Estoy esperando, señorita Langton.

¿Qué esperaba? ¿Qué? Ah, sí, saber por qué lo había abofeteado. ¡Piensa, boba!

—Me asustó.

—¿Que la asusté?

—Sí, me asustó. No esperaba que me atacara así.

—¿Que la atacara, dice?

El volumen que alcanzaba la voz de él la hizo encogerse. Estaba explicándose de manera confusa. ¿Cómo hacerle entender lo sucedido, sin admitir lo idiota que era? ¿Por qué no había preguntado sin tardanza quién de ellos la había comprado? *Debió* haber preguntado. Más bien, debieron habérselo dicho. Pero ella no tenía que hacer suposiciones.

—Me expresé mal —admitió—. No estoy acostumbrada a que los hombres me pongan sobre sus piernas, y... bueno, como ya le dije, me sobresalté y... y reaccioné sin pensar que...

No concluyó. El individuo seguía frunciendo el entrecejo, y Kelsey se había quedado sin excusas. Ya no tenía otra cosa que hacer que decir la verdad.

—Está bien, si quiere saberlo, yo no supe quién de ustedes había pujado por mí. Sólo oí mencionar a un lord Malory, y cuando oí que llamaban así a Jeremy...

—¡Buen Dios! —exclamó—. ¿Creyó que la había comprado mi primo Jeremy?

El asombro de Derek fue evidente, y Kelsey asintió, ruborizada.

—¿Aun cuando la llevé a *mi* casa? —insistió.

La muchacha asintió otra vez, y agregó:

—Usted dijo que era por poco tiempo. Y supuse que, siendo Jeremy tan joven, quizá viviese aún con sus padres, y que le había pedido a usted que me diese alojamiento por la noche. De no ser así, ¿por qué creyó que preguntaba si iríamos a buscarlo?

A esa altura, Derek sonrió, confundiéndola.

—Querida muchacha, a decir verdad, me preocupaba que se hubiese enamorado del bribón. No sería la primera vez. Ése es el efecto que tiene sobre las mujeres, pese a su corta edad.

—Sí, es extremadamente apuesto —admitió, y deseó no haberlo hecho, pues Derek dejó de sonreír.

—Me imagino que está decepcionada de haber quedado ligada a mí.

Fue desafortunado que lo dijese, pues la verdad estaba inscrita en la cara de Kelsey, aunque se apresuró a mentir, para tranquilizarlo.

—No, por supuesto que no.

La expresión escéptica del hombre le demostró que no le creía, pero no estaba dispuesta a empeorar las cosas, añadiendo explicaciones. Jeremy la había inducido a confusión con su apostura, pero este Malory le suscitaba cosas que no entendía. Había supuesto que con Jeremy las cosas serían bastante simples. Con este hombre, en cambio, nada lo sería. Sin la menor duda hubiera preferido a Jeremy, pues la relación con él no habría sido tan complicada.

Como Derek no dijo nada, y mantuvo la expresión dudosa, aun sabiendo que no debía hacerlo se puso a la defensiva, y dijo, con cierta rigidez:

—Puedo asegurarle que lo prefiero infinitamente a los otros dos caballeros a los que superó en el remate, lord Malory. Sin embargo, no creí que mis preferencias tuviesen la menor importancia en su transacción. Nadie me preguntó si usted me parecía bien. No era una opción que estuviese incluida en el arreglo que hice. ¿O hubiese querido que lo estuviera?

Cuando le presentó argumentos sólidos, él sonrió, aunque la sonrisa no llegó a los ojos. Con tono más bien seco, le dijo:

—Excelente argumento, mi querida. Quizá deberíamos volver a empezar. Ven aquí, y me esforzaré por hacerte olvidar que no es Jeremy el que está sentado aquí. Y tú puedes hacerme creer que lo has olvidado.

Kelsey miró la mano que él le tendía, y no pudo rechazarla. Pero ya empezaba a sentir de nuevo esas raras sensaciones en la boca del estómago, y cuando al fin puso su mano en la de él, tuvo que ahogar una exclamación por la fuerza de la corriente que la recorrió.

—Mucho mejor —dijo Derek, acomodándola otra vez sobre sus rodillas.

Kelsey estaba segura de que le ardían las mejillas por la expectativa del beso. Pero él no la besó. La meció un poco para aquí, otro para allá, y luego la rodeó con los brazos, y lo oyó suspirar.

—Puedes relajarte, mi querida —le dijo, en tono divertido—. Apoya la cabeza donde gustes. Pienso que ante todo, dedicaré un rato a acostumbrarme a tenerte en mis brazos.

No era eso lo que esperaba, pero al oírlo, parte de su rigidez se esfumó.

—¿No peso demasiado?

El hombre rió.

—En absoluto.

El coche siguió traqueteando por las calles de la ciudad, que a esa hora estaban muy congestionadas con los carros y carretas que entregaban mercadería y la cantidad de personas que iban a sus trabajos. Cuando llegaron a las afueras de la ciudad, Kelsey ya se sentía bastante relajada como para apoyar la cabeza contra el pecho del hombre. Cuando lo hizo, él llevó una mano a la cabeza de ella, acariciándole la mejilla con el pulgar, cosa que a la muchacha no le molestó en absoluto. También le gustó la fragancia del hombre, limpia e intensa.

—¿Cuánto falta para Bridgewater? —se le ocurrió preguntar, luego de un rato.

—Nos detendremos a comer en el camino, así que es probable que nos lleve todo el día.

—¿Y qué hay en Bridgewater?

—Tengo una casa en el campo cerca de allí. De todos modos, tenía que hacer una visita, y hay por ahí una cabaña que está vacía, según creo. Pienso que estarás cómoda en ella durante una semana o dos, hasta que pueda encontrar algo para ti en Londres.

—Estoy segura de que estará muy bien.

Durante toda la hora siguiente guardaron silencio. Kelsey se sentía tibia y cómoda, y casi se había quedado dormida cuando oyó:

—Kelsey.

—¿Qué?

—¿Por qué te pusiste en venta de ese modo?

—Era la única... —empezó a decir, pero se interrumpió de golpe, dándose cuenta de que, al estar tan relajada, con la guardia baja, había estado a punto de revelar la verdad. Se apresuró a corregir el exabrupto, diciendo—: Quiero decir, prefiero no hablar de eso, si te parece.

Derek le alzó la barbilla para poder mirarla a los ojos. Ella vio que, sin la menor duda, eran verdes, curiosos, y que había allí otra cosa que no supo definir.

—Por ahora, aceptaré la respuesta, mi amor, pero no sé si la próxima vez que te lo pregunte será igual —dijo con suavidad.

Entonces, inclinó la cabeza, y Kelsey sintió la caricia suave de los labios del hombre sobre los suyos, sin nada amenazador, nada alarmante, el más leve de los contactos. Suspiró, aliviada. No fue tan malo, no había nada de qué asustarse.

En Kettering, había tenido varios jóvenes que la cortejaban, pero ninguno se atrevió a besarla. El ojo de águila de la madre estaba siempre atento, como correspondía. Y, por ser un primer beso, éste había sido muy agradable. Por cierto, no veía qué tenía de malo, ni por qué los padres se ponían ceñudos al sorprender a las hijas en tales menesteres.

El pulgar del hombre seguía acariciándole la mejilla. Después de un rato, se acercó a la comisura de la boca de Kelsey, y estiró con delicadeza hasta que los labios de la muchacha se separaron. Entonces, sintió que la lengua de él le recorría primero los labios, abriéndolos aún más, después pasaba entre los dientes, y después, más allá.

Esto no la relajaba. Al contrario: sintió que sus entrañas se contraían, pero a medida que continuaba se dio cuenta que las sensaciones no eran nada desagradables, sino más bien diferentes a cualquier otra cosa que hubiese experimentado hasta entonces.

Ansiosa, trató de recordar algunos consejos de May. *Nunca te quedes ahí, inerte. Acarícialo en cada ocasión que estén solos. Hazle creer que lo deseas todo el tiempo, aunque no sea cierto.*

Kelsey no tenía idea de cómo convencer a Derek de que lo deseaba. Pero acariciarlo era algo sencillo... siempre que pudiese dejar de pensar en lo que estaba sintiendo, y concentrarse en lo que tenía que hacer. Llevó la mano a la mejilla de él, y la recorrió con sus dedos hasta el pelo. Lo sintió suave y fresco, comparado con el calor de la boca de él.

La boca. Tenía un efecto mágico sobre ella, le impedía concentrarse en lo que estaba haciendo. Sin darse cuenta, había agarrado su pelo y, con la otra mano en la espalda del hombre, lo atraía hacia ella como si pudiese acercarlo más, más de lo que ya estaba. Y hacía tanto calor que se sentía a punto de desmayarse.

Entonces, la boca de él se apartó de pronto. Kelsey creyó haber oído un gemido, pero no supo si provenía de él o de ella.

Pero antes de que pudiese salir del embeleso y abrir los ojos, lo oyó decir, con voz estrangulada:

—Muy bien, ya veo que esto no ha sido una buena idea, al fin y al cabo.

Kelsey no lo entendió del todo. Derek la dejó de nuevo en el asiento frente a él, apartando con rapidez las manos de ella, y por eso llegó a la conclusión de que debía de referirse al hecho de haberla sentado encima de él. No se atrevió a mirarlo, mientras se esforzaba por recuperar la compostura y por luchar contra el rubor que, seguramente, teñiría sus mejillas.

Cuando al fin alzó la vista, él tampoco parecía muy

compuesto. Estaba aflojándose la corbata, y removiéndose en su asiento como si, de repente, hubiesen brotado uñas del tapizado de terciopelo.

Entonces, los ojos de ambos se encontraron, y él debió de percibir la confusión en esa mirada, pues hizo el esfuerzo de explicarle:

—Kelsey, cuando te haga el amor, será en una cama decente, y no balanceándonos, incómodos, en un carruaje.

—¿Estábamos por hacer el amor?

—Sí, eso estábamos por hacer.

—Entiendo.

Pero no entendía nada. Todavía estaban completamente vestidos. Cuando May le explicó que algunos hombres todavía hacían el amor a sus esposas en la oscuridad, y sin sacarse la ropa de dormir, lo dijo con gran desdén, aclarando que, con las amantes, en cambio, sin duda se desnudarían.

Kelsey no tuvo más remedio que aceptar la palabra de Derek en cuanto a que habían estado a punto de hacer el amor. Sin embargo, cuando *hubiese hecho* el amor esperaba encontrarles sentido a todas las advertencias y los consejos que había recibido. Por el momento, todo fue bastante confuso.

10

Se detuvieron a comer en una rústica posada de Newbury. Derek había frecuentado el establecimiento pues ya hacía bastante tiempo que había recibido la propiedad de Bridgewater, y sabía que ese local era más limpio que la mayoría, y que la comida era excelente. Y más importante aún, tenía un comedor privado para aquellos que preferían no codearse con la gente de la región; el uso de este comedor era tan costoso que sólo las personas acomodadas podían permitírselo. Y como aún no conocía las maneras de Kelsey, prefería no descubrir ante todo el público presente que comía como una marrana.

Sin embargo, los modales de la muchacha resultaron impecables. Nunca debería preocuparse de que lo hiciera avergonzarse por ello, si cenaban con conocidos de él. Por otra parte, no veía razón para ocultarla una vez que la hubiese instalado en Londres, pues había muchos lugares a los que uno podía llevar a la querida sin temor a encontrarse con damas de alcurnia a las que la presencia de una mujer de la clase y la profesión de Kelsey pudiera ofender.

La había observado un buen rato en el carruaje, mientras ella fingía no advertirlo. Podría haber sido la hija de un duque, ahí sentada tan rígida, tan correcta, con tanto decoro, ataviada con ropa que no era cara, pero sí adecuada para viajar.

Esa ropa lo sorprendió cuando ella bajó la escalera. No esperaba que tendría un aspecto tan distinto de una querida, ni aún en las primeras horas de la mañana. Si eso era lo mejor que podía sacar de la maleta, él tendría que comprarle otra más apropiada a su condición.

También era muy desconcertante escucharla hablar con tanta finura. Tenía mejor dicción que la mitad de las señoras del *bon ton*, que, igual que el propio Derek, tendían a cortar las frases hasta dar una breve síntesis de cada idea.

Con todo, Kelsey fue una revelación para él, pues de día era mucho más bella que la noche pasada, cuando estaba tan tensa, y con los ojos dilatados por los nervios. Su cutis era como de crema, sin defectos, cosa que hacía más notables los sonrojos. Las cejas eran finas y formaban un arco que no hacía más que resaltar los óvalos de sus ojos, más destacados aún por las espesas pestañas negras que los enmarcaban. Los altos pómulos armonizaban con una nariz fina y una barbilla delicada.

El pelo, muy negro, tenía rizos naturales y no necesitaba mucho arreglo para tomar una apariencia elegante. En ese momento lo llevaba peinado en una trenza que le rodeaba la cabeza, con mechones sobre la frente y rizos suaves sobre las orejas, muy tentadores. Esos ojos de un gris tierno, eran muy expresivos cuando se llenaban de inocencia, rencor o simple confusión. No pudo menos que preguntarse qué parte de lo que veía en ellos era verdad, y qué parte habilidoso fingimiento.

Empezaba a fascinarle, sin ninguna duda. La noche anterior le había costado mucho dormirse a causa de ella, pensando que la tenía bajo el mismo techo, durmiendo como una recién nacida. No se había quedado despierta esperando una visita de él, porque no sabía que estaba en la casa del hombre que la había comprado. Estaba convencida de que ese hombre era Jeremy.

Derek aún estaba confundido por su reacción ante ese malentendido. Apenas conocía a la muchacha. El haberla comprado no era motivo suficiente para sentir celos... no tan pronto, al menos. ¡Y por Jeremy...!

Claro que el primo no había ocultado que la quería para sí. Y la joven tampoco hizo un misterio del hecho de que le parecía muy apuesto. Desde luego, si hubiese afirmado lo contrario, Derek estaría seguro de que mentía. Además, lo fastidió que intentara convencerlo de que lo prefería a él: no cabía duda de que mentía descaradamente.

Pero ya abordaría ese problema. Después de todo, no tenía el menor interés en que la joven se enamorase de él y empezara a pensar en hijos y en tareas domésticas. Eso no era lo que un hombre pretendía de su querida. Y después de lo que había pasado antes, ya no podía negar que la deseaba.

La falta de sutileza, combinada con la pasión que demostró fueron una extraña mezcla que inflamó los deseos de Derek hasta hacerle perder el control, casi. Todavía no podía creer hasta qué punto deseó poseerla ahí mismo, en el carruaje, y cuánto tiempo le llevó contener el ansia de lanzarse sobre ella.

Lujuria. Admitía que ése era el sentimiento que correspondía albergar hacia una amante, de modo que no estaba descontento. Aunque la muchacha prefiriese a Jeremy en lugar de él, y deseara haber quedado en manos del primo, en lo que a Derek concernía, el modo en que le respondió había sido más que satisfactorio.

Cuando estaban terminando de comer, seguía pensando en ello, y comentó, como para sí:

—Estoy tentado de alquilar un cuarto aquí mismo, ya lo creo que sí. Pero tengo la sensación de que me llevará varias horas hacerte el amor por primera vez, y eso hará que lleguemos tarde a Bridgewater para que te instales... ¿Por qué te ruborizas?

—No estoy habituada a este tipo de conversación.

Derek rió: la constante simulación de inocencia por parte de ella le resultaba divertida. Le despertaba curiosidad pensar cómo esperaba seguir adelante, después de la primera vez que estuviesen juntos, solos. Bueno, pero eso lo averiguaría esa noche, ¿verdad? Era una perspectiva muy grata.

—No te preocupes por eso, mi querida. Pronto te acostumbrarás.

—Eso espero —repuso—. De lo contrario, necesitaré ropa más fresca... quiero decir que este constante ruborizarme me mantiene bastante acalorada.

Derek estalló en carcajadas.

—Y aquí estoy yo, deseando hacer precisamente eso.

—Ya está, ¿lo ves? —dijo, sonrojándose otra vez y levantando la mano para abanicarse las mejillas—. Por lo acalorada que estoy, podría ser verano.

—Espero que, cuando llegue el verano, hayamos logrado terminar con esos rubores —replicó el hombre, con cierta sequedad, aún creyendo que no habría nada que hacer si se ruborizaba a voluntad, como en ese momento. Pero como no tenía intenciones de terminar con la simulación, que tanto lo divertía, agregó—: Entonces, ¿nos vamos, antes de que cambie de idea y pida una habitación?

Había que reconocer que Kelsey no se levantó de un salto ni corrió hacia la puerta, pero faltó poco, y fue evidente que había faltado poco, que contenía la impaciencia por hacerlo. Derek movió la cabeza, mientras la seguía. Extraña muchacha. Si juzgaba por las apariencias, terminaba bastante confundido. Pero había conocido suficientes mujeres sofisticadas para saber que todas esas ficciones formaban parte de un juego para divertir a los caballeros, que no era para engañarlos ni para darles una falsa impresión.

No quedaría más que una hora de luz diurna cuando, por fin, llegaron a las pequeñas cabañas de los arrendatarios en la propiedad de Derek. Constaban de una sola habitación, con una zona de cocina sobre una de las paredes, una mesa de comedor en el centro y, del otro lado, otra zona destinada a sala, por la única razón de que contenía una silla grande, tapizada. Había un solo dormitorio en la parte de atrás, con un diminuto lavabo; todo el espacio disponible ocupado por un barril redondo que hacía las veces de bañera. Nada de comodidades modernas.

La cabaña tenía escasos muebles y, en ese momento, estaba bastante sucia, clara evidencia de que había estado desocupada mucho tiempo. Había unas pocas cacerolas oxidadas colgadas en la pared, sobre el fregadero, una mesa pequeña con dos sillas, para comer, la única silla tapizada cubierta con una manta para protegerla del polvo, y en el dormitorio no había más que una cama, nada de armario, nada de ropa de cama. Pero la vivienda era de construcción sólida, y no había grietas por las que pudiesen entrar corrientes de aire, ni tablas podridas. Lo único que necesitaba era una buena limpieza y un par de muebles para hacerla bastante acogedora.

Tras lanzar un suspiro por el estado del lugar, Derek fue a buscar una brazada de leña de un cobertizo que había fuera, en el fondo, y encendió el fuego. Cuando terminó, se sacudió las manos y se volvió, expectante, hacia Kelsey.

—Tengo que ir a presentarme en la casa —le dijo—,

para informarles de mi llegada. Quisiera que no se divulgue quién eres y por qué estás aquí, así que cuanto menos te vea la gente, mejor. Hasta ahora, nunca he traído a una mujer aquí y, si se supiera, habría cejas levantadas entre mi personal, y llegaría a oídos de mi padre, algo que prefiero evitar. Pero haré que te traigan ropa de cama y otras cosas esenciales, y yo mismo volveré pronto. ¿Estarás bien aquí, sola, por un tiempo?

—Sin duda —respondió Kelsey.

Derek le dirigió una sonrisa radiante, complacido de que no se quejara por la falta de comodidades.

—Espléndido. ¿Y que te parece si cenamos en el pueblo cuando yo regrese? Si mal no recuerdo, hay varios lugares donde sirven excelente comida, y está a sólo un kilómetro y medio de aquí —mientras hablaba se acercó a ella, que estaba sentada ante la mesa, y se inclinó para darle un breve beso—. Espero impaciente esta noche, mi querida. Tengo la esperanza de que tú también.

El sonrojo no se hizo esperar, pero Derek no se quedó para verlo. Cuando la puerta se cerró tras él, Kelsey suspiró. ¿Esa noche? No, no estaba impaciente en absoluto. Y para evitar pensar en ello, se puso a la tarea de ver qué podía hacer con respecto a la limpieza y, tras una exploración, encontró dos cestos en el cobertizo del fondo, uno lleno de platos rotos, otro, con un cubo y unos trapos.

Usó los trapos para quitar el polvo a los pocos muebles, limpiar las ventanas y los escasos armarios de cocina. Pero no podía hacer mucho más sin contar con un jabón enérgico ni una escoba. En consecuencia, poco después estaba otra vez esperando el regreso de Derek, y la llegada de las cosas que necesitaba para hacer de la cabaña algo habitable.

Pero pronto oscureció, y la fatiga del día se adueñó

rápidamente de ella. Kelsey se había sentido mucho más cómoda sentada sobre las piernas de Derek ese breve lapso, cuando estaban en el coche, que el resto del día sentada frente a él, sabiéndose observada, sabiendo lo que él estaba pensando. Eso sí que fue agotador. Por eso, antes de que llegara alguien, se quedó dormida en la silla tapizada, protegida del frío sólo por una manta y el fuego.

11

A la mañana siguiente, cuando despertó y descubrió que la cabaña estaba como la noche anterior, no supo qué pensar. Evidentemente, Derek no había vuelto o no se había molestado en despertarla. También era evidente que no se había quedado, porque no estaba. Tampoco estaban los objetos que había prometido hacerle llegar.

Se afligió durante varias horas, preguntándose qué habría pasado para hacerle cambiar de planes, pero no se le ocurrió nada. Y lo único que podía hacer era esperar. Antes de irse, la noche anterior, le dejó en claro que no quería que Kelsey apareciese en el umbral de su casa, y por lo tanto no podía ir a buscarlo para averiguar qué había sucedido.

Al menos habían llevado a la cabaña la cesta que había preparado la señora Hershal, y que el día anterior no había tenido ocasión de abrir. Estaba famélica. Examinando el contenido, encontró una fuente de pastas surtidas envueltas en un repasador, un frasco de mermelada y un cuchillo para untarla.

Los cuatro pasteles, ya marchitos, habrían estado perfectos para el desayuno que se saltó el día anterior. En ese momento, en cambio, como tampoco había cenado la noche pasada, no tranquilizaron su estómago más que unas horas, y deseó haber dormido más tiempo en lugar de haberse despertado con las primeras luces del día que entraron por las ventanas sin cortinas.

Hacia el mediodía, estaba demasiado preocupada para hacer caso de la advertencia de Derek de que no escandalizara a nadie revelando su presencia. Ya no importaba lo que Derek tuviera intención de enviarle; lo que más le importaba en ese momento era la comida y la falta de medios para obtenerla. Él no le había dejado dinero ni medio de transporte. Si no regresaba pronto, Kelsey se vería en serios problemas, precisamente de la clase que había querido evitar cuando se vendió.

Claro que Derek aparecería, no le cabía duda de ello. Pero, seguramente había olvidado que en la cabaña no había comida. Como al llegar la tarde aún no había aparecido, el hambre la impulsó a ignorar la advertencia de no mostrarse. No había modo de evitarlo: tenía que hacer un esfuerzo para encontrarlo.

En cuanto abrió la puerta del frente, encontró la carta de Derek. Estaba metida en el borde de la puerta, y cayó revoloteando al piso cuando abrió. Por supuesto, no sabía de quién era hasta que rompió el sello y la abrió:

Querida Kelsey:
El mensajero de mi padre se precipitó sobre mí en cuanto entré en mi casa. He sido llamado con urgencia a Haverston, y eso significa que ayer tendría que haber estado allí. No me atrevo a perder un momento más, y por eso te dejo esta nota en lugar de estar yo mismo.

No sé de qué se trata, pero creo que estaré ausente un día más o menos. Si no fuera así, haré que te avisen. Pero trata de pasarlo bien hasta que volvamos a encontrarnos.

Hasta entonces...

Respetuosamente tuyo,
Derek

¿Pasarlo bien un día o dos? ¡Pero si Derek se había ido tan rápido que no tuvo tiempo de arreglar que le enviaran lo necesario para hacer habitable la cabaña! ¿Cuánto tiempo pasaría hasta que cayese en la cuenta de que no había hecho esos arreglos, y lo rectificase? ¡Si estaba preocupado por saber el motivo de la llamada de su padre, y pensaría en eso más que en ella! Era probable que pasaran varios días...

¡Qué desconsiderado! ¡Qué inconsciente! Y como ya estaba hambrienta, Kelsey perdió por completo la compostura y arrojó la carta a la chimenea, deseando que fuese el mismo Derek Malory el que estaba ardiendo.

Le llevó una media hora encontrar la casa, que era la más grande de la zona, muy grande. No era una simple casa de campo, como supuso; era toda una propiedad con establos, granjas y abundancia de arrendatarios.

Pidió hablar con el ama de llaves, y le explicó que lord Malory le había alquilado la cabaña por el breve tiempo que durarían sus vacaciones, y que le había prometido que estaría correctamente amueblada y provista con los elementos necesarios, pero que no era así. Esperaba que fuese sencillo rectificar la situación. Pero el ama de llaves no lo hizo tan simple.

—Yo no tengo nada que ver con los arrendatarios de las tierras de lord Jason... eh, de lord Derek, milady. Bastante quehacer tengo atendiendo esta vieja mansión, con lo perezosos que son mis ayudantes. Es el administrador de lord Derek el que se ocupa de los arrendatarios y procura que estén satisfechos, sí, y yo haré que la vea en cuanto vuelva, el fin de semana. Él se ocupará de sus quejas de inmediato, estoy segura.

—Usted no me entendió —trató de explicarle Kelsey—. Yo ya pagué el alquiler, y no tengo dinero encima, lo único que traje es algo de ropa, pues me aseguraron que tendría alimentos, ropa de cama y todo lo que necesitara.

El ama de llaves ya fruncía el entrecejo:

—En ese caso, déjeme ver su contrato. Tengo que dar cuenta de todo en esta casa, hasta del alimento. No puedo entregar nada a los arrendatarios de Su Señoría sin que él me lo diga, y cuando él estuvo aquí, anoche, no me dijo nada al respecto.

Por supuesto, no había tal contrato. Y la única prueba que Kelsey tenía de que conocía a Derek era la carta que había echado al fuego.

En consecuencia, se vio obligada a decir:

—No importa. Conseguiré algún dinero en Bridgewater, si usted me indica cómo llegar.

—Por supuesto, milady —dijo la mujer, contenta de no tener que sacar nada de su despensa—. Tome la carretera hacia el este.

Señaló en esa dirección.

Kelsey salió de la propiedad pensando en su dilema. Si no hubiese mentido al decir que había alquilado la cabaña, habría recibido la ayuda necesaria. En cambio, como intentó mantener en reserva su relación con Derek, como él había pedido, ¿qué era lo que había conseguido, eh? Un ama de llaves quisquillosa, que ni siquiera le había ofrecido té y pasteles.

Regresó a la cabaña más descorazonada, y mucho más hambrienta. Por supuesto que no tenía modo de obtener crédito. Lo único que podía hacer era pedir un préstamo, señalando que era la querida de Derek Malory. Un banquero, al oír eso, se reiría y la echaría de su oficina.

Pero tenía algunas cosas para vender en el pueblo, y así comprar algo de alimento para salir del paso. Tenía un reloj de bolsillo que era una pieza fina, con dos diamantes engarzados, regalo de sus padres cuando cumplió catorce años. También tenía el espantoso vestido rojo. Y si bien odiaba deshacerse del reloj, no tenía otra alternativa.

Metió el vestido en la cesta de la señora Hershal, ya que la necesitaría para llevarse consigo la comida que comprase, y emprendió la larga caminata al pueblo. Y aunque en la cabaña no había otras comodidades elementales, del grifo instalado en la cocina salía abundante agua fresca, y había una buena cantidad de leña en el cobertizo del fondo, como para mantenerse caliente. Y hasta tenía un plato para comer y un frasco de mermelada.

Esa tarde, caminando hacia Bridgewater, Kelsey casi se sentía un poco mejor. Casi. Pero el módico optimismo al que se aferraba no estaba destinado a durar, pues ninguno de los joyeros a los que acudió y con los que habló tenían interés en comprar su reloj.

Ya casi estaba oscuro cuando desistió de vender el reloj; intentó entonces conseguir algo con el vestido.

La modista, una tal señora Lafleur, estaba a punto de cerrar la tienda cuando llegó Kelsey y sacó el vestido rojo del canasto para que la mujer lo examinara. Pero cuando le explicó que deseaba venderlo, la mujer pareció ofendida.

—¿En mi tienda? —exclamó, contemplando el vestido como si Kelsey hubiese dejado una serpiente suelta sobre el mostrador—. No atiendo a esa clase de clientela, señorita, y jamás lo haré.

—Lo siento —tuvo que decir Kelsey—. ¿Conoce usted a alguien que sí lo haga?

—Por supuesto que no —bufó la señora Lafleur—. Podría darle unas monedas por el encaje... si puede quitarlo sin estropearlo. Yo no tengo tiempo de hacerlo. Perdí a la muchacha que me ayudaba, y lady Ellen encargó un guardarropa nuevo para la hija, que tengo que entregar la semana que viene. Es mi mejor cliente, y si no termino a tiempo, la perderé.

Kelsey no había pedido a la mujer que le contara sus problemas; ya tenía bastante con los propios, pero escucharla le dio una idea.

Le propuso:

—Cómpreme el vestido por cinco libras, y yo la ayudaré a terminar el encargo de lady Ellen... con un pago extra, por supuesto.

—¡Cinco libras! ¡Si lo único que puedo usar es el encaje! Una libra por el encaje, y usted termina los tres vestidos que faltan... sin otro pago.

—Una libra por el encaje, y otras diez libras para terminar dos vestidos —replicó Kelsey.

—¿Diez libras por dos vestidos? —repuso la mujer, con desdén, mientras su cara enrojecía más aún de lo que ya estaba—. ¡No pago esa cifra por un mes de trabajo!

Kelsey frotó la manga de su chaqueta.

—Sucede que yo sé lo que cuesta la ropa de buena calidad, señora Lafleur. Si no le pagaba esa cifra a su ayudante, estaba robándole.

Por desgracia, en ese momento el estómago de Kelsey gruñó fuerte. Y al ver la expresión que asomó al rostro de la señora Lafleur al oírlo, supo que tenía la partida perdida.

Tuvo que cambiar el tono otra vez, y decir:

—Está bien, diez libras por terminar los tres vestidos... y, de paso, mi puntada es excelente.

Cuando terminó de regatear con la mujer, ya había oscurecido del todo. Pero tenía un billete de una libra en la mano, y la promesa de otros cuatro cuando completara los cinco vestidos que ahora estaban metidos en el cesto, junto con agujas, hilo y tijeras. Era un consuelo que la hija de lady Ellen fuese menor de diez años y, en consecuencia, no hubiese demasiada tela para coser.

Por desgracia, no pudo encontrar un solo vendedor ni tienda abierta a esa hora, y se vio obligada a comer en la posada, que le costó tres veces más de lo que esperaba gastar en la misma cantidad de comida. Pero le quedaban unas monedas para comprar comida el día siguiente, a precios normales. Sin embargo, necesitaba comprar también una vela, para poder coser los vestidos de noche. Y al menos una olla decente para cocinar, un poco de jabón, y...

No fue un día agradable desde ningún punto de vista. Se encontró en la misma situación que quiso evitar cuando se vendió, con el único beneficio de que su familia se había salvado de sufrirla.

Cuando volvió a la cabaña, donde hacía tanto frío dentro como afuera, ya estaba un poco resfriada. Pero al menos había comido. Y tenía la esperanza de contar con más dinero cuando terminase el trabajo que le habían encomendado.

Sobreviviría... el tiempo suficiente para asesinar a Derek Malory cuando regresara.

12

Hacía meses que Derek no iba a Haverston. Como la mayoría de los jóvenes de su edad, prefería la excitación, la sofisticación y la variedad de diversiones que había en Londres a la vida del campo. Pero amaba Haverston. Las dos propiedades que había recibido para que les hincara el diente, todavía no eran para él un hogar, en el estado en que estaban, comparadas con Haverston.

Supuso que sus tíos Edward, James y Anthony que habían sido criados en Haverston, sentían lo mismo. Tal como pasaba con su prima Regina, que también se había criado en la casa, ya que había ido a vivir allí desde muy pequeña, cuando murieron sus padres. De hecho, Reggie, que sólo tenía cuatro años menos que Derek, era para él más una hermana que una prima, pues habían crecido juntos.

Derek había llegado en mitad de la noche. Para acelerar el viaje, se llevó uno de sus caballos del establo y prescindió del coche. También se sintió muy tentado de despertar a su padre para averiguar por qué lo había convocado, pero la expresión escandalizada del mayordomo que lo recibió cuando él le sugirió hacerlo lo indujo a ir a su cuarto a esperar la llegada de la mañana siguiente.

Cuando lo pensó con más calma, comprendió que había sido lo más correcto. Pues si había sido llamado para que el padre lo regañase, despertándolo, sólo lograría empeorar las cosas. Aunque pensó y repensó, no pudo imaginar nada que irritara a su padre y que fuese motivo para que este lo convocase.

Por supuesto que Jason Malory no necesitaba una razón específica para llamar a cualquier miembro de la familia. Era el mayor de los Malory que aún vivían y, por lo tanto, cabeza de la familia, y tenía la costumbre de reunirla junto a él, ya fuese que quisiera sólo conversar, comunicar alguna información... o reprender a alguien. Nunca se daba la situación inversa. Y no tenía la menor importancia que Derek tuviese otros compromisos, en especial una mujer fascinante que estaba esperándolo para acostarse con él. Si Jason exigía la presencia de alguien, éste debía acudir. Era así de simple.

Por lo tanto, Derek decidió tomarse las cosas con calma. Pero una hora antes de amanecer, ya estaba abajo, esperando al padre. Primero, se topó con Molly, lo que no le sorprendió. Tenía la impresión de que Molly siempre sabía cuando él llegaba a la casa, y nunca dejaba de presentarse a darle la bienvenida. Ese hábito se había arraigado tanto que, si no la veía en alguna de sus visitas, creía que pasaba algo malo.

Molly Fletcher era una mujer muy bella, de mediana edad, de pelo rubio ceniciento y enormes ojos castaños, que había pasado de ser doncella de la planta baja al puesto de honor en la jerarquía de la servidumbre, y ya hacía veinte años que era ama de llaves en Haverston. Además, se había esforzado durante años para mejorar, para librarse del acento *cockney*,[1] que Derek recordaba haberle escuchado cuando él era un niño, y para desa-

---

1. El cockney es el inglés coloquial de los barrios bajos de Inglaterra, sobre todo de Londres. (*N. de la T.*)

rrollar un temperamento calmo y compuesto que hasta una santa envidiaría.

Y como todas las mujeres de la casa, desde la cocinera hasta la lavandera, Molly siempre trató a Derek y a Reggie como una madre, dándoles consejos, advertencias, regaños y preocupándose por ellos siempre que lo creyese necesario.

Ése era el resultado de la ausencia de una verdadera madre en la época en que los dos niños la necesitaban. Jason, cumpliendo con su deber, se había casado con Frances precisamente por eso, para darles una madre a los dos chiquillos.

Por desgracia, no logró lo que se proponía. Lady Frances resultó ser una mujer enfermiza que insistía en darse curas de agua en Bath con tanta frecuencia, que pasaba más tiempo allí que en su hogar. Derek suponía que era una mujer bastante agradable, si bien un tanto nerviosa, pero nadie en la familia había llegado a conocerla demasiado.

A menudo se preguntaba si el mismo Jason la conocería bien, o si eso le importaba, incluso. Formaban una pareja muy dispareja: Frances, delgada, pálida, se sobresaltaba con facilidad, mientras que Jason era grande, robusto y dado a las bravatas. Derek no podía recordar haber visto el intercambio de una sola expresión de ternura cuando estaban juntos. Claro que eso no era asunto de él, pero sentía cierta compasión hacia su padre, por el mal resultado del acuerdo con Frances.

Sin hacer ruido, Molly se había acercado a Derek por detrás, mientras éste curioseaba en el estudio vacío de Jason. Lo sobresaltó cuando dijo:

—Bienvenido a la casa, Derek.

De todas maneras, el muchacho se volvió para sonreírle.

—Buen día, Molly, mi amor. No sabes dónde puede estar mi padre tan temprano, ¿verdad?

—Seguro que sí.

Y ahora que lo pensaba, ella siempre sabía dónde estaba cualquier habitante de la casa en cada momento. Derek no sabía cómo se las ingeniaba, con lo grande que era la casa y con la cantidad de habitantes que tenía, pero lo lograba. Quizá lo que sucedía era que sabía dónde *tendría* que estar cada uno, y con su control sereno pero firme de todo el hogar, nadie se atrevía a estar en un lugar que no le correspondiera sin avisarle antes.

—Esta mañana está en el invernadero —continuó Molly—. Debe de estar entreteniéndose con sus rosas de invierno, irritado porque no florecen cuando a él le parece que deben florecer... eso dice el jardinero —agregó con una sonrisa.

Derek rió. La horticultura era una de las aficiones de su padre, y la tomaba muy en serio. Si hasta era capaz de viajar a Italia si oía decir que había una nueva variedad que podría conseguir para su jardín.

—¿Sabrás también para qué me hizo venir a casa?

Molly negó con la cabeza.

—Vamos, ¿por qué iba yo a meterme en sus asuntos privados? —lo reconvino con gentileza. A continuación, le guiñó un ojo y murmuró, en un aparte—: Pero puedo decirte que esta semana no ha estado despotricando y protestando por nada en especial, que yo sepa... además de las rosas.

Derek sonrió, aliviado, y contuvo las ganas de abrazarla... durante cinco segundos, no más. El apretón hizo bufar a Molly, que dijo:

—Vamos, vamos, nada de eso. No podemos dar una impresión equivocada a los sirvientes.

Derek rió y le dio una palmada en el trasero, y luego

salió dando grandes zancadas por el pasillo, gritando sobre el hombro a un volumen como para que lo oyesen todos los que estuvieran en un radio de cinco habitaciones:

—¡Y yo que pensaba que todo el mundo sabía ya que te amo con locura, Molly! ¡Pero, si no es así, y si insistes, lo mantendré en secreto!

Y si bien se ruborizó intensamente, la mujer le sonrió, desbordantes los ojos castaños de un amor exagerado hacia el bribón, aunque se apresuró a controlar esos sentimientos maternales para continuar con las tareas de la mañana.

Como el invernadero estaba constantemente lleno más allá de su capacidad, habían terminado por trasladarlo lejos de la casa hacía unos años. Ahora estaba detrás de los establos, y era una construcción inmensa, de techo de cristal, de un largo casi igual al de la casa principal y de forma rectangular. Las dos paredes más largas también eran casi enteramente de cristal, y sobre todo en invierno estaban casi siempre empañadas por el vapor que provocaban docenas de braseros distribuidos por todo el recinto, y que ardían día y noche.

En cuanto Derek entró, quitándose la chaqueta, lo asaltó el perfume denso de las flores, la fragancia de la tierra y el abono. Fue todo un trabajo encontrar a Jason en ese sitio tan grande, donde, por lo general, había media docena de jardineros presentes.

Pero al fin encontró los canteros de rosas... y a Jason Malory, inclinado sobre unos exquisitos capullos blancos que había estado transplantando. A un extraño le hubiese costado reconocer al marqués de Haverston en ese hombre de mangas enrolladas, cubierto hasta los codos de una fina capa de tierra, manchas en la camisa... otra camisa de linón blanco arruinada sin remedio, y un trazo de tierra sobre la frente húmeda de enjugarse, distraído, el sudor con el dorso de la mano.

Era corpulento, rubio y de ojos verdes, como la mayoría de los Malory. Sólo unos pocos tenían el cabello renegrido y los ojos azul intenso de la bisabuela de Derek. Se decía que ella tenía sangre gitana, aunque ni Jason ni ninguno de los hermanos lo habían confirmado jamás.

Jason estaba tan abstraído en su tarea que Derek tuvo que carraspear varias veces para hacerse notar. Pero, al fin, el hombre reparó en él y su hermoso rostro se iluminó con una sonrisa, evidenciando que se disponía a recibir a su hijo con un abrazo.

Derek se apresuró a apartarse, y alzó una mano, con expresión de espanto exagerado:

—Si no te molesta, ten en cuenta que hoy ya me bañé.

Jason se miró y rió.

—Tienes razón. Pero me alegra verte, muchacho. Ultimamente, no nos visitas con mucha frecuencia.

—Y tú no vas a Londres más frecuentemente —repuso su hijo.

—Cierto.

Jason se encogió de hombros y se encaminó a una bomba de agua que había cerca para sumergir los brazos en el fregadero lleno debajo de ella, donde se amontonaban varias regaderas. Cuando se sacudió el agua de los brazos lavados, las flores que estaban más cerca recibieron una rociada adicional.

—Sólo los negocios y las bodas; eso es lo único que puede arrastrarme a esa ciudad congestionada —añadió Jason.

—A mí me gusta esa congestión.

Jason resopló.

—Hablas como cualquier cachorro que gusta de las

diversiones que se pueden encontrar allí. En ese aspecto, te pareces a mis hermanos James y Tony.

Aun expresada con ligereza, había cierta censura en la frase, pero no la suficiente para alarmar a Derek.

—Pero ellos están casados —repuso, con fingido horror—. ¡Caramba, espero no haber caído en esa trampa sin advertirlo!

—Tú *sabes* a qué me refiero —refunfuñó Jason, con expresión que empezaba a ser severa.

Lo bueno de ser el hijo de un jefe de familia austero, serio, era que no necesitaba contener las ganas de bromear o provocarlo, como tal vez tuvieran que hacer otros integrantes de la familia. Desde muy pequeño, Derek había aprendido que, si bien su padre siempre parecía severo, por lo general era más lo que ladraba que lo que mordía, por lo menos con respecto a él.

Derek rió con descaro. ¿Quién ignoraba que James y Anthony Malory habían sido los dos bribones más famosos de Londres, y que ninguno de los dos sentó la cabeza hasta bien pasados los treinta años?

—Claro que lo sé —dijo, todavía riendo—. Y cuando yo tenga la edad de ellos, seguramente te habré hecho abuelo dos veces. Pero aún falta para eso, y prefiero seguir sus pasos... sin los escándalos que ellos provocaron, por supuesto.

Jason suspiró. Había aludido al tema y, como siempre, Derek lo eludió. Entonces, pasó a la cuestión que debían tratar.

—Te esperaba ayer.

—Ayer estaba en camino hacia Bridgewater. Tu mensajero tuvo que ir a buscarme allí, y lo que sucedió fue que llegó al mismo tiempo que yo, y no me dio tiempo ni a comer un bocado cuando tuve que salir de nuevo hacia aquí.

—Con que Bridgewater, ¿eh? Así que, estás poniéndote al corriente de lo que pasa en tus propiedades. Según Bainsworth, hasta ahora no era así. Me llegó una carta de él donde me cuenta que estuvo una semana tratando de comunicarse contigo sin lograrlo. Afirma que hay un tema urgente. Por eso mandé buscarte.

Derek frunció el entrecejo. La temporada estaba en pleno auge, le llegaban muchas invitaciones, la pila de correspondencia era demasiado intimidatoria, y por eso últimamente no la había revisado. Sin embargo, no le agradaba la idea de que Bainsworth siguiera yendo a Jason cada vez que surgiera algún problema. Las propiedades del norte que Bainsworth administraba habían sido entregadas a Derek. El padre ya no tenía por qué ocuparse de ellas.

—Tal vez sea hora de que contrate mi propio secretario. Pero, sin duda recordarás, por tu propia experiencia, que Bainsworth tiende a alborotar hasta con las dificultades más insignificantes. ¿Te dijo, por casualidad, qué es eso tan urgente?

—Algo relacionado con una oferta que alguien presentó para comprar el molino; la oferta tiene un límite de tiempo, por eso estaba tan desesperado por dar contigo.

Derek maldijo por lo bajo.

—Insisto en que ya es hora que tenga mi propio secretario. El molino no está en venta. Bainsworth lo *sabe*.

—¿Ni aunque la oferta sea *muy* conveniente?

—Ni por el doble de lo que vale. Por ningún motivo —repuso, enfático—. No acepté la posesión de las propiedades para darme la vuelta y venderlas.

Jason sonrió y palmeó la espalda de su hijo.

—Me alegra saberlo, muchacho. Quiero ser sincero contigo, cuando acudió a mí creí que debía de ser una oferta de la que estabas enterado, así que no me pareció prudente esperar hasta que yo te viera, más cerca del fin de semana, en la boda. Pero ya que hemos tenido esta pequeña conversación, para la próxima vez, ya sabré... si es que hay una próxima vez.

—No la habrá—le aseguró Derek, caminando con el padre hacia la salida.

—Hablando de bodas...

Derek rió:

—¿Estábamos hablando de bodas?

—Bueno, si no lo estábamos —refunfuñó Jason—, deberíamos hacerlo, pues sólo faltan cuatro días para la de Amy.

—¿Crees que Frances se presentará?

No era una muestra de irrespetuosidad que Derek se refiriese a la madrastra por el nombre de pila. Lo que sucedía era que siempre se había sentido incómodo llamándola madre, pues casi no la conocía.

Jason se encogió de hombros.

—Quién sabe qué hará mi esposa. Sólo Dios lo sabe —dijo, con notoria indiferencia—. Pero el otro día se me ocurrió que mi hermano Edward, más joven que yo, ya está por casar a su tercer hijo esta semana, ¿sabes, hijo?, mientras que yo...

—Está casando a su tercera *hija* —se apresuró a interrumpirlo Derek, sabiendo hacia dónde apuntaba su padre con esa conversación—. Sus hijos todavía no están comprometidos. Y hay una gran diferencia, pues las chicas suelen casarse en cuanto salen de la escuela, pero los muchachos, no.

Jason suspiró de nuevo, reconociéndose derrotado en esa argumentación.

—Es que me pareció... un tanto injusto.

—Padre, tú tienes un solo hijo. Si tuvieses más, o algunas hijas, estoy seguro de que ya los tendrías a casi todos casados a esta altura. Pero no te compares tú, que tienes un solo hijo, con Edward, que tiene cinco.

—Sé que tienes razón.

Guardaron silencio en el trayecto hacia la casa. Y cuando llegaron al comedor, donde se mantenían al calor varios platos en un aparador, esperando que llegaran, la curiosidad de Derek se desbordó.

—¿De verdad ya quieres ser abuelo?

La pregunta sobresaltó a Jason pero, luego de pensarlo un instante, dijo:

—Sí, en realidad, sí.

Derek rió entre dientes.

—Muy bien, lo tendré presente.

—Excelente, pero... no sigas los pasos de James también en ese aspecto. La condenada boda tiene que venir primero, y los hijos después.

Derek rió, y no porque la hija de James Malory hubiese nacido antes de que pasaran nueve meses después de la boda sino porque era poco frecuente ver a su padre ruborizado, y en este caso él sabía el motivo. Jason comprendió de inmediato el paso en falso que acababa de dar con esa afirmación. Después de todo, Derek era bastardo, y nadie que conociera a los Malory lo ignoraba.

El buen humor de Derek había puesto ceñudo a Jason, y como solía hacer, se puso a la par con un comentario:

—De paso, ¿quién es la chica que llevaste la otra noche a nuestra casa de Londres?

Derek puso los ojos en blanco. Nunca dejaban de asombrarle las cosas de las que el padre se enteraba, y de las que no debía de enterarse, y lo rápido que llegaban a su conocimiento.

—Simplemente una persona que necesitaba cierta ayuda.

Jason lanzó un resoplido incrédulo.

—Me llegaron informes contradictorios: Hanly la calificó de buscona, y Hershal de dama. ¿De qué se trataba?

—En verdad, ninguna de las dos cosas. Si bien tiene una educación excelente, tal vez mejor que la de muchas damas, no es de clase alta.

—¿Simplemente te interesó?

No había nada de simple en ello, pero Derek prefería que el padre no conociera ese aspecto, y dijo con expresión indiferente:

—Sí, algo así.

—¿Te *abstendrás* de llevarla a nuestra casa otra vez?

—Por cierto. No fue muy prudente de mi parte, lo admito. Pero no tienes motivos para preocuparte por ella, padre, en verdad. No volverás a oír hablar de ella.

—No quiero que los criados vuelvan a enterarse acerca de ella, ni en Londres ni aquí. Esta familia ya ha proporcionado más que suficiente material de murmuraciones, como para varias vidas. No necesitamos hacer más aportes.

Derek asintió: estaba por completo de acuerdo. Después de todo, dejando de lado el tema de su nacimiento, siempre se las había compuesto para que sus historias fuesen discretas, de modo que no se lo vinculara a ningún escándalo. Eso lo enorgullecía, y pretendía que siguiera siendo del mismo modo.

13

Derek nunca volvió a Bridgewater. Se quedó el resto del día en Haverston, con su padre, y partió a la mañana siguiente para Londres, a revisar su correspondencia y enviar una larga carta a Bainsworth. Y mientras estaba allí, empezó a buscar una casa en alquiler para Kelsey.

Habría sido mucho más fácil si hubiese recurrido al tío Edward. Éste tenía propiedades de alquiler en todo Londres, y lo más probable era que tuviese alguna como la que Derek buscaba. Pero Edward le preguntaría para qué la quería, y Derek no quería dar esa información al tío más cercano a su padre. Con los otros dos tíos, no habría tenido problemas. Lo habrían entendido a la perfección, pues ellos mismos habían mantenido unas cuantas queridas... antes de casarse. Pero Edward era hombre de familia, y siempre lo había sido.

Desgraciadamente, los tíos Tony y James no tenían propiedades para alquilar en la ciudad y, si las tenían, las administraba Edward, como todas las demás inversiones familiares. Por lo tanto, Derek se vio obligado a buscar como cualquier otro, y esto le hizo recorrer toda la ciudad viendo casas que eran muy grandes o demasiado caras o estaban en muy mal estado. Cuando por fin encontró lo que estaba buscando, ya era la víspera de la boda de la prima Amy. Por lo tanto, no tenía sentido volver a Bridgewater, para luego dar la vuelta y regresar a la ciudad.

Además, no tenía sentido seguir reteniendo a Kelsey en el campo, pues había firmado un contrato de seis meses de alquiler por una casa en la ciudad para que ella la ocupase; la casa estaba totalmente amueblada, lista para habitar. Lo único que faltaba era contratar un pequeño equipo de criados, y de ello se ocuparía la propia Kelsey. Mandó un mensaje a su cochero para que fuese a buscarla y la trajera a la ciudad.

En realidad, estaba demasiado ansioso por volver a verla para esperar hasta después de la boda de Amy, que era cuando él mismo hubiese podido ir a recogerla. De este modo, Kelsey estaría instalada en el apartamento de Londres la noche siguiente, y podrían empezar a cimentar la relación en un plano más íntimo un día antes.

No era frecuente que la familia Malory en pleno se reuniese bajo el mismo techo. Hasta los dos miembros más recientes de la familia, Jacqueline, la hija de James y Georgina, y Judith, la de Anthony y Roslynn, estaban instaladas en la planta alta, para que sus respectivas madres no tuviesen que volver a la casa a amamantarlas. También estaba allí el hijo de Reggie, aunque ya tenía edad suficiente para alimentarse por sí mismo.

Reggie recorrió con la vista a la familia en plena expansión. El otro flamante familiar era, por supuesto, el novio, Warren Anderson, genuina y verdaderamente atrapado, tras la hermosa ceremonia nupcial de la que acababan de regresar. Reggie sonrió con cariño a los recién casados, que estaban en el otro extremo de la sala. Formaban una bonita pareja, siendo Warren más alto que cualquiera de los Malory, con casi un metro ochenta y cinco, el pelo castaño dorado y los ojos de un verde claro; con Amy, una novia radiante, tocada de blanco, con el pelo renegrido y los ojos azul cobalto.

Reggie tenía el mismo color de pelo, igual que Anthony y Jeremy, y la madre de Reggie, Melissa, que había muerto cuando la hija tenía sólo dos años. Los cinco eran los únicos familiares que habían heredado el azabache de la bisabuela. Todos los demás eran de pelo claro, más bien rubios, y de ojos verdes, y sólo Marshall y Travis se parecían a la madre, con su pelo y sus ojos castaños.

La recepción se desarrollaba en la mansión de Edward, en Grosvenor Square. Grande, jovial, siempre de buen humor, a diferencia de los demás hermanos, Edward resplandecía de orgullo mientras palmeaba la mano de la esposa, Charlotte, que contenía el llanto. De hecho, la tía Charlotte había llorado durante toda la ceremonia. Pero, había que considerar que Amy era su hija menor... aunque, en realidad, Charlotte lloraba en todas las bodas.

Todos los demás primos de Reggie estaban diseminados por la habitación. También estaba la prole de Edward, con Diana y Clare, sus respectivos maridos, y los hermanos de Amy, Marshall y Travis. Su primo Derek, único hijo del tío Jason, estaba hablando con Nicholas, el marido de Reggie, y con los tíos Tony y James. Derek y Nicholas eran amigos íntimos desde la época de la escuela, mucho antes de que Reggie conociera a Nicholas y se enamorase perdidamente de él. Pero ella no tenía más remedio que preocuparse cada vez que sus dos tíos más jóvenes estaban cerca de su esposo.

Reggie suspiró, y se preguntó si alguna vez se llevarían bien. Difícil. En lo que se refería a Tony, no había creído que Nick fuese suficiente para ella, ya que era bastante juerguista. En el caso del tío James, bueno, el resentimiento era más hondo, porque Nick había tenido la mala fortuna de toparse con James en alta mar, en las épocas en que James se dedicaba a la piratería. El tío había perdido la batalla, y su hijo Jeremy había sido herido en ella, aunque no de gravedad. Pero ése fue el comienzo de una serie de enfrentamientos entre los dos, el último de los cuales terminó con Nicholas tan golpeado que casi no pudo asistir a la boda; James había acabado en la cárcel y estuvo a punto de ser ahorcado a causa de la piratería.

Claro que ahora, cuando Nicholas ya era miembro de la familia desde hacía varios años, ya no intentaban matarse entre sí cada vez que se encontraban. Era bastante probable que se tuviesen simpatía, si bien ninguno de los dos lo admitiría, y escuchándolos, jamás podría haberse imaginado tal cosa. Más bien parecían enemigos mortales cuando estaban juntos. Y Reggie no dudaba ni un instante de que ambos disfrutaban provocándose. Pero ése era un rasgo familiar, al menos en lo que se refería a los hombres.

Se sabía que los cuatro hermanos Malory eran enteramente dichosos cuando discutían entre sí, aunque presentaban un frente unido contra cualquier oposición. El novio y sus cuatro hermanos eran un claro ejemplo de ello, al menos con respecto a Tony y a James.

Fue James el que se había puesto en contra a causa de su insólito cortejo a Georgina, la hermana de ellos...; y el hecho de que antes hubiese dejado fuera de servicio a dos de los buques Skylark, cuando se lo conocía como «el Halcón» empeoró las cosas. Habían dado una buena paliza a James, y estaban a punto de entregarlo para que lo colgasen, pero escapó, y les arrebató a Georgina debajo sus propias narices.

Como norteamericanos tenaces que eran, lo persiguieron hasta Inglaterra para recuperar a su hermana, y descubrieron que, para entonces, ella estaba enamorada de él sin remedio. Pero el comienzo había sido muy arduo. Cuando las dos familias tuvieron el primer encuentro social, todos los Malory se mantuvieron firmes detrás de James, hasta que este mismo hizo el gesto de dar la bienvenida a los norteamericanos Anderson... si bien a regañadientes y a instancias de Georgina.

Los primos de Reggie se entendieron bien con los norteamericanos. De hecho, Derek y Jeremy tomaron a los dos Anderson más jóvenes bajo su protección, aunque Drew Anderson, el más joven, era tan mujeriego y despreocupado como Jeremy, con mayor tendencia aún a las mujeres frívolas, de modo que también se divirtió con ellos.

Reggie volvió a suspirar. Como ya estaba decidido que Warren se quedaría en Inglaterra para dirigir las oficinas de las Líneas Skylark, por la gran flota de buques mercantes que pertenecía a la familia Anderson, no tenía dudas de que su esposo y Warren iban a hacerse muy buenos amigos. Tenían mucho en común: los dos detestaban a James Malory con pasión. Y Reggie se habría preocupado de que Nicholas se hiciera amigo del yanqui si este no hubiese cambiado tanto después de haberle pedido, por fin, a Amy, que se casara con él.

Antes, Reggie no había conocido nunca a un hombre de tan mal carácter. Era como si Warren estuviese resentido con el mundo entero. Y ese resentimiento se unía a un temperamento volátil. Pero al verlo en el presente, jamás podría haberse imaginado aquello. Aparecía feliz, y la responsable de ese estado era Amy Malory.

Cuando vio que Derek dejaba a su marido sólo con los tíos, Reggie se inquietó. Cada vez que conversaba con esos dos, Nicholas se irritaba bastante, y siempre salía maltrecho del filo de las ironías de James. Estaba por ir a rescatarlo cuando él mismo se apartó, y ella lo vio sonreír.

Ella también sonrió. Por mucho que quisiera a sus dos tíos más jóvenes, que siempre habían sido sus preferidos, amaba mucho más a su esposo. Y si había salido tan bien de uno de los numerosos cruces verbales, se alegraba por él. Aunque el motivo que los reunía a todos ese día le daba la munición necesaria para fastidiar a James. Después de todo, James no podía estar muy complacido de que otro de sus antiguos adversarios acabara de convertirse en integrante de la familia. No, nada complacido.

—Y ahora es oficial —señaló Anthony Malory a su hermano, mientras los dos contemplaban a la flamante pareja—. Ya es parte de la familia. Por supuesto, él ya era tu cuñado, lo cual es una lástima, pero por lo menos no estaba emparentado con el resto de nosotros... hasta ahora.

—Los cuñados pueden ignorarse. Mi George se las arregla bastante bien para ignorarte, ¿no te parece? —replicó James.

Anthony rió.

—Esa querida muchacha está encariñada conmigo, lo sabes.

James resopló.

—Te tiene tanto cariño como el que yo le tengo a su familia, más o menos, Tony.

Anthony sonrió.

—¿Cuándo dejarás de culpar al yanqui por tratar de colgarte, teniendo en cuenta que fuiste *tú* el que instigó esa estúpida reyerta?

—No lo culpo a él en absoluto —admitió James—. Lo que le ganó mi odio eterno es que amenazó con colgar a toda mi tripulación junto a mí.

—Sí, claro, eso lo explica.

Anthony asintió.

James había capitaneado el *Maiden Anne* durante más de diez años, y en ese lapso la tripulación se había convertido para él en una segunda familia... más bien en una primera familia, pues la suya propia lo había desheredado. Pero ya estaba otra vez instalado en el seno de los Malory, hacía años que estaba retirado de la indigna carrera de caballero pirata, y fue entonces cuando descubrió que tenía un hijo de dieciséis años que necesitaba que se hiciera cargo de él.

—¿Crees que la hará feliz? —preguntó Anthony, mirando aún a los recién casados.

—Esperaré pacientemente el día en que no lo haga.

Anthony rió.

—Por más que odie admitirlo, el viejo Nick tenía razón. Queremos tanto a nuestras sobrinas, que eso nos ata las manos en relación con sus esposos.

—Sí, ¿verdad? —James suspiró—. Sin embargo, me inclino por aquella frase que dice: «Ojos que no ven, corazón que no siente.» Eso deja cierto margen de acción.

—Sí, creo que sí. ¿Te parece que el yanqui querrá continuar con sus lecciones de boxeo?

Anthony rió, pero entonces descubrió la llegada de un nuevo personaje, y codeó al hermano.

—¡Mira eso! Realmente, Frances se presentó.

James siguió la mirada del hermano hasta una mujer pequeña, lamentablemente delgada, que estaba de pie en la entrada.

—¿Te sorprende? —le preguntó el hermano—. ¡Buen Dios, no querrás decir que Jason y Frances *todavía* no viven juntos!

—¿Acaso imaginaste que esa brecha podría repararse mientras tú estabas aún en el mar? —Anthony meneó la cabeza—. Más bien terminó de hacerse más ancha, y se ha convertido en un abismo. Ya ni se molestan en ofrecerse excusas, y la familia, por prudencia, dejó de preguntar. Ella vive todo el año en esa cabaña que compró en Bath, y él se queda en Haverston. Sinceramente, creo que es la primera vez que los he visto en la misma habitación en los últimos cinco años.

James adoptó una expresión de disgusto.

—Siempre me pareció una estupidez que Jason se casara con ella por el motivo que lo hizo.

Anthony alzó una ceja.

—¿En serio? A mí, en cambio, me pareció un gesto noble. Eso del sacrificio de sí mismo, una de las cosas características de los mayores.

«Los mayores», era el modo en que los hermanos Malory más jóvenes llamaban a los otros dos, pues la diferencia era muy grande: entre Anthony y James era de sólo un año, y entre Jason y Edward, también, pero Edward era nueve años mayor que James. Melissa, la única hermana, que murió cuando su hija Regina tenía dos, era la del medio.

—Los chicos no estaban desesperados por tener una madre, pues los cuatro ayudábamos a criarlos. Por otra parte, Frances nunca lo fue para ellos, porque nunca estuvo presente.

—Es cierto —admitió Anthony—. A Jason le salió el tiro por la culata. A uno le da lástima por él, ¿no es cierto?

—¿Lástima de Jason? —James hizo una exclamación desdeñosa—. Ni en sueños.

—Oh, vamos, viejo. Ya sabemos que tú quieres a los mayores tanto como yo. Tal vez Jason sea un poco rígido, de mal carácter, tiránico, pero tiene buenas intenciones. Y ha convertido su vida personal en tamaño desastre que *no hay más remedio* que tenerle lástima... sobre todo teniendo en cuenta de que tú y yo hemos conseguido las dos esposas más encantadoras, adorables, y maravillosas de esta parte de la creación.

—Bueno, dicho así, tal vez pueda exprimir un poco de compasión. Pero si llegas a decirle a ese cabeza de alcornoque que yo dije...

—No te aflijas —Anthony rió—. A Ros le gusta mi cara tal como está, y asegura que tus puños no son saludables a ese respecto. De paso, ¿qué te murmuraba Derek en el oído?

James se encogió de hombros.

—Dijo que necesitaba consejo, pero que éste no era el lugar para hablar de ello.

—¿Piensas que puede haberse metido en algún problema? —especuló Anthony—. Como sigue tus pasos, no me sorprendería.

—Y arrastra a Jeremy por el mismo camino —protestó James.

Anthony lanzó un silbido.

—¡Eso sí que es bueno! Ese pillastre tuyo ya iba a divertirse con muchachas junto con tu tripulación cuando no tenía más que dieciséis años, tal vez antes. Si Derek tiene alguna influencia, lo que hace es enseñarle la manera correcta de hacerlo.

—O Jeremy le enseña la manera incorrecta... demonios, me has hecho hablar bobadas. En eso de divertirse con muchachas no existe una manera incorrecta o correcta.

14

Al otro lado del salón, lady Frances se acercó a su esposo. Y aunque estaba tan nerviosa que casi temblaba, no vaciló. Con la ayuda de su querido Oscar, había arribado a la decisión de hacer, al fin, una confesión completa a Jason... o cuando menos confirmarle lo que él ya había adivinado.

Ya era hora de que acabase esa farsa que pasaba por matrimonio. Para empezar, Frances nunca había querido casarse con él, la mera idea le horrorizaba y, en principio, se había rehusado de plano. Ese hombre era robusto como un toro, austero, de mal carácter y, en el aspecto físico, le disgustaba... le asustaba. Sabía muy bien que no iban a congeniar. Pero el padre la había obligado a casarse. Lo que quería era la conexión con los Malory, aun cuando después no vivió lo suficiente para disfrutarla.

Sin embargo, los dieciocho años de matrimonio habían sido tan intolerables como ella imaginara. Cada vez que Frances estaba cerca del marido, vivía en un permanente estado de aprensión. No temía que la lastimara físicamente. Pero sabía que era capaz de adoptar una actitud violenta, que tenía tendencia a ello, y eso bastaba para mantenerle los nervios erizados. Y Jason estaba siempre protestando a voz en cuello por algo que le había disgustado, ya fuese uno de sus hermanos o alguna cuestión política con la que no estaba de acuerdo o, sencillamente, el clima. Era comprensible que Frances inventase excusas para mantenerse alejada.

La principal era su mala salud, lo que hizo que Jason creyera que ella era enfermiza. Toda la familia lo creía así. Contribuía a ello el hecho de que fuese más bien delgada, de piel muy clara, de un color que se confundía a menudo con la palidez. En realidad, gozaba de perfecta salud. Hasta se podía decir que tenía la constitución de un caballo, si bien jamás permitió que Jason se enterase.

Pero ya estaba muy harta de ocultar la verdad. Estaba cansada de estar ligada a un hombre que no podía tolerar, sobre todo ahora, que había conocido a otro que sí podía.

Oscar Adams era lo opuesto de Jason Malory. No era muy alto —más bien, lo contrario—, y nada musculoso. Era un hombre entrañable, dulce, de hablar suave, que gozaba de las tareas intelectuales más que de aquellas de índole física.

Tenían mucho en común, y habían descubierto su mutuo amor hacía casi tres años. Ese fue el tiempo que necesitó Frances para reunir el valor que necesitaba y enfrentar a Jason copla verdad. ¿Y qué mejor momento para terminar un mal matrimonio que el día en que comenzaba otro más feliz?

—¿Jason?

Jason, que estaba conversando con su hijo Derek, no la había visto llegar. Ambos se volvieron hacia ella y le sonrieron a modo de saludo. La sonrisa de Derek era genuina, y Frances no dudaba de que la de Jason no lo era. De hecho, no tenía la menor duda de que él deseaba su compañía tanto como ella la de él. Seguramente, se sentiría encantado con lo que le diría, y Frances no estaba dispuesta a postergarlo con charlas intrascendentes.

—¿Podría hablar contigo... en privado, Jason?

—Por supuesto, Frances. ¿Te parece bien el estudio de Edward?

La mujer asintió y se dejó acompañar desde el salón. Su nerviosismo aumentó, al comprender que la sugerencia había sido una tontería. Tendría que haberle pedido que se apartaran, sencillamente. Así, podrían haber hablado en susurros. Nadie se enteraría y, por lo menos, habría otras personas cerca para evitar que Jason se enfureciera.

Pero ya era tarde. Jason cerraba la puerta del estudio de su hermano. Lo único que pudo hacer Frances fue cruzar de prisa la habitación, e interponer una de las sillas tapizadas entre ella y él. Aun así, cuando lo enfrentó, al ver que él alzaba una ceja con expresión irónica, las palabras se le quedaron en la garganta. Y si bien *debería* sentirse contento con lo que estaba por decirle, nunca se podían predecir las reacciones de Jason.

Tuvo que aspirar una profunda bocanada de aire para poder hablar:

—Quiero el divorcio.

—¿Qué?

Se puso rígida.

—Me has oído perfectamente, Jason. No me obligues a repetirlo sólo porque te he sorprendido, aunque el cielo es testigo de que no deberías sorprenderte. En realidad, nunca tuvimos un verdadero matrimonio.

—Lo que tenemos, señora, no es pertinente. Y lo que siento no es sorpresa sino incredulidad pura ante tu ocurrencia de insinuar, siquiera, semejante cosa.

Por lo menos no gritaba... aún, y su rostro sólo estaba un poco enrojecido.

—No ha sido una insinuación —le dijo, preparándose para los fuegos de artificio—. Ha sido una petición.

Una vez más, lo pescó desprevenido, y Jason se limitó a mirarla fijamente, sin poder creerlo. Y entonces apareció el ceño, ese tan severo que, por lo general, bastaba para que Frances sintiera que un nudo se le formaba en su estómago. Esta vez también sucedió.

—Sabes tan bien como yo que el divorcio está fuera de discusión. Provienes de una buena familia, Frances, y no ignoras que el divorcio es inaudito en nuestro ambiente...

—Inaudito no —lo corrigió—. Sólo escandaloso. Y el escándalo no es nada nuevo en tu familia. Tus hermanos menores solían provocar uno tras otro, cada año, al principio, cuando llegaron a Londres. Tú mismo pusiste en marcha las malas lenguas cuando anunciaste que tu hijo ilegítimo sería tu heredero.

Ahora, el rostro de Jason estaba mucho más rojo. Como siempre, no le caían demasiado bien las críticas a su familia. Y recordar que los Malory habían estado metidos en muchos escándalos podía considerarse una crítica.

—No habrá divorcio, Frances. Puedes seguir escondida en Bath, alejada de mí, si eso prefieres, pero seguirás siendo mi esposa.

Eso la enfureció, porque era característico de él:

—Jason Malory, eres el bruto más desconsiderado que he tenido la desdicha de conocer. ¡Quiero seguir adelante con mi vida! Pero, ¿a ti qué te importa? Tienes a una querida viviendo bajo tu techo, una mujer de origen humilde con la que no podrías casarte, aunque fueses libre para hacerlo, pues si lo hicieras, levantarías un escándalo peor aún que el del divorcio. Por eso no te importa si nada cambia... ¿a qué viene esa expresión? ¿Acaso creíste que ignoraba lo de Molly?

—¿Pretendías que me mantuviese solo, cuando jamás has querido compartir mi cama?

Aunque el semblante de Francés estaba rojo y encendido, no permitiría que él depositara sobre los hombros toda la culpa de ese matrimonio desastroso.

—No hay necesidad de excusas, Jason. Molly ya era tu amante antes de que te casaras conmigo; tenías toda la intención de conservarla después, y eso es lo que has hecho. Por cierto, jamás me molestó, si eso es lo que estás pensando. En lo que a mí concierne, ella fue más que bienvenida.

—Qué generoso de tu parte, querida mía.

—Tampoco hay necesidad de ironías. No te amo. Nunca te amé. Y lo sabes bien.

—En nuestro arreglo no se incluía esa exigencia.

—No, claro que no —admitió—. Y eso fue nuestro matrimonio: nada más que un arreglo. Bueno, quiero desistir de él. He conocido a alguien que amo, y con quien quiero casarme. Y no tiene sentido que preguntes quién es. Baste decir que no se parece en nada a ti.

Había logrado sorprenderlo una vez más. Hubiese preferido mantener a Oscar al margen, pero lo mencionó para hacerle entender a Jason que hablaba muy en serio. Sin embargo, no parecía dispuesto a mostrarse razonable. Desde luego, siempre había sido un terco, cabeza dura. Todavía tenía una carta en la manga para convencerlo, si bien esperaba no tener que usarla. Por cierto, el chantaje era bastante desagradable. Pero debió de haberlo adivinado. Además, estaba tan ansiosa por terminar con este matrimonio como para emplear cualquier recurso... incluyendo el chantaje.

—Te he dado una excelente razón para divorciarnos, Jason —le hizo notar.

—No has estado escuchando...

—¡No! *Tú* eres el que no ha estado escuchando. No quería ponerme odiosa, pero me obligaste. Si no me das el divorcio... Derek se enterará de que su madre no está muerta. Sabrá que está bien viva, y que ha vivido en Haverston todos estos años... y en tu cama. Si no eres razonable, todos conocerán tu secreto tan bien guardado, Jason. ¿Cuál de los escándalos te parece preferible?

15

La casa de la ciudad era encantadora, pero Kelsey no suponía que llegara a ser su nuevo hogar. Estaba harta de suposiciones. Y aunque lo fuese, el hecho de que tuviese un aspecto tan elegante y estuviera amueblada con tan buen gusto no la tranquilizaba en absoluto. Estaba casi segura de que nada lograría tranquilizarla, tras los cinco horribles días que había vivido.

Esa mañana, muy temprano, se había presentado el cochero de Derek, en el preciso momento en que Kelsey estaba por iniciar su caminata cotidiana al pueblo. Supuso que le traía un mensaje de Derek pero no, el hombre le dijo que tenía que llevarla a Londres. No traía ningún mensaje de Derek. Ni la menor explicación, después de haberla abandonado a sus propios medios cinco interminables días. Y el cochero no disponía de ninguna otra información. Lo único que le habían dicho era que debía llevarla.

Se apresuró a hacer su maleta, incluyendo los escasos elementos que estuvo obligada a comprar, por si la llevaban ahora a un lugar tan espartano como esa cabaña. Primero, pidió al cochero que la llevase a Bridgewater para poder entregar el último de los vestidos que había cosido y que, por fortuna, había terminado la noche anterior.

Había terminado los cinco vestidos en tres días, pese

a haber pescado un desdichado resfriado. Sabía que no recibiría más dinero hasta no haber terminado los vestidos. Pero a la modista le gustó tanto su trabajo que le pasó el resto del encargo de la cliente para terminar: tres vestidos más por otras dos libras.

Por lo tanto, ya no estaba sin un penique. Hasta pagó su propia comida en la posada donde se detuvo el cochero cerca de mediodía... y compró algo más para llevar, por si sentía hambre. Después del pánico que sufrió ese primer día que se quedó sola, necesitaría un tiempo para despreocuparse de la comida siguiente.

Derek Malory tendría que explicarle muchas cosas, y Kelsey esperaba poder contener la furia el tiempo suficiente para escuchar sus explicaciones. Durante todo el trayecto a Londres bullía de furia, y cuando llegaron, a última hora de esa tarde, estaba tan tensa que todo el cuerpo le dolía. Sumando a eso el enfriamiento y la fiebre que aún sufría, y el hecho de que ni Derek ni ninguna otra persona estuviese allí para recibirla, su irritación creció todavía más.

Aún tenía más o menos una hora de luz diurna para inspeccionar la casa. El cochero sólo se quedó el tiempo indispensable para encender las chimeneas antes de marcharse. Y había abundancia de lámparas y velas para la noche.

No era una casa grande de acuerdo con los cánones de los señores, aunque sus siete habitaciones eran todas de buen tamaño, cómodas, y estaba en una vecindad elegante, con un pequeño parque en el centro de la manzana. Había una cocina separada con un dormitorio para uno o dos criados —contenía dos camas estrechas— un comedor con una mesa como para seis personas, recibidor, un pequeño estudio y, en la planta alta, dos dormitorios.

Viéndola completamente amueblada, incluso con una librería en el estudio, pinturas finamente enmarcadas en las paredes, adornos sobre las mesas, cantidades de ropa de cama y manteles, y provisiones básicas en la cocina para mucho tiempo, supuso que era el hogar de alguien. Muchos señores tenían la costumbre de alquilar sus casas en la ciudad durante largos períodos mientras viajaban al continente o estaban sólidamente atrincherados en sus propiedades rurales. Pero ya estaba otra vez haciendo suposiciones, y se había prometido no volver a hacerlas.

A la salida del dormitorio más grande había un cuarto de baño moderno, completamente instalado, que Kelsey reservó para sí... si se quedaba. Terminó la inspección y se bañó. La incómoda bañera de la cabaña, con escasa agua caliente, pues tenía que calentarla y cargarla ella misma, no le había resultado nada satisfactoria. Y aunque ésta sí lo era, no se demoró, pues no sabía cuándo llegaría Derek.

En la cocina no encontró alimentos frescos, por lo que tuvo que arreglárselas con lo que había llevado de la posada. Podría haber preparado algo con las provisiones pero, en realidad, no tenía ganas de cocinar pues, como todas las tardes pasadas, le había subido la fiebre. Ahora que estaba en Londres, tenía la esperanza de recuperarse del resfriado. Con esas largas caminatas cotidianas a Bridgewater en medio de un paisaje gélido, y una vez, hasta con lluvia, era difícil que mejorase.

Fue la fiebre lo que hizo que se durmiera en el sofá del recibidor; también la comida, el baño caliente y el tibio fuego acogedor. Pero se despertó cuando se abrió la puerta principal; eso le dio tiempo para enderezarse antes de que apareciera Derek. Sin embargo, no fue suficiente para tener un aspecto despejado.

Tenía los ojos apenas abiertos; se habían soltado las hebillas en su pelo, que caía ahora sobre los hombros, su nariz goteaba y estaba sonándose con fuerza utilizando el pañuelo que tenía todo el día a mano cuando apareció él. Por Dios, había olvidado lo apuesto que era, sobre todo vestido con ropa formal. Debía de ser una reunión muy especial aquella de la que venía o a la que iba, para llevar un atuendo tan elegante.

—Hola, Kelsey, querida —le dijo, con tierna sonrisa—. Es un poco temprano para dormir. ¿Fue muy cansado el viaje?

Ella asintió, pero luego negó con la cabeza. Maldición, qué momento para tener la mente obnubilada por el sueño...

—Habría llegado más temprano —siguió diciendo Derek mientras se acercaba—. Pero vengo de una recepción nupcial a la que asistió toda mi familia, y es muy difícil apartarse de los parientes. De paso, ¿qué le ha sucedido a tu nariz?

Kelsey parpadeó. Pero alzó de manera automática los dedos hasta la nariz, y al tocársela la sintió tan inflamada que tuvo una idea clara de lo que él quería decir. Se había acostumbrado tanto a no tener espejo en la cabaña que, ya en la casa de la ciudad, ni pensó en mirarse, pero podía imaginar cómo estaba su nariz después de tanto sonarse.

—Estoy resfriada —empezó, pero la mera mención del asunto le despejó la cabeza y reavivó su enfado—. Imagínate. Fue un enfriamiento que pesqué caminando hasta Bridgewater. Podrías preguntar por qué hice algo tan estúpido, con este tiempo tan frío. Bueno, estaba hambrienta, ¿sabes?, y como en la cabaña no había nada comestible y tampoco apareció nada milagrosamente, para ir a conseguir comida me vi obligada a usar el único medio de transporte que tenía: los pies. Claro que tampoco tenía dinero para comprar comida, así que tuve que buscar trabajo para poder comer.

El tono duro y sarcástico del comienzo de la diatriba paralizó a Derek, pero lo que se le fijó en la mente fue esa última frase referida al trabajo. Sólo se le ocurría un tipo de trabajo para una persona de la profesión de Kelsey, el que le resultaría más fácil encontrar y más conocido de realizar: vender sus favores.

Fue evidente que pensaba en eso cuando preguntó con brusquedad:

—¿Y qué clase de trabajo encontraste en Bridgewater?

Después de todo lo que Kelsey había dicho, lo único que le interesaba era saber eso, y siseó, furiosa:

—¡No lo que *tú* estás pensando! Pero, y si así fuese, ¿qué? ¿Sería preferible que muriese de hambre?

Era obvio que lo acusaba de algo, y se puso a la defensiva.

—Que me condenen si sé de qué estás hablando —dijo, fastidiado—. ¿Cómo es posible que hayas estado a punto de morir de hambre, si hice que te enviaran comida como para varias semanas? Y mi cochero quedó a tu disposición, de modo que no fuese necesario que caminaras, a menos que lo desearas.

Kelsey lo miró, incrédula. O estaba sufriendo alguna clase de delirio o él mentía. Y, después de todo, ¿qué sabía de él para estar segura de que no era un mentiroso? *Parecía* buena persona. *Parecía* bondadoso. Pero eso podría haber sido una ficción, para que ella no sospechara que a él le gustaba hacer sufrir privaciones, pánico y miedo a las personas. Y si esto último era verdad, eso significaba que estaba en una situación mucho más horrenda que la que suponía, atada a *él* por la subasta hasta que él decidiera terminar con la relación.

Imaginar que pudiese ser tan cruel la enfureció de tal modo que se levantó y empezó a arrojarle todo lo que estaba al alcance de sus manos, diciendo con cada objeto arrojado:

—¡*No* me entregaron ninguna comida! ¡Tu cochero *no* apareció hasta hoy! ¡Y si crees que puedes engañarme y confundirme, negándolo, tú ...!

No pudo seguir, porque él no se quedó impávido dejando que lo atacara. Esquivó con facilidad el primer proyectil, el segundo le pasó sobre la cabeza cuando se abalanzó hacia ella, empujándola hacia el asiento y aterrizando encima de ella.

Cuando recuperó el aliento, Kelsey chilló:

—¡Quítate de encima de mí, torpe, pesado!

—Mi querida muchacha, no hay nada de torpe en la posición que ocupas ahora. Fue tu intención, te lo aseguro.

—¡De todos modos, quítate!

—¿Para que puedas reanudar tus ataques violentos? No, no. La violencia no formará parte de nuestra relación. Juraría que ya te lo he mencionado.

—¿Y cómo llamas a haberme aplastado así?

—Prudencia, más bien —hizo una pausa, y sus ojos fueron poniéndose más verdes con cada segundo que pasaba—. Por otra parte, yo diría que es muy grato.

Kelsey entrecerró los ojos.

—Si estás pensando en besarme, yo no te lo aconsejo —le advirtió.

—¿No?

—No.

Derek suspiró.

—Está bien —pero añadió con sonrisa ladeada—: No siempre hago caso de los buenos consejos.

No había modo de impedir que la besara, teniendo en cuenta las posiciones respectivas, más aún cuando la mano de él fue hacia la barbilla de ella, para que no apartase la cabeza. Pero los labios del hombre no habían hecho más que rozar los de ella un segundo, y se echó atrás como si se hubiese quemado; en efecto, lo que sintió fue el calor de la fiebre que sufría Kelsey.

—¡Por Dios, estás enferma! Estás ardiendo. ¿Has visto a un médico?

—¿Podrías decirme, por favor, con qué le habría pagado? —preguntó, fatigada—. Con la costura sólo gané lo suficiente para alimentarme.

Al oír esto, Derek enrojeció de enfado, se levantó y le ordenó, irritado:

—Explícate. ¿Acaso te robaron? ¿La cabaña se incendió con todo lo que había dentro? ¿Por qué no tenías comida, si yo envié abundante alimento?

—Eso es lo que tú dices, pero allí no llegó nada; yo diría que tú no lo has hecho.

Se puso rígido.

—No me acuses de mentir, Kelsey. No sé qué pasó con las provisiones que ordené que te llevaran a la cabaña, pero *lo averiguaré*. Y, por cierto, lo ordené. Y también dejé el coche y el cochero a tu disposición.

En verdad, parecía sincero. Deseó poder estar segura de que lo era. Admitió que, en ese momento, era prudente concederle el beneficio de la duda, hasta que tuviese pruebas de lo contrario.

—Si lo has hecho —dijo, al tiempo que se levantaba lentamente—, te aseguro que yo no vi ninguna señal del cochero hasta esta mañana.

—Tenía orden de presentarse a ti todos los días, para saber si lo necesitabas. ¿Dices que nunca lo hizo?

—¿Cómo puedo saberlo, si yo casi nunca estaba? ¿O no me oíste cuando dije que tenía que ir andando al pueblo todos los días, a comprar algo para comer?

Por fin, Derek comprendió a lo que había tenido que enfrentarse... sola.

—Por Dios, no me extraña que te abalanzaras sobre mí, quiero decir... oh, Kelsey, lo siento *tanto*... Créeme, si hubiese tenido una idea, siquiera, de que no estabas cómoda en la cabaña, habría regresado de inmediato.

Parecía tan confundido que tuvo deseos de consolarlo. En realidad, no habría sido tan malo si no fuese invierno, y si no hubiera pescado un resfriado. Y como la furia estaba abandonándola, los síntomas del catarro empezaban a hacerse otra vez evidentes.

Se apoyó en el respaldo del sofá, sintiéndose débil después del último desborde de energías.

—Creo que me vendría bien un descanso...

—Y un médico —la interrumpió, alzándola y encaminándose al dormitorio con ella en brazos.

—Puedo caminar—protestó la joven—. Y, seguramente, ahora que estoy protegida del frío, me bastará con un poco de descanso.

Derek se encogió, aunque Kelsey no lo notó. Las paredes pasaban ante ella a velocidad vertiginosa, provocándole mareos. ¿Estaría subiendo las escaleras corriendo? No, sencillamente sucedía que Kelsey se estaba cayendo desmayada.

16

—¿Molly?

Se despertó lentamente, pero sonrió a Jason y, al volverse, lo encontró sentado en el costado de su cama. No esperaba que regresara a Haverston esa noche. Jason pensaba quedarse en la casa de Londres, seguro de que la fiesta de bodas de Amy terminaría tarde. Pero era frecuente que él apareciera de repente en su dormitorio, en mitad de la noche, y no debía alarmarse por eso.

—Bienvenido a casa, mi amor.

Eso era él. Jason Malory había sido su amor durante más de la mitad de la vida de Molly. Siempre había dudado un poco de que un hombre tan importante como el marqués de Haverston pudiese enamorarse de ella. Pero ya no dudaba de los sentimientos de él.

Al comienzo, se había divertido con ella como hacían todos los jóvenes lores con cualquier doncella bonita que aparecía viviendo bajo su techo. El tenía veintidós años, y era soltero. Ella acababa de cumplir dieciocho, y se había deslumbrado con la apostura y el encanto que muy pocas personas conocían.

Por supuesto, habían sido discretos, muy discretos, porque los hermanos menores de Jason aún vivían allí, y él quería darles un buen ejemplo. Hasta había intentado terminar con el romance una vez que estuvieron a punto de ser descubiertos por uno de los hermanos. Otra vez, trató de terminarlo cuando el deber lo impulsó a casarse. Debió haberla alejado, pero tras las promesas que le había hecho, no pudo.

En verdad, logró permanecer alejado de Molly durante casi un año. Pero entonces, un día en que Molly estaba sola, tropezó con ella y en un instante la pasión se había encendido como si sólo hubiese estado dormida durante meses, algo que, en efecto, era cierto. Si no podían tocarse cuando necesitaban hacerlo, el sufrimiento era casi un dolor físico. Ambos sufrieron mucho durante esas separaciones. Y al terminar la última, Jason había jurado que nunca más se separarían.

Y mantuvo su palabra. Molly era casi una esposa para él, en todos los sentidos menos uno, el que la convertiría en una esposa de verdad. Comentaba con ella sus decisiones y sus preocupaciones. Derramaba su afecto sobre ella cuando estaban solos. Pasaba con ella todas las noches que estaba en la casa, sin temor a que los descubriesen, pues había hecho instalar un panel secreto en la habitación de Molly que, a través de un pasadizo, conducía hasta otro similar en su propia habitación.

Siendo Haverston una casa tan antigua, contaba con numerosas salidas secretas que habían sido necesarias en épocas de persecución política y religiosa. La salida oculta en el dormitorio principal llevaba a escaleras y pasadizos que terminaban en el sótano, donde había otras dos salidas ocultas, una que daba al exterior, y otra al establo. Pero el pasadizo que daba al sótano también pasaba detrás de los cuartos de la servidumbre, y para Jason fue sencillo colocar otra abertura disimulada en el cuarto de Molly.

Como siempre, Jason había llevado una lámpara consigo, y aun así, Molly tardó unos segundos en percibir que sucedía algo malo.

Acarició su barbilla con mano suave.

—¿Qué pasa?

—Francés quiere el divorcio.

Molly entendió de inmediato las complicaciones que se presentarían, pues si bien el divorcio era bastante frecuente en las clases bajas, era algo insólito entre la gente de clase alta. Que lady Frances, hija de un conde, esposa de un marqués, pensara, siquiera, en ello...

—¿Acaso ha perdido la razón?

—No, tiene una aventura con un bobo que conoció en Bath, y ahora quiere casarse con él.

Molly parpadeó.

—¿Frances tiene un amante? ¿*Tu* Frances?

Jason asintió, y lanzó un quejido.

Molly no podía creerlo: Frances Malory era una mujer tan tímida... Era muy posible que Molly la conociera mucho mejor de lo que la había conocido nunca el esposo, porque cuando estaba en Haverston pasaban mucho tiempo juntas. Sabía que Jason intimidaba a Frances. Uno solo de sus berrinches era capaz de llevarla al borde de las lágrimas, aunque la ira del esposo no se dirigiese a ella. También sabía que Frances detestaba el tamaño de Jason, tan grande, tan imponente, porque la atemorizaba más aún.

Para Molly siempre había sido una situación incómoda tener que tratar a Frances como señora de la casa, y escuchar sus confidencias de mujer, siendo amante de Jason. Por un lado, estaba contenta de que Frances no amara a Jason, porque de lo contrario no sabía si hubiese soportado la culpa que ese sentimiento le provocaría. Por otro, siempre le irritaba que Frances ridiculizara o hablara en forma despectiva de su esposo sin que tuviera un motivo. En su opinión, Jason no tenía defectos. Frances, en cambio, no veía en él *más* que defectos.

—Me parece muy... asombroso —dijo, pensativa—. ¿A ti no?

—¿Que quiera el divorcio?

—Bueno, también eso, pero más que tenga un amante. Es que es tan..., bueno, no es típico de ella, ¿entiendes lo que quiero decir? Cualquier idiota podría afirmar que no le gustan los hombres, en general, por lo menos, es la impresión que da cuando los tiene cerca. Y recordarás que ya hemos comentado esto antes. Hasta llegamos a la conclusión de que eso podría atribuirse a su miedo al sexo. Pero, es obvio que estábamos equivocados... o tal vez ha superado ese miedo.

—Ya lo creo que lo ha superado —casi ladró Jason—. ¡Y esto ha venido sucediendo a mis espaldas quién sabe desde cuánto tiempo atrás!

—Jason Malory, *no* te levantarás en armas porque ella tiene una aventura con otro hombre; recuerda que tú jamás la tocaste y que mientras estuvieron...

La interrumpió:

—Es una cuestión de principios...

Ella lo interrumpió, a su vez:

—¿Y?

Jason suspiró, y la tensión de la ira se desvaneció de su cuerpo.

—Por supuesto, tienes razón. Supongo que debería alegrarme de que Frances haya conocido a alguien, pero, maldita sea, no tiene necesidad de casarse con él.

Molly le sonrió.

—Deduzco que no tienes intenciones de darle el divorcio por causa del escándalo. Entonces, ¿qué es lo que te inquieta tanto?

—Lo sabe, Molly.

La mujer se quedó inmóvil. No hubo necesidad de explicaciones. La expresión de Jason indicaba que no se refería al amor entre ellos, algo que Frances siempre había sospechado, y que hasta la aliviaba, pues mantenía a Jason fuera de su propia cama. No, se trataba del otro secreto que compartían.

—No puede saberlo. Está suponiendo.

—Es lo mismo, Molly. Me amenaza con decírselo a Derek y al resto de la familia. Y si el muchacho me lo pregunta directamente, sabes que no le mentiré. Creímos que sólo Amy sabía de nosotros, por aquella vez que entró en mi estudio y me encontró besándote, esa Navidad, hace varios años. Maldita sea, aunque yo sabía bien que Anthony lo hubiese usado en mi contra, no tuve la suficiente sensatez para sacarte las manos de encima.

—Pero hablaste con Amy y dijiste que juró no contarlo nunca.

—Y estoy seguro de que no lo hizo.

Molly empezaba a sentir pánico. Era ella la que había querido mantener el secreto, y Jason había cedido a su insistencia porque la amaba. Pero desde el día en que decidió convertir a Derek en su heredero oficial, Molly se sentía horrorizada sólo al pensar que el futuro marqués de Haverston podía avergonzarse de su madre, que era una simple doncella. No quería que lo supiera. Ya bastante tenía con ser ilegítimo. Por lo menos, creía que su madre había sido alguien de la clase alta, aunque promiscua, y que había muerto poco después de su nacimiento.

Al no decírselo a Derek, había renunciado a su derecho maternal. Eso no había sido fácil, pero se consoló porque siempre había estado cerca, lo había visto crecer y sabía que siempre lo vería. Jason le había jurado que jamás haría nada para que dejara de ver a Derek.

Ahora, Derek era adulto, casi no iba a la casa, pero sus sentimientos no habían cambiado. Seguía rechazando la perspectiva de que se avergonzara de su madre. Y se avergonzaría. ¿Cómo podría ser de otra manera? Enterarse, después de tanto tiempo, de que la madre no estaba muerta y, peor aún, de que había sido la amante del padre durante todos esos años...

—Le dijiste que le darías el divorcio.

No era una pregunta. Por supuesto, habría accedido al divorcio, si eso era lo que estaba en juego.

—No —admitió. —¡Jason!

—Molly, por favor, escúchame. Derek ya es todo un hombre. Estoy convencido de que se podrá enfrentar a esto sin demasiada dificultad. Para empezar, yo nunca he querido ocultárselo, pero dejé que me convencieras. Y como ya estaba hecho, era tarde para cambiar la historia mientras fuese pequeño. Pero ya no es pequeño e impresionable. ¿No crees que, a estas alturas, se sentiría *feliz* si supiera que su madre vive?

—No, y tú mismo lo dijiste. Ya entonces era tarde para decírselo, y sigue siendo tarde. Jason, tal vez yo no lo conozca tanto como tú, pero lo conozco lo suficiente para saber que se pondría furioso, no sólo conmigo sino también contigo, por haberle mentido.

—Eso es absurdo.

—Piénsalo, Jason. Nunca le ha faltado cariño. Siempre ha tenido una familia enorme. Mientras era niño, siempre contó con muchos hombros sobre los cuales llorar. Hasta tuvo a su prima Regina como compañera de juegos, después de que tu hermana murió. Pero si descubre la verdad, entonces *pensará* que le faltó algo, ¿no lo entiendes? Por lo menos, ésa será su primera reacción. Después, llegará la vergüenza...

—¡Basta! Tal vez esas tonterías tuvieran valor hace veinticinco años, pero los tiempos están cambiando, Molly. El hombre común está dejando su marca en el mundo, en la literatura, en las artes..., en la política. No tienes nada de qué avergonzarte...

—*Yo no estoy* avergonzada de ser quien soy, Jason Malory. Pero ustedes, los de clase alta, tienen otra perspectiva. Siempre ha sido así, y es probable que siempre lo sea. Y no quieren que su sangre fina y aristocrática se mezcle con la del hombre común, al menos en sus herederos. Y tú mismo eres un buen ejemplo de ello. ¿O acaso no fuiste a buscar a la hija de un conde para casarte, una mujer que prácticamente no podías tolerar, con el único propósito de darle una madre a Derek, mientras su verdadera madre duerme en tu cama?

En cuanto lo dijo, se arrepintió de haberlo hecho. Sabía que Jason no podía casarse con ella. Eso, lisa y llanamente, no se hacía. Y nunca, jamás se había quejado de eso, había aceptado siempre lo que él podía darle de sí, el lugar que le había reservado en su vida. Se había prometido no revelarle jamás la medida en que se había sentido herida cuando Jason se casó con Frances. Esperaba que nunca se enterase de que, de vez en cuando, se sentía resentida por no poder ser su esposa. Pero no había podido contenerse frente a un comentario tan estúpido e irreflexivo...

Antes de que pudiese digerirlo, continuó, con la esperanza de distraerlo:

—Jason, es evidente que Frances está decidida a armar escándalo, de un modo u otro, y uno no es mucho peor que el otro así que, te ruego, deja dormir a las fieras. Tú y Frances habéis vivido separados la mayor parte del matrimonio. Todos lo saben. ¿Crees, acaso, que alguien se escandalizará si os divorciáis? Estoy segura de que la mayoría de tus amigos no hará más que comentar: «Me sorprende que no lo hayan hecho antes.» Dile que has cambiado de idea.

—No le di una respuesta terminante —refunfuñó—. Es una cuestión que hay que pensarla bien.

Molly suspiró, aliviada. Conocía muy bien a su amado. Por el tono de su voz supo que el razonamiento de ella lo había convencido. No sabía cuál de sus argumentos lo había logrado, y prefería no saberlo... siempre que su secreto quedara a salvo.

17

Tenía una apariencia muy frágil ahí acostada, con el pelo empapado de sudor, la pálida frente y las mejillas perladas, la respiración superficial. Pero Derek sabía que Kelsey Langton no tenía mucho de frágil. Incluso estando enferma había manifestado un fuerte temperamento. Podía imaginar cómo sería cuando estuviese restablecida.

Entendía por qué había querido romperle la cabeza con un candelabro, después de lo que debió soportar. Había enviado al cochero a Bridgewater, a averiguar lo sucedido, y la noche anterior, el hombre le contó la historia. No había tenido modo de saber que la doncella a la cual Derek había dado la orden de entregar en la cabaña todo lo necesario había sido despedida poco después por el ama de llaves y, por lo tanto, la orden no se había cumplido ni había sido transmitida a otra persona. La doncella se había limitado a recoger sus pertenencias y marcharse. Y Kelsey tampoco se había enterado.

Todavía no había podido decírselo. Desde la noche anterior no estaba suficientemente lúcida, si bien las medicinas prescritas por el médico por fin habían aliviado el enfriamiento, pero como el médico le había advertido, la enfermedad habría empeorado bastante antes de que empezara la mejoría. Había cedido la fiebre y, por fin, dormía apaciblemente. Había sido una larga noche.

Y fueron dos días más largos aún porque Derek casi no se movió de su lado desde que Kelsey se desmayara en sus brazos, tres noches antes.

Resultó una paciente terrible, rezongona, discutidora. No quería ser atendida, se empeñaba en levantarse y en hacerlo todo ella misma. Pero él insistió, y le enjugó con paños fríos la frente y al menos aquellos sitios del cuerpo que ella aceptó descubrir, le llevó una comida muy poco apetitosa. En la cocina, Derek era bastante desmañado.

Ese día, debía presentarse una cocinera para una entrevista. Había enviado al cochero a una agencia de empleos para pedir criados antes de que éste regresara a Bridgewater. Quienquiera se presentara, sería contratado de inmediato, porque si Derek no volvía a entrar nunca en la cocina, sería mucho mejor. Para contratar los demás criados podía esperarse a que Kelsey se sintiera mejor.

Por cierto, la noche de placer que él había imaginado antes de traerla de vuelta a Londres no estaba resultando como había esperado. Derek no podía menos que pensar en aquella noche en que se había retirado más temprano de la recepción de Amy sólo para encontrarse con una furia apasionada en lugar de la pasión que él esperaba con tanta impaciencia. Pero ya habría tiempo suficiente ahora que ella estaba instalada en Londres.

La luz del sol que entraba a raudales en la habitación despertó a Kelsey. Otra vez, la noche anterior Derek había olvidado correr las cortinas. Eran muchas las minucias como esa que él olvidaba, cosas de las que solían ocuparse los criados. Pero no tenía importancia, si pensaba en lo servicial que había intentado ser. Sentía remordi-

mientos cuando, tal vez, no hubiese motivo para sentir-
los. Sin embargo, insistía en tratar de reparar, y eso hablaba mucho en su favor.

Era la segunda mañana que se despertaba y lo encontraba aún en la habitación. El día anterior, la había
despertado con té, caldo y la medicina. Ese día, no sólo
estaba en la habitación sino en su cama.

Fue una gran sorpresa despertarse y encontrarlo ahí,
a su lado. Y un gran esfuerzo rebuscar en su mente aturdida algún motivo para que él estuviese allí, a menos que
estuviera demasiado cansado para ir a dormir a otro lado.
Pero no lograba recordar nada más allá de la comida ligera de la noche pasada, que casi no había podido rete-
ner, y la fiebre.

Esa mañana se sentía mucho mejor, si bien un poco
débil y mareada por haber estado en cama los dos últimos días, pero la fiebre había desaparecido. Más aún, por
primera vez desde hacía días, tenía un poco de frío. Notó
que en el fuego de la chimenea ardían unas pocas ascuas
y que su camisón estaba empapado con los sudores noc-
turnos.

Acercarse al cuerpo voluminoso que tenía cerca en
busca del calor era una tentación muy grande, pero no
tenía valor para acurrucarse junto a Derek, aunque estuviese dormido. Si bien la había atendido en los últimos días, si bien era su futuro amante, todavía era casi un
desconocido... y deseó no haber recordado que sería su
amante. La mera idea la incomodaba, estando él tan cerca. Bueno, no tanto incómoda como... perturbadora. De
repente, tuvo conciencia de que era un varón corpulento, apuesto, y dormido; eso le permitía contemplarlo
cuanto quisiera.

Estaba acostado de espaldas sobre las mantas, con un
brazo sobre la cabeza, el otro flojo, al costado. Las man-

gas largas de la camisa blanca estaban enrolladas hasta los codos y revelaban un vello tan dorado como el pelo. Los músculos de los antebrazos eran gruesos, las muñecas anchas, las manos grandes.

En la parte superior del pecho asomaba otro mechón de vello dorado, allí donde se abría la camisa. Con un brazo levantado, la camisa se tensaba sobre la anchura del pecho, se adivinaba lo duro y esbelto de la cintura. Y las piernas, tan largas que los pies descalzos enfundados en medias traspasaban el borde de la cama.

En el abandono del sueño, tenía la mandíbula floja, los firmes labios apenas entreabiertos. No roncaba, y ella se preguntó si a veces lo haría. Concluyó que ya se enteraría.

Vio sus pestañas largas y doradas que no había visto antes, porque esos cambiantes ojos verdes solían atrapar su entera atención. Quizá no le agradase lo que estaba soñando, porque fruncía el entrecejo. Los dedos de Kelsey escocieron de ganas de alisarlo, pero no se atrevió.

No quería que despertara junto a ella. En absoluto. En ese momento, la situación ya era lo bastante íntima, y no se animaba a imaginar qué ideas le daría... aunque tal vez no. Era probable que ella estuviese hecha un desastre. Después de dos días de baños parciales en la cama, el pelo sin lavar después de haber absorbido el sudor durante varias noches, sin duda no estaría muy atractiva.

En verdad, la idea de un baño le pareció deliciosa en ese momento, una buena inmersión para aflojar los músculos ateridos y eliminar la picazón que sentía en la cabeza. Y quizá lograra terminar antes de que Derek se despertase, y así estaría medianamente decente otra vez cuando tuviera que agradecerle por sus tiernos, aunque algo autoritarios cuidados.

Ahora que lo pensaba, le asombró que se hubiese

quedado a cuidarla él mismo, sin que fuera necesario. Podría haber llamado a una enfermera. Dedujo que había sido el remordimiento lo que lo impulsó a quedarse. En realidad, cualquiera fuese la razón, se alegraba de que se hubiese quedado, de que le demostrara, una vez más, que no era tan insensible y desconsiderado como ella había empezado a creerlo.

Abandonó la cama sin molestarlo y recogió algo de ropa. Una última mirada a Derek antes de cerrar la puerta del cuarto de baño confirmó que seguía profundamente dormido... no se dio cuenta de que él tenía los ojos entreabiertos y estaba observándola. El baño obró maravillas, librándola de las sensaciones dejadas por la enfermedad. Hasta tomó su tiempo para secarse el pelo antes de vestirse; aún seguía cepillándolo cuando regresó al dormitorio.

Había tardado tanto que Derek ya no estaba. Ahora, en el hogar ardía otra vez el fuego, ahuyentando el frío de la habitación. Aunque, a decir verdad, Kelsey casi no había notado el frío después de contemplar tanto tiempo a Derek. Sonrió, viendo que hasta había hecho la cama, y tuvo ganas de saber cómo se las había ingeniado para hacerlo.

En unos momentos más, terminó de arreglarse el pelo en su peinado de costumbre, y bajó a ver si Derek se había marchado de la casa. No. Lo encontró en la cocina, preparando un nuevo té, y vio que, en una bandeja cerca de él, había un plato con media docena de pasteles. Todavía no se había cambiado de ropa. Tal vez no tuviese en la casa ropa para cambiarse.

Cuando él levantó la vista y la vio en la entrada, Kelsey sonrió.

—No creo que te alcance el tiempo para hornearlos —dijo, señalando los pastelillos.

Derek resopló.

—Ni soñando, y jamás volveré a intentarlo. No, oí que un vendedor pasaba por la calle y corrí a ver qué llevaba. Sólo pastelillos, pero a esta hora de la mañana vienen muy bien, y todavía están tibios.

Cuando Kelsey vio el lío espantoso que había en la cocina, entendió lo que significaba ese «jamas volveré a intentarlo». Captando la expresión de la mirada de Kelsey que recorría la cocina, Derek dijo:

—Hoy vendrá una cocinera... ¿Qué pasa? —preguntó, al ver que Kelsey se horrorizaba aún más.

—Cuando asome la cabeza aquí, saldrá directamente por la puerta principal —advirtió.

Derek frunció el entrecejo.

—No lo creo —dijo, pero agregó—: ¿Eso crees? Muy bien, haré que le convenga quedarse. Pero si no te gusta esta cocinera, por favor, no la dejes irse hasta que tengamos una que pueda reemplazarla... salvo que tú sepas cocinar. En cuanto a los otros sirvientes, se presentarán esta semana para que los entrevistes.

—¿Eso significa que me quedaré aquí?

—¿No te gusta?

Parecía tan desilusionado, que ella se apresuró a asegurarle:

—Claro que me gusta, sólo que no estaba segura de dónde ibas a instalarme.

—Dios, ¿no te lo dije? ¿No? Bueno, he firmado un contrato por seis meses, que se puede extender con facilidad. Así que, si hay algo que no te agrada, algún mueble o cualquier otra cosa, podemos cambiarlo. Éste será tu hogar, Kelsey, y quiero que te sientas cómoda aquí.

El sentido de permanencia que había en esa afirmación y el modo en que se refería a la relación entre ambos hizo que la muchacha se ruborizara un poco...

si bien esa relación aún no había comenzado de verdad.

—Es muy amable de tu parte. Estoy segura de que estaré muy cómoda aquí.

—Excelente. Ahora, ¿te parece que compartamos este magro desayuno en el comedor, que no está tan desordenado?

Kelsey sonrió, y salió de la cocina. El comedor era muy alegre a esa hora, pues recibía el sol matinal, que aún no había desaparecido tras las nubes, como solía ocurrir en esa época del año.

—¿Cuántos criados tendré que contratar? —preguntó Kelsey mientras se sentaba enfrente y servía el té.

—Todos los que necesites.

—¿Tú les pagarás, o quieres que yo me encargue de eso?

—Eh, no había pensado en eso. Creo que será más fácil si te dejo una cantidad para el mantenimiento de la casa y otra para ti. Y de paso, en cuanto te sientas bien, necesitamos ir a hacer compras. No debes de tener mucha ropa en esa pequeña maleta.

La joven pensó que podría ahorrarle ese gasto haciendo traer su propio guardarropas. Pero, ¿qué explicación daría a la tía Elizabeth, si se suponía que estaba visitando a su amiga de Kettering por un breve tiempo? Ya era bastante malo tener que inventar excusas para extender la visita. Además, seguramente su ropa no sería del tipo que Derek compraría, aunque esperaba, de todo corazón, que no fuese otro de esos horribles vestidos rojos.

Se limitó a responder:

—Como quieras.

—¿Y te sientes mejor esta mañana? —preguntó Derek, algo vacilante—. ¿Ya no tienes fiebre?

—Sí, por suerte, me siento bastante bien.

De súbito, la sonrisa del hombre se volvió sensual.

—Excelente. Entonces, te dejaré para que te ocupes de tus cosas, pero regresaré a pasar la velada contigo.

Kelsey tuvo ganas de abofetearse por no haber comprendido cuál era el motivo de que le preguntara por su salud. Y no tenía dudas de lo que significaba, «pasar la velada contigo». Con un par de quejas, podría haberla postergado. Ahora, sonrojada, comprendió que sólo le quedaba asentir.

18

Esa mañana, en cuanto Derek se había marchado, llegó la cocinera. Kelsey necesitó muy poco tiempo con la mujer para saber que se llevarían magníficamente. Alicia Whipple no se daba aires, afirmaba ocuparse de sus propios asuntos y, después de que Kelsey pasó por el ingrato trance de informarle de que por las noches recibiría a un caballero, único modo cortés de expresarlo, Alicia le aseguró que era asunto de Kelsey a quién recibiera y no de ella.

Su situación era un problema. No le cabía duda de que ciertos criados se negarían a trabajar para alguien como ella, imaginando, tal vez, que quedarían embadurnados por el mismo pincel.

Para algunos sirvientes, era cuestión de orgullo personal el amo para quien trabajaban, y sin duda no podían enorgullecerse de trabajar para la querida de un lord. Pero había otros a los que eso no les importaba, que, sencillamente, necesitaban trabajar, y entre ellos escogería a su personal.

Cerca del mediodía, se presentó un cochero con su carruaje. El cochero, que no era el de Derek, le informó que desde ese momento debía trabajar para ella. Explicó dónde guardaría el carruaje y los caballos, ya que la casa no tenía establo propio, y dónde podría encontrarle cada vez que lo necesitara. Eso le hizo comprender que necesitaría, por lo menos, un mayordomo, si bien ella había creído que se las arreglaría con un personal más reducido.

Esa tarde, usó por primera vez el coche. Después de pensarlo un poco, y después del dulce beso que le dejó Derek al marcharse, decidió hacer un esfuerzo para convertir la velada en algo romántico, que se pareciera menos al sórdido asunto que en realidad era. Con ese fin, indicó a Alicia que preparase una buena cena con vino y le dio dinero suficiente para comprar todo lo necesario.

Por fortuna, al marcharse, Derek le dejó algo más que ese beso. En el montón de billetes que puso en sus manos había más de cien libras, y le dijo con sencillez:

—Pienso que esto te alcanzará por un tiempo.

Por cierto que sí. Se podían mantener hogares mucho más grandes con mucho menos.

Dejó que Alicia se encargara de comprar la comida, pero ella se ocupó de otras compras. Necesitó bastante tiempo para encontrar lo que buscaba, porque no estaba familiarizada con Londres. Por fin, se vio en la necesidad de explicar al cochero lo que buscaba, hasta que encontró una tienda que vendía saltos de cama de fantasía... o eso creía el cochero. Y aunque nunca había tenido algo ni remotamente similar, dado que sus camisones eran más bien de tipo abrigado y práctico, la mujer que le vendió el conjunto que se acompañaba con bata y sandalias, le aseguró que todas las novias usaban esas prendas en la noche de bodas.

Ya fuese cierto o que la mujer, percibiendo la vacilación de Kelsey estuviese decidida a rematar la venta, no lo sabía ni le importaba. La bata era exactamente lo que había imaginado cuando salió a buscarla, y estaba bastante satisfecha con la compra. La cuestión era si, llegado el momento, tendría valor para usarla...

Derek no le había dicho a qué hora regresaría. Debió preguntarle, pero no era demasiado problema no saberlo, al menos para Alicia. Los caballeros estaban acostumbrados a comer a horas inusitadas, según la fiesta a la que asistieran, y siempre se podía mantener la comida caliente.

Lo que sucedió fue que llegó antes de lo que ella pensaba, poco después del atardecer. Y si bien Kelsey no lo sabía, Derek estaba tan ansioso por empezar la relación que tuvo que contenerse para darle un poco de tiempo a solas. Y tuvo el buen tino de no decírselo. Kelsey ya estaba bastante nerviosa, sabiendo que él hubiese preferido llevarla directamente a la cama.

Sin embargo, él era un verdadero caballero, y no dio la menor señal de lo que tenía en mente, ni con miradas ni con palabras. Llegó con unas flores en la mano... detalle innecesario pero agradable. Mientras las acomodaba, Kelsey tuvo tiempo de relajarse un poco en esos primeros momentos de incomodidad.

Estaba ataviado con cierta formalidad, pero Kelsey supuso que el valet no lo hubiera dejado salir de noche vestido de otro modo. La corbata estaba perfectamente atada, y por los puños de la chaqueta marrón oscuro, tan tirante en los anchos hombros, asomaba un poco de encaje blanco. Era pecaminoso, de tan apuesto, y en comparación, ella se sintió desaliñada.

Esa noche, se había peinado con un poco más de elegancia, pero no podía hacer mucho más. No había traído ninguna ropa formal, y sólo tenía unos pocos vestidos de día para viajar, y uno, el que llevaba puesto, que podía usarse para una velada informal. Pero nada especial.

Era de tafetán rosado, liso, con mangas cortas abullonadas que eran las que se usaban para la ropa de noche, en estilo imperio, pero con su recatado escote era poco sofisticado de acuerdo con la moda londinense, que indicaba escotes generosos. No tenía nada de provocativo, ni encajes o ribetes de fantasía para hacerlo más elegante, y aun así, Derek no podía sacarle los ojos de encima.

Bebieron el aperitivo en la sala, antes de la cena. A Kelsey no se le había ocurrido pensar más allá del vino, pero antes de ir a comprar, Alicia miró lo que había en la casa y, por suerte, había hecho algunas compras extra.

Cuando se instalaron en el comedor, Derek sostuvo una conversación superficial. Le habló de un potro que había comprado su amigo Percy esa semana, del que se esperaba fuese un éxito en las carreras. Le contó de sus días de escuela y de su mejor amigo, Nicholas Eden, y cómo se conocieron. Mencionó a algunos familiares, como la prima Regina, que estaba casada con Nicholas, y al tío Anthony, que ese día había ido a demoler a un contrincante, aunque Kelsey no entendió bien qué quería decir eso.

Por fortuna, no dejó que la conversación decayera relatando anécdotas referidas a sí mismo, pues ella no podía contarle mucho sobre su propia vida sin mentir o revelar la verdad. Y todavía no tenían una historia común que pudiese llevar a discusiones sobre cuestiones compartidas... nada que no fuera pertubador en algún sentido.

A los postres, por fin develó el misterio de lo que había sucedido en Bridgewater.

—La muchacha a quien encargué que te enviara las provisiones en la cabaña fue despedida.

—¿Porque no lo hizo?

—No, la echaron antes de cumplir las instrucciones, y por eso no se molestó en cumplirlas ni en transmitírselas a otro. Hubiese sido mejor si me lo decía a tiempo, pero no lo hizo. Estaba ofendida con el ama de llaves que la echó, y se limitó a poner sus cosas en una maleta y marcharse.

—En ese caso, te debo una disculpa.

—No, no me la debes —aseguró.

Kelsey movió la cabeza.

—Sí; debo disculparme por creer que eras irreflexivo y desconsiderado... y por tirar al fuego la nota que me dejaste, imaginando que te tiraba a ti.

Derek la miró, incrédulo unos segundos, y estalló en carcajadas. Kelsey se ruborizó. No sabía por qué había hecho semejante confesión, pero salió junto con la disculpa, a modo de explicación.

No entendió por qué a él le pareció tan divertida, hasta que le dijo:

—Tienes un carácter bastante fuerte bajo esas apariencias. Al escucharte, jamás lo habría imaginado.

—Creo que sí, aunque no ha sido provocado con frecuencia —admitió la joven—. Pienso que es cosa de familia, por lo menos por parte de mi madre.

Eso era decirlo con suavidad. De hecho, la gente decía que el temperamento de la madre era demasiado explosivo, sabiendo que había matado al esposo en el transcurso de una de sus explosiones, sin intención de hacerlo, aunque eso daba lo mismo.

Lo miró bajo las pestañas.

—¿No te molesta?

—En absoluto. En mi familia también hay temperamentos fuertes, de manera que estoy acostumbrado —sonrió—. Y creo que no provocaré el tuyo con frecuencia.

Kelsey devolvió la sonrisa. Qué manera más agradable de decirle, haciendo un rodeo, que no le daría motivos de enfado. En ese momento, se alegró de haberse esforzado un poco para que esa velada fuese especial. Sin embargo, ahora que lo miraba, no entendió cómo pudo ocurrírsele que algo relacionado con él podría resultar sórdido.

Pensó que debía de tener que ver con el aspecto pecaminoso de lo que harían y, también, que debía dejar de lado esa manera de pensar. Había hecho un acuerdo y, con ello, impedido que la familia fuese a dar a la calle. Debía de estar infinitamente agradecida de que hubiese sido Derek Malory el que la comprara.

Imaginó que muchas mujeres la considerarían afortunada. Y quizá, después de esa noche, ella también lo pensara así. Pero todavía faltaba pasar esa noche... o, más bien, lo que sucedería en la planta alta. Y ya era hora. Habían disfrutado de una cena muy grata. Hasta se había animado con un poco de vino. Podría demorarlo un poco más, pero eso no lo haría más fácil, sólo aumentaría su nerviosismo.

Ruborizándose, dijo:

—Si no te molesta, ahora iré a cambiarme... me pondré algo más fresco... para dormir.

—¡Por Dios, sí! Quiero decir, por favor, hazlo.

Kelsey parpadeó: hasta ese momento no se había dado cuenta de lo ansioso que estaba por acostarse con ella. Percibir esa ansiedad le generó un calor dentro que, en verdad, era agradable... y que la hizo ruborizarse todavía más.

Se levantó para salir.

—Entonces, nos vemos dentro de un rato... arriba.

Derek le atrapó la mano cuando pasó, y se la llevó a los labios.

—Estás nerviosa, querida mía. No tienes por qué estarlo. Tú y yo vamos a divertirnos juntos, te lo prometo.

¿Divertirse? ¿Consideraba una diversión hacer el

amor? Las palabras no le salían por la garganta cerrada. Tuvo ganas de llorar por lo que iba a perder. Quiso que ya hubiese pasado. Quiso matar al tío Elliott por haberla empujado a esa casa, donde estaba por vivir una noche de bodas... sin boda. Y, en lo más hondo, quiso probar otra vez los besos de Derek Malory. Por Dios, no sabía qué era lo que más quería.

19

Kelsey se puso el salto de cama con dedos tembloro-
sos. Sabía que no se sentiría cómoda con la prenda, pero
se empecinó en llevarla.

Era indecente por sí misma, no porque fuese trans-
parente sino porque tenía los costados abiertos hasta las
caderas, y mostraba las piernas más de lo que ella había
mostrado a nadie. Estaba confeccionada de seda azul claro, con el corpiño en forma de V y los tirantes que eran
simples lazos para ser desatados con toda facilidad.

Si no fuese por la bata, de la misma seda suave, no se
habría atrevido a usarla. Pero la bata cubría las piernas y
los brazos. Todavía los pechos eran un poco visibles, aun
cuando tuviese la bata cerrada por medio de un cinturón,
pero en las presentes circunstancias, supuso que era lo
apropiado.

Estaba de pie junto al fuego, peinándose, cuando oyó
el golpe en la puerta. No le salieron las palabras para decir a Derek que pasara. Por cierto, no creyó necesario
oírlas porque la puerta se abrió, y ahí estaba, los ojos fi-
jos en ella, dilatados, oscureciéndose...

—Kelsey, *en verdad* tendremos que hacer algo con
esos sonrojos —dijo, en tono divertido.

La muchacha bajó los ojos, sintiendo que el calor de
sus mejillas era más intenso que el fuego que ardía en el
hogar.

—Lo sé.

—Estás... hermosa.

Lo dijo como si esa no fuese la palabra que correspondía, un poco maravillado. Unos instantes después, estuvo ante ella, quitó el peine de su mano, lo dejó a un lado, levantó un mechón del largo pelo negro hasta su mejilla y luego lo dejó caer de nuevo hasta la cintura.

—Absolutamente hermosa —repitió.

La mirada de Kelsey fue hacia él, y la expresión admirativa de los ojos verdes la encendió todavía más. Por otra parte, la cercanía de él provocaba en ella otra clase de sensaciones, un cosquilleo en el estómago, tensión en los pechos. Hasta la fragancia de él, tan intensa, la embriagaba. Y se sorprendió a sí misma contemplando su boca, casi deseando que la besara, recordando cuánto más placentero había sido cuando la besaba, cuando ella no estaba tan consciente de sí misma como en este momento, y cómo sus pensamientos se habían dispersado, brindándole un poco de paz.

El cinturón de la bata se soltó... con ayuda de Derek. Cuando la fina seda formó un charco a sus pies, el sonrojo reapareció. Pero lo oyó contener el aliento, sintió los ojos de él que la recorrían lentamente de la cabeza a los pies.

En voz muy ronca, Derek le dijo:

—Tendremos que comprar algunos más de éstos —indicó con una mano el salto de cama—. Muchos más.

¿Nosotros? Creyó haberlo dicho en voz alta, pero las palabras jamás salieron. Y ya estaba muy tensa esperando... esperando.

Entonces, las manos del joven se ahuecaron con ternura en sus mejillas.

—¿Sabes cuánto deseaba hacer esto? —le preguntó con suavidad.

No supo qué responderle. Pero no fue necesario, porque en cuanto terminó de hablar estaba besándola, besándola de verdad, separándole los labios, su lengua sondeando, probando, trabándose en duelo con la de ella. Se le acercó más. Ahora, los pechos de Kelsey tocaban el tórax de él. Y el ansia de apoyarse en él la hacía débil, hasta que, al fin, cedió al deseo.

Esa señal de rendición lo hizo gemir, y alzándola en brazos la llevó a la cama, apoyándola con delicadeza, para luego apartarse y contemplarla mientras se sacaba la chaqueta y la corbata. Los ojos de Kelsey se encontraron con los de él, y en ellos se fijaron. Entreabrió los labios, que temblaban, pero no pudo apartar la vista, tan sensual era la mirada de él, tan hechicera.

Kelsey no había apagado las lámparas del cuarto, y deseó haberlo hecho, tan incómoda se sentía. Quiso hundirse bajo las mantas, pero no lo hizo, recordando lo que le había dicho May, de que a los hombres les gustaba contemplar el cuerpo de una mujer, y era como si ya estuviese desnuda, por el modo en que la seda blanda se le adhería a la piel con tanta nitidez, así como estaba, acostada. Qué arduo era estar ahí tendida, esperando que se uniera a ella.

Kelsey no sabía lo tentadora que resultaba, con el pelo negro esparcido sobre las almohadas, las rodillas un poco flexionadas de modo que una de las esbeltas piernas asomaba bajo la seda azul. Con sus labios llenos entreabiertos, parecía estar rogando el regreso de la boca de Derek. Y esos turbulentos ojos grises, de negras pestañas, asustados... no, seguramente que no. Sin embargo, en cierto modo hicieron sentir a Derek como un sanguinario espartano a punto de violar a una doncella de la aldea. Fue una sensación extraña, que no hizo mucho por aminorar su ardiente deseo.

Desde el instante en que entró en el cuarto y la vio con ese escaso atuendo, se puso turgente e inflamado. Trató de pensar en otras cosas, pero fue en vano. La deseaba demasiado, ése era el problema. Y ni siquiera sabía bien por qué.

Se había acostado con mujeres más bellas. Pero había algo en Kelsey, quizá su fingida inocencia, esos estúpidos, ridículos sonrojos que podía provocar a voluntad, tal vez el hecho de que la había comprado... no lo sabía, pero tenía ganas de saltarle encima y de saborearla toda al mismo tiempo, algo que, desde luego, era imposible.

Era difícil elegir, y se hizo más difícil aún cuando se tendió junto a ella y la tocó otra vez. Tersa como la seda, suave donde debía serlo. Y casi se perdió cuando soltó los lazos de sus hombros y apartó lentamente la seda azul para descubrir los pechos, que se encogieron de inmediato bajo su mirada ardiente. Una vez más, sintió la urgencia de hundirse en ella en ese mismo instante, y no pudo pensar en otra cosa que aliviar ese ardor, quizá con un baño frío, un pensamiento absurdo dadas las circunstancias.

Debería haber bebido más vino con la cena. No, ella debería haber bebido más, y entonces, quizá no le importara que se abalanzase sobre ella. ¿Sería posible que, de cualquier modo, no le importase? Maldición, a él le importaba. Después de todo, no era un jovenzuelo imberbe, sin el menor control. Haría las cosas con calma, aunque eso lo matara.

Empezó a besarla otra vez, concentrándose. Pero no podía sacarle las manos de encima. Sus pechos eran llenos, firmes, de su exacta medida. No pasó mucho tiempo hasta que su boca se abrió paso hasta allí, y la exclamación de placer de la muchacha fue la música más dulce.

La tocaba por todos lados. Kelsey tenía que recordar, a cada paso, que él tenía derecho a hacerlo. ¡Y qué cosas le hacía sentir esa boca! Tuvo miedo de que volviese la fiebre.

Con las manos él trató de separarle las piernas, pero ella las mantuvo bien juntas. Derek rió, y luego la besó otra vez con tanta pasión, que Kelsey se olvidó de las piernas... y la mano del hombre se deslizó entre ellas. Se arqueó de tal modo que casi cayó de la cama. Jamás habría imaginado algo tan intenso... y tan salvajemente sensual como lo que él estaba haciéndole con los dedos.

Todos los pensamientos cedieron su lugar a esa sensación tan intensamente placentera que no notó el dolor que aumentaba dentro de ella hasta que la atrapó por completo, dominándola. Emitió un gemido gutural. Se arqueó hacia él. Tiró de él. No podía entender lo que le pasaba.

Y en ese momento, todo rastro de control abandonó a Derek. Se situó entre las piernas de ella. Las levantó. Y al siguiente segundo, estaba metido hasta el fondo en ella, en una penetración tan veloz que no dio tiempo a que ninguna barrera lo detuviese. Vagamente, notó que hubo una barrera, pero no registró qué podría ser, rodeado como estaba por esa estrechez, por ese exquisito calor, sumergido en tan primitivo placer. Fue tan dulce, que casi llegó con ese único impulso, pero no faltó mucho, pues el siguiente lo llevó más allá del límite.

Cuando un pensamiento lúcido logró abrirse paso hasta su mente obnubilada por el placer, Derek suspiró. Estaba convencido de que ya había superado sus primeras experiencias más patéticamente apremiantes en lo que se refería a hacer el amor, y sin embargo, sólo se preocupó por su propio placer y no tuvo el menor control sobre sus reacciones. Se regañó mentalmente. ¡Bonita demostración de control le había dado esa noche!

No supo, siquiera, si la querida muchacha había obtenido placer, de tan sumido que estaba en el suyo propio, pero le pareció falto de tacto preguntarle. Por supuesto que, si no lo había obtenido, él sería lo bastante gentil para rectificar esa situación. Sorprendente. Pero esa mujer lo había apretado tanto...

—¿Podrías... hacerte a un lado, por favor?

Le pesaba. Qué torpe, quedarse ahí saboreando el placer, sin advertir que estaba aplastando a la pobre chica. Se incorporó para pedirle disculpas, librándola de su peso, aunque no del resto de su persona, pero le faltaron las palabras al ver las lágrimas de la muchacha, la expresión desolada, y al darse cuenta de que había traspasado una barrera que impedía el acceso total. Fue un segundo, nada más, pero ahí estaba.

—¡Por Dios, *eras* virgen! —exclamó.

El sonrojo fue inmediato.

—Creo que se habló de eso en la subasta.

Derek la miró, incrédulo.

—Mi querida muchacha, nadie creía en eso. Se sabe que los proveedores de carne son mentirosos. Por otra parte, tú fuiste vendida en un prostíbulo. ¿Qué diablos estaría haciendo una virgen en un prostíbulo?

—Indudablemente, poniéndose en venta, tal como estaba estipulado —dijo, con cierta rigidez—. Y lamento no haber hecho que Lonny me librase de mi virginidad antes de la venta. No sabía que podría ser una desventaja.

—No seas absurda —repuso, hosco—. Es que ha sido... una sorpresa... a la que necesito adaptarme un poco.

¿Un poco? Todos esos sonrojos habían sido reales, no fingidos. Lo mismo que las miradas inocentes.

Una virgen, la primera para Derek, si no contaba a

la ayudante de cocina de Haverston, que luego había continuado concediendo sus favores a cada sirviente de la casa. No era de extrañar que Ashford estuviese tan empeñado en poseerla, y se pusiera tan furioso al no conseguirla... significaba más sangre para sus placeres enfermizos.

Virgen. De pronto, el pleno significado le golpeó con una oleada de posesividad como jamás había sentido hasta entonces. Él era su primer amante, el único hombre que la había tocado, y no sólo eso: la *poseía*. Ella le pertenecía.

De pronto, le dirigió una sonrisa radiante.

—Eso, ¿ves? Ya está hecha la adaptación —ya tenía otra erección que era casi dolorosa, ansioso de poseerla otra vez, pero se apartó de ella lenta y cuidadosamente—. Es tu primera vez, y yo he hecho un desastre. Actué como un joven inexperto, por lo mucho que te deseaba, y eso ha sido lo peor para ti. Cuando te hayas recuperado, me ocuparé de brindarte el mismo placer que tú me diste. Pero ahora, nos ocuparemos de tus heridas.

Antes de que pudiese protestar, estaba alzándola otra vez en brazos y llevándola al baño. La bajó, la envolvió en una gran toalla mientras preparaba el agua del baño, cuidaba su temperatura, y agregaba sales, espumas y perfumes mientras se llenaba la bañera. Kelsey no podía sacarle la vista de encima porque Derek no se había vestido, y estaba completamente desnudo, sin siquiera advertirlo.

Cuando se movió para meterla en el agua, la muchacha alzó una mano.

—Ahora ya puedo arreglarme...

—Ni soñando —apartó la toalla, y la levantó otra vez, metiéndola con cuidado en el baño vaporoso—. Me he acostumbrado a bañarte, y éste es un hábito que me agrada conservar.

Arrodillándose junto a la bañera, la lavó *toda*. La piel de Kelsey no perdió su rubor, y no se debía a la temperatura del agua. Entonces, la levantó otra vez, la secó y la cargó de nuevo hasta la cama, donde la acomodó bajo las mantas, esta vez, se acostó junto a ella y la atrajo hacia sus brazos.

Entonces, Kelsey pudo relajarse, al comprender que ya no habría más dolor... ni placer, por esa noche. Ni la desnudez de ambos la perturbó, más bien contribuyó a esa calidez que la ayudó a dormirse. Casi se había dormido cuando oyó:

—Kelsey Langston, te agradezco por haberme hecho el regalo de tu virginidad.

No le respondió que no había tenido otra alternativa. Y que no había sido tan malo como podía haber sido con cualquier otro. Hubo una gran cantidad de placer... antes del dolor.

Por eso, en el mismo tono formal, aunque a medias bostezando, respondió:

—Fue un placer, Derek Malory.

Aunque no vio su sonrisa, sintió que la atraía un poco más hacia él. La mano de Kelsey se alzó hasta el pecho de él, vacilante al principio, y luego, sin escrúpulos. Ahora, *podría* tocarlo cuando quisiera. Después de esa noche, gozaba de ese derecho... del mismo modo que él tenía derecho a tocarla a ella, y la asombró advertir que eso la complacía.

Qué increíble.

20

A la mañana siguiente, Kelsey despertó sola; Derek se había marchado en mitad de la noche. Le pareció un gesto muy considerado que le evitase el embarazo de enfrentarse a él a primeras horas de la mañana, aún acostada, aún desnuda. Se preguntó si se convertiría en un hábito. Era probable, en aras de la discreción. Ese vecindario donde la había instalado era elegante, y tenía la impresión de que la discreción era importante para él.

Claro era posible que estuviera casado, y por eso querría conservar el secreto. Qué pensamiento horrible. Pero era posible, incluso le habían advertido que debía esperar algo así. Tendría que preguntarle. Aunque así fuese, prefería saberlo y no estar preguntándose permanentemente.

Encontró una nota de Derek en la almohada, junto a ella. También persistía ahí su fragancia, y sin saber por qué la hizo sonreír. En la nota le decía que esa tarde iría a buscarla para ir de compras y luego a cenar. Sonrió de nuevo. Parecía divertido. Siempre le había gustado ir de compras, de todos modos. Con la condición de que no pensara comprarle ropa llamativa, propia de una amante. Suspiró. Tal vez ésa fuese la intención de Derek. Bueno, pues si debía usarla, la usaría.

Era asombroso advertir que se había sacado un peso de encima ahora que ya no era virgen. Aunque lo lamentara, ya no tenía remedio. Era una amante real y verdadera. Ya no habría más angustia, más miedo a lo desconocido. El dolor había quedado atrás. No había sido agradable. Pero le esperaba el placer. Había experimentado cierto placer, y le habían prometido más. Y Derek, además de apuesto, era muy considerado con ella. En las presentes circunstancias, ¿qué más podía pedir?

—Bueno, mira que pareces harto —comentó Nicholas Eden, al entrar en el comedor y hallar ahí a Derek, como solía ocurrir antes de que él se hubiese casado.

Derek estaba ahí sentado, moviendo distraído la comida en el plato, con una sonrisa que se alteró un poco:

—¿Harto de qué? Acabo de sentarme a comer.

Nicholas rió.

—No me refería a la comida, querido muchacho, sino a la satisfacción: te sale por los poros. Me recuerdas a un gallo que encontró, por fin, el gallinero. ¿Tan buena ha sido?

No era frecuente que Derek se ruborizara, y ahora se dio una de esas ocasiones. Era insólito, porque las bromas de los amigos acerca de sus pecadillos lo divertían más que incomodarlo. Quizá fuese porque había jurado no volver a tener amantes, Nicholas lo sabía y, sin embargo, estaba a punto de admitir que tenía una nueva.

El día anterior, cuando volvió a la casa para cambiarse de ropa, encontró una nota de Nicholas. En ella decía que él y la esposa se quedarían esa semana en la ciudad para hacer compras y alguna visita, y convenció al viejo Nick de acompañarla. En esa época, Derek no iba a menudo a Silverley, donde estaba la propiedad rural de Nick, y donde él y Reggie solían pasar el invierno, al menos durante la ajetreada temporada londinense. Ademas, como en la boda de Amy y Warren, Derek había estado distraído, pensando excusas para irse temprano y poder ver de nuevo a Kelsey, no conversó mucho con el amigo.

Lo extraño era que quería hablar a Nick acerca de Kelsey y, al mismo tiempo, no quería.

Eran bastante similares, siendo Nicholas unos años mayor, un poco más alto, el pelo un poco más oscuro, veteado de oro, y los ojos más ambarinos que castaños. Nick era vizconde. Derek también lo era, habiendo recibido el título junto con una de las propiedades traspasadas, si bien algún día se convertiría en el cuarto marqués de Haverston.

Además, los dos eran hijos ilegítimos, factor que los convirtió en amigos en la época de la escuela, aunque en el caso de Derek se sabía, y en el de Nick, no. Ni Derek lo supo hasta después de que él se casara con su prima Regina.

Pero Nicholas, por lo menos, sabía quién era su madre, o al menos lo había sabido. La mujer a la que todos consideraban su madre, la esposa del padre, lo despreciaba, igual que él a ella, y le había hecho la vida desdichada. En realidad, la hermana de ella, que Nick siempre consideró su tía, era su verdadera madre. Siempre había estado cerca de él, pero el hijo sólo había descubierto la identidad verdadera de la mujer pocos años antes.

Los amigos no sentían lo mismo en relación con su ilegitimidad. A Nicholas, el descubrimiento lo amargó, hasta que se casó con Reggie, a la que no le importaba nada. Derek siempre lo supo, y nunca dejó que lo molestara... demasiado. Después de todo, tenía una gran familia que lo aceptaba tal como era. Nicholas no había contado con ese tipo de apoyo. Lo que sí lamentaba era no haber conocido a la madre ni saber quién era. Las pocas veces que le preguntó a su padre, hacía muchos años, él se había limitado a contestar que había muerto, de modo que no tenía importancia.

A la pregunta de Nicholas, Derek respondió:

—En realidad, es mi nueva querida.

Nicholas alzó una ceja:

—Corríjame si me equivoco, pero, ¿no habías jurado que no volverías a tener?

—Sí, pero las circunstancias son diferentes —aseguró Derek.

—Todos creemos lo mismo... por un tiempo —dijo Nicholas, con un toque de su antiguo cinismo, aunque luego se encogió de hombros—. Bueno, disfrútala mientras puedas, porque pronto pasará la novedad, y enseguida estarás olfateando el aire en busca de un reemplazo. A mí me pasó así todas las veces... bueno, hasta que conocí a tu prima. Comprendí que estaba enamorado, cuando no podía sacarme a esa pícara de la cabeza, hiciera lo que hiciese.

—No, Nick estas circunstancias son realmente diferentes. A decir verdad, no sólo la mantengo, yo... en fin..., la compré.

Nichola volvió a alzar la ceja, inquiriendo:

—¿Cómo dices?

—La compré —repitió Derek, y aclaró—: Me encontré con que estaban vendiéndola en subasta... y la compré.

—¿De qué cifra estamos hablando? —preguntó el amigo.

—No querrías saberlo.

—Por Dios, ojalá que tu padre no se entere.

La sola idea crispó a Derek.

—Ya lo sé, y no tiene por qué enterarse.

Nicholas movió la cabeza.

—Deduzco que era tan hermosa que no pudiste resistir el impulso.

—En realidad, ésa fue la reacción de Jeremy, no la mía. Ese bribón quería que le prestara el dinero para pujar por ella. Estaba muy decidido, hasta que le recordé que no tenía dónde instalar a una querida.

—¿Jeremy estaba allí?

—Y también Percy.

—¿Dónde ocurrió este hecho insólito? ¿En una de nuestras... quiero decir... guaridas habituales?

Derek rió. Antes, el trío estaba integrado por Nick, Percy y él, pero eso fue antes de que James regresara a Inglaterra con Jeremy... y de que el viejo Nick quedara legalmente atrapado por su esposa.

—No —dijo Derek—. Fue en la nueva «Casa de Eros», que se abrió después de que tú quedases fuera de circulación, y es un sitio que sirve sobre todo a los perversos, aunque eso nosotros, en aquel momento, no lo sabíamos. Nos detuvimos ahí porque una de las amantes pasajeras de Jeremy se había mudado allí.

Nicholas rió.

—¿Así que el muchacho te pidió dinero prestado y tú lo pasaste en la puja? Se necesita coraje para eso, y es cosa común en tu familia.

—Vamos, vamos, no incluyas a mi tío James en el castigo, si todos sabemos que lo quieres mucho —esperó el consabido resoplido de desdén, y lo logró—. Y yo no estaba pujando, no tenía intenciones de hacerlo.

—¿No? Entonces, ¿por qué lo hiciste?

—Porque vi quién era el otro que estaba haciendo ofertas. ¿Alguna vez tuviste trato con lord David Ashford?

—No puedo asegurarlo. ¿Por qué?

—No hace mucho, tuvimos un mal encuentro con él, una noche que estábamos de juerga en los barrios bajos, por la zona portuaria. Lo sorprendimos castigando con un látigo a una zorra de taberna que él había atado a una cama. La había lastimado de tal manera que le quedarán cicatrices durante el resto de su vida, y hacía eso para... prepararse para excitarse con ella. Si la chica no se hubiese sacado la mordaza, jamás habríamos oído sus gritos.

Nicholas hizo una exclamación de disgusto:

—Debería estar en el manicomio.

—No puedo estar más de acuerdo pero, al parecer, mantiene en secreto ese hábito despreciable. Pocos lo saben, y paga demasiado bien a las víctimas como para que presenten acusaciones. Aquella noche, lo golpeé hasta dejarlo inconsciente... casi lo maté, en realidad. Pensé que desde entonces se cuidaría más, hasta la otra noche, cuando lo vi pujando por esta chica, y supe con certeza cuál sería el destino de ella si la conseguía. No podía dejar que eso sucediera, ¿no te parece?

—En tu lugar, yo lo habría sacado y lo habría golpeado hasta dejarlo sin sentido, otra vez. Mucho más barato, sobre todo teniendo en cuenta que tú no querías a la chica para ti.

—En ese caso, él seguiría teniéndola. Su oferta había sido la última. Al propietario le habría bastado con tomar el dinero de él, y entregar la chica más tarde. Además, no estoy disconforme con haberla ganado.

Nicholas rió.

—Es cierto, me olvidaba de la expresión que tenías cuando entré.

Derek sintió que volvía a sonrojarse. Maldición, debía de estar contagiándose de Kelsey.

—Es muy diferente de lo que tú te imaginas, considerando que la conseguí en una subasta, en un sitio como ese. Ha recibido una educación esmerada, quizá mejor que la de muchas damas que conocemos, pues su madre era institutriz. Sus modales son impecables. En la compra se afirmaba que era virgen, y aunque nadie en su sano juicio lo habría creído, resultó ser verdad.

—¿Era? ¿O sea que ya no lo es?

Derek titubeó un instante para luego asentir, porque sintió que se ruborizaba una vez más. Gimió para sus adentros, hasta que, al fin, comprendió que lo que no quería era hablar de Kelsey en ese tono, ni aun con su mejor amigo. Desde luego, eso era absurdo. Era solamente otra de las chicas con las que se acostaba, a la que había disfrutado, y no cabía duda de que Nick estaba en lo cierto. Pronto pasaría la novedad, y él regresaría al torbellino social, buscando una nueva dama que concitara su interés.

—De cualquier manera, no estoy descontento de tenerla. El costo exorbitante no fue para ella, siquiera, sino para derrotar a Ashford, lo cual me alegra mucho. Lo que me aflige, me hiela la sangre, es que esta vez logré detener a Ashford, pero él sigue por ahí buscando rameras baratas a quienes pagará para herirlas, y sólo Dios sabe a cuántas otras habrá hecho sufrir el dolor y el horror de sus costumbres sexuales. Sin duda, es cliente regular de esa casa que provee a los de su clase, aunque dudo de que abunden los sujetos con ese grado de brutalidad. Te aseguro que me gustaría mucho pararle los pies... para siempre. ¿Se te ocurre alguna idea?

—¿Que no sea matarlo?

—Bueno, sí, cualquier cosa menos matarlo.

—¿Castrarlo?

—¿Crees que eso serviría—pensó Derek en voz alta—, teniendo en cuenta que le causa tanto placer infligir dolor?

—Tal vez, tal vez no, pero sería muy merecido, si lo que me has dicho de él es cierto.

—Oh, te aseguro que es cierto. Puede que aquella

noche que lo hallamos con esa pobre chica yo estuviera algo bebido, pero no imaginé nada. Percy y Jeremy también estaban, y se horrorizaron tanto como yo.

Nicholas frunció el entrecejo, pensativo.

—Deduzco que la chica no atestiguará si el hombre debe presentarse ante la Corte.

—No, aquella noche estaba demasiado dolorida para hablar con coherencia, siquiera, pero yo fui a verla una semana después, cuando empezaba a recobrarse, y se negó rotundamente a emprender ninguna acción legal contra él.

—¿Porque es un lord?

—Eso puede haber influido en ella, pero se trataba más bien del hecho de que él le pagó en efectivo más dinero del que ella hubiese ganado en dos o tres años de hacer la calle, y le dio miedo tener que devolverlo. Y para Ashford era una cifra insignificante. Lo comprobé. Viene de una familia tan acaudalada que podría hacer eso varias veces por semana, sin hacer mella en su fortuna.

—Supongo que ofreciste a la muchacha una suma parecida o mayor para que presentara cargos.

—Oh, sí, eso se me ocurrió enseguida —admitió Derek—. Por desgracia, la muchacha admitió que ella *sabía* lo que ese tipo iba a hacerle, y estuvo de acuerdo. No importa que no supiera hasta dónde llegaría el castigo, ni que terminaría con cicatrices. La ironía está en que ella no había comprendido que esas cicatrices la perjudicarían en su trabajo, y yo no tuve valor para señalárselo.

Nicholas suspiró.

—Me has presentado todo un dilema, mi querido muchacho. Lo pensaré mejor, pero por el momento no se me ocurre nada que pueda ayudarte a resolverlo, porque siendo sincero, al menos en parte, cuando ese lord explica a estas chicas lo que quiere de ellas, el tipo se cubre las espaldas. Y, por desgracia, puede conseguir una cantidad ilimitada de rameras baratas en esta ciudad, dispuestas a lanzarse sobre una ganancia extra, sin pensarlo bien hasta que ya es demasiado tarde.

—Yo pienso lo mismo.

—Odio decirlo, pero sabes que deberías pedirle consejo a tu tío James. Éste es su... bueno, su campo de experiencia, ¿no crees?

Derek rió entre dientes.

—Ya pensé en eso. Mañana por la mañana me reúno con él.

—Bien. La gente que se vincula con la hez de la tierra, como ha hecho él, suele tener una perspectiva diferente. Y ahora, basta de asuntos tan serios. Me alegra que hayas pasado por aquí. Puedes hacerme compañía mientras Reggie anda por ahí.

—Encantado... esta mañana. Pero esta tarde no, porque tengo planes.

—Está bien. Compartiré contigo todo el tiempo que sea posible. Sabes que te echo de menos desde que fui a vivir al campo. No nos visitas muy a menudo. Y, de paso, he elegido un nuevo caballo de carrera que quiero mostrarte.

—Percy también —repuso Derek—. Cuando lo veas, se te caerá la baba.

Nicholas rió.

—Ya lo hice ayer. ¿De dónde crees que saqué mi nuevo campeón? Logré convencer a nuestro querido amigo y sacarle otro caballo más.

21

—¿Eres casado?

Derek parpadeó. Acababan de sentarse en el coche cuando Kelsey dejó caer la pregunta. Pero ella la tenía en mente desde muy temprano en la mañana. Y aunque debió de haber llevado la conversación con más tacto, no sabía con cuánto tiempo contaría antes de llegar a destino, y quería una respuesta ese mismo día. Y obtuvo precisamente la que estaba esperando.

—¡Jesús, no! —exclamó—. Y no tengo intenciones de casarme por mucho tiempo —el alivio de Kelsey fue tan inmediato y evidente, que lo hizo agregar—: No, no mi querida muchacha, no estás apartándome de nadie.

—¿Ni siquiera de otra querida?

La respuesta empezó con un resoplido desdeñoso.

—No especialmente, quiero decir, bórralo todo, una vez intenté tener una amante, y te puedo asegurar que no funcionó. No pensaba tener otra pero, dadas las circunstancias, cambié de idea.

—¿Las circunstancias? ¿Quieres decir que me compraste por razones diferentes de las obvias?

—Bueno, en realidad sí —respondió, algo vacilante—. Sabiendo de la clase de perversiones que es capaz, no podía dejar que lord Ashford se apoderase de ti, ¿correcto?

Kelsey se estremeció para sus adentros, al comprender a quién se refería. A ella, Ashford le había parecido cruel. Pero, en realidad, la había salvado de un destino peor del que había imaginado. Y era a este hombre al que debía agradecérselo.

—Estoy agradecida, muy agradecida de que hayas tenido tan generosa disposición.

—No es nada, mi querida. Lo considero dinero bien gastado... ahora.

Apareció el esperado sonrojo, y Derek sonrió.

Pero la curiosidad de Kelsey todavía no estaba enteramente satisfecha, y dijo:

—He advertido que no quieres llamar la atención sobre nuestra... asociación. Ésa fue la impresión que me diste en Bridgewater. Pero, dado que no tienes esposa, ¿es una cuestión de preferencia?

—No sólo eso, no —repuso—. Lo que sucede es que mis dos tíos más jóvenes eran bastante escandalosos. Los líos en que se metían, uno tras otro, ponían furioso a mi padre. Yo crecí oyendo los sermones que daba a ambos hermanos. Eso me llevó a ser cauto, o por lo menos, a desear no causarle más penas relacionadas con escándalos.

—¿Y yo sería un escándalo?

—No, en absoluto... al menos, nada fuera de lo común. Más bien se trata de que quisiera mantener mi nombre al margen de las habladurías de cualquier tipo. A mi padre no le agrada que demos motivo de murmuraciones ni a nuestros propios criados, siquiera, ¿entiendes?

La muchacha asintió y sonrió, indicando que había entendido. Más aún, había perdido la cuenta de las veces que sus propios padres guardaban completo silencio, aunque estuviesen en medio de la más acalorada discusión, cada vez que aparecía un criado en la habitación.

—Lamento ser tan curiosa. Es que me preguntaba

si esto podría influir en la cantidad de veces que me visitarás.

Derek frunció el entrecejo, pues había olvidado que era necesario ser cauto en ese sentido, como lo había sido con su anterior amante. No había problema en que apareciera a buscarla en las horas del día. Lo inconveniente era presentarse con frecuencia a visitarla durante largas horas, cosa que podría provocar miradas suspicaces. Pero maldito si quería restringir el tiempo con Kelsey a unas pocas horas robadas.

Respondió, evasivo:

—Ahora no podría decirlo. Como no conozco a ninguno de los que viven en la zona, tendremos que esperar y ver. Pero no debes tener vergüenza de preguntar, querida muchacha. Si no, ¿cómo nos conoceríamos, eh? Yo mismo quisiera hacerte unas preguntas.

—Me complacerá responderte... si puedo.

—Espléndido. Entonces, dime, con tu educación excepcional, ¿por qué no seguiste los pasos de tu madre y te hiciste institutriz? No es que lamente que hayas emprendido este camino, pero, ¿y tú?

Kelsey suspiró para sus adentros. Al interrogarlo, había abierto la puerta para preguntas de esa clase. Ya se había imaginado que preguntaría algo así, llegado el momento y, en cierto modo, estaba preparada.

—En realidad, soy demasiado joven para ser gobernanta. La mayoría de los padres prefieren una mujer madura para confiarles sus hijos.

—¿No tuviste otras alternativas?

—Ninguna que me hubiese rendido la gran suma de dinero para pagar ciertas deudas.

El hombre frunció el entrecejo.

—¿Cómo diablos hace alguien tan joven para contraer una deuda de veinticinco mil libras?

Kelsey esbozó a medias una sonrisa.

—No tengo idea. Yo no contraje las deudas, y no llegaban ni a la mitad de esa cifra.

—Ah, entonces, obtuviste una buena ganancia.

—No, a mí no me quedó ni un centavo. El propietario del lugar ganó un buen porcentaje por montar la subasta, pero el resto, como te dije, fue para pagar deudas.

Abrigó la esperanza de que la cuestión quedaría ahí, pero, por supuesto, no fue así.

—¿De quién eran las deudas que te viste obligada a pagar?

Podía mentir o eludir la pregunta, como había hecho antes, pero en realidad no quería mentir más de lo que ya había hecho, y empleó la misma excusa anterior.

—Ése es un asunto privado. Preferiría no comentarlo contigo, si no te importa.

Por la expresión de Derek, supo que sí le importaba, y que tampoco quería dejar de lado el tema.

—¿Tu madre vive aún?

—No.

—¿Y tu padre?

—Tampoco.

—¿No tienes otros parientes?

Comprendió que estaba tratando de deducir a quién le había dado el dinero, pero ésa no era información que pudiese proporcionarle, ni dejar que la adivinase, y dijo:

—Derek, por favor, este tema es muy desagradable para mí. Preferiría no hablar de ello.

A esas alturas, Derek suspiró y se rindió... al menos por el momento. Pero luego se inclinó sobre ella y le palmeó la mano. Si lo que quería era reconfortarla, debió de parecerle insuficiente, porque a continuación la sentó sobre sus piernas.

Kesley se puso un tanto rígida, recordando lo sucedido la última vez que habían estado así, pero Derek se limitó a abrazarla y apoyar la mejilla en la frente de ella, rodeándola de su grata fragancia y del latido firme y tranquilizador de su corazón.

—Mi querida, tengo la sensación de que tú y yo nos haremos muy íntimos —dijo el hombre en voz tan suave, que fue casi un murmullo—. Llegará el día en que te sientas bastante cómoda como para contarme cualquier cosa. Soy paciente, ¿sabes? Pero descubrirás que también soy muy decidido.

En otras palabras, ¿esta conversación resurgiría en el futuro?

—¿Te di las gracias por el coche que me enviaste? —preguntó la joven.

El evidente cambio de tema hizo estallar a Derek en carcajadas.

22

Por cierto, la modista a la que Derek la llevó no era lo que Kelsey esperaba. Era un establecimiento muy elegante. En el salón del frente, donde se exhibían sus más espléndidas creaciones, se veían canapés de satén y sillas, así como libros ilustrados con lo último de la moda. Era una confortable sala de espera para los caballeros, si preferían quedarse ahí mientras las damas elegían.

Y las damas frecuentaban la tienda. Pero Kelsey descubrió que la señora Westerbury contaba con muchas salas de prueba privadas, de modo que le resultaba fácil mantener separadas a las clientes acaudaladas de las menos recomendables. Su negocio consistía en hacer dinero, no en emitir juicios. No rechazaba clientes aunque desaprobase el modo en que se ganaban la vida, si bien podía sugerirles que utilizaran la puerta del fondo en lugar de la del frente.

No obstante, como el establecimiento servía a la capa superior de la sociedad londinense, Kelsey ya no estaba segura del modo que Derek quería que ella vistiese. Por supuesto, el hecho de que la llevara a un lugar como ése podía deberse a que no conocía otras modistas.

Resolvió dejar el asunto por completo en manos de él, y así se lo dijo. Derek no lo esperaba, pero aceptó la responsabilidad y salió a hablar en privado con la señora Westerbury. Cuando volvió, dijo que la dejaba en buenas manos, y que regresaría a buscarla al cabo de unas horas.

Eso no orientó a Kelsey en absoluto con respecto a lo que debía encargar, qué cantidad, ni ninguna otra cosa. Pero era de esperar que la modista lo supiera, y que las respuestas no le horrorizaran demasiado. Después de todo, el encuentro no causó a Derek más que un ligero embarazo, un poco de color en las mejillas, aunque se apresuró a escapar de ulteriores incomodidades.

Pronto regresó la señora Westerbury y condujo a Kelsey a la trastienda para que tomaran sus medidas y para que eligiera. La mujer no reveló, ni siquiera con una mirada, estar en conocimiento de que Kelsey fuese la amante de Derek y de que tenía que vestir de acuerdo con ese carácter.

No llevó mucho tiempo el registro de las medidas; una de las empleadas fue poniendo la cinta métrica alrededor y a lo largo de las distintas partes del cuerpo de Kelsey y anotando rápidamente, sin dejar de parlotear. La señora Westerbury tenía tanto para elegir, que la selección de telas, diseños y accesorios podría haber llevado todo el día.

Sin embargo, no era una verdadera elección. La mujer hacía sugerencias, y Kelsey se limitaba a asentir o a negar con la cabeza. Y no fue tan malo como temía. Las sugerencias apuntaban a colores vibrantes y a combinaciones que ella jamás hubiese elegido por sí misma pero, al menos, los conjuntos terminados de ninguna manera serían tan estridentes como aquel desdichado vestido rojo.

Todavía no habían terminado cuando llegó otra cliente, una bella y joven dama que rechazó la ayuda de la señora Westerbury, diciendo que sólo quería cambiar la tela del vestido de baile que acababa de encargar. De todos modos, tuvo un gesto amistoso al presentarse a Kelsey, y hubiera sido en extremo grosero de su parte no hacer lo mismo, por mucho que incomodara a la modista.

La joven eligió en pocos momentos, pero no se marchó de inmediato. Kelsey no había advertido que estaba observándola hasta que habló otra vez:

—No, no, ese color no es para usted. Aquellos plateados y azules, hasta ese zafiro, irían maravillosamente con sus ojos.

Kelsey sonrió, y coincidió con entusiasmo. Había estado contemplando con expresión de añoranza esos rollos de tela de diversos tonos de azul. Y la señora Weterbury se vio obligada a acceder, pues la dama continuaba allí, esperando una respuesta a su consejo.

—Muy cierto, milady —dijo la mujer, y procedió a sacar varios rollos de tela azul, entre los cuales había un terciopelo de color zafiro, del que saldría una encantadora chaqueta nueva y un vestido de calle, y un brocado de satén plateado y gris para un atuendo de noche.

La dama no se marchaba, esperando a ver qué tipo de guarniciones ofrecía para cada tela. Gracias a ella, Kelsey completó su guardarropa con algunas creaciones realmente elegantes, tanto que hasta su propia madre estaría orgullosa viéndola con ellas. A Kelsey le habría gustado cambiar también lo que había elegido al principio, pero eso significaba tentar demasiado a la suerte. Después de todo, la señora Westerbury había recibido instrucciones del que iba a pagar la factura.

Derek también había ordenado un conjunto completo que pudiera llevarse puesto, como Kelsey descubrió cuando ya casi había terminado. Y era probable que eso le costara un poco más, pues el vestido formaba parte del pedido de otra cliente, y había sido modificado especialmente para ella, mientras se ocupaba de elegir. Y, sin duda, la cliente perjudicada no era de aquellas a las que se les exigía entrar por la puerta trasera.

Era un vestido formal hecho con gruesa tela de seda color lavanda, con un encaje calado de un delicado color lila que bordeaba las mangas cortas abullonadas, el escote, la cintura alta y el ruedo. Iba acompañado de un manto del mismo tono lavanda, pero de pesado terciopelo. Al volver a la parte de adelante de la tienda llevando ya el conjunto, Kelsey se sintió otra vez como era antes.

Derek aún no había llegado, pero había otros señores apoltronados en los sillones, y todos ellos la contemplaron con admiración. También estaba la joven que la había orientado para elegir. Dispuesta a salir, se ponía los guantes, y al ver a Kelsey le dirigió una sonrisa amistosa.

—¿Todo terminado?—preguntó, en tono alegre. Sin duda, sorprendió las miradas de admiración, pues agregó—: ¿Le vendría bien que la lleve? Mi coche está ahí afuera.

Kelsey habría estado encantada de aceptar, pues la dama parecía realmente amistosa, y Dios era testigo de que le haría falta una amiga en esa gran ciudad. Pero, desde luego, no podía aceptar. Tampoco podía correr el riesgo de hacerse amiga de un integrante del gran mundo, que la despreciaría en cuanto supiera a qué se dedicaba.

Por eso, no tuvo más remedio que decir:

—Es usted muy amable, pero mi acompañante llegará pronto.

Eso debió de bastar para acabar la conversación, pero la joven dama era demasiado amistosa:

—¿Nos hemos visto antes? —preguntó, curiosa—. Me resulta vagamente familiar.

Qué observadora. Kelsey había oído decir a menudo

lo mucho que se parecía a su madre, y sus padres solían frecuentar Londres para gozar del bullicio social.

—Podría ser una coincidencia —propuso Kelsey—. Pero no creo que nos conozcamos. Es la primera vez que vengo a Londres.

—Entonces, debe de estar entusiasmada.

—Intimidada, para ser más exacta.

La dama rió.

—Sí, es una ciudad muy grande, ¿verdad? Y es fácil perderse, hasta que una ha estado varias veces. Pero tenga —metió la mano dentro del bolso de mano y sacó una tarjeta de visita que le entregó—, si necesita cualquier tipo de ayuda o, sencillamente, tiene ganas de charlar, pase a visitarme. No estoy lejos de aquí, al otro lado, en Park Lane, y aún me quedaré una semana.

—Lo tendré en cuenta —dijo Kelsey.

Claro que no lo haría y, por un instante, lamentó no poder hacerlo. Era evidente que la joven podía hacer amigos con facilidad, y los hacía. Pocas semanas antes, Kelsey también hubiese podido, pero ya no.

Desechó el lamento. No tenía sentido quejarse de lo que le tocaba en la vida, pues había entrado en la situación con los ojos abiertos. Pero sí tenía que aprender a convivir con esa conciencia.

23

—Que me condenen si no es encantador.

Kelsey le sonrió, suponiendo que era una especie de cumplido. Eso fue lo único que dijo Derek cuando volvió por ella, después de mirarla durante veinte segundos sin emitir palabra. La hizo sentirse muy bella, cosa que antes no le había sucedido.

Otra vez, en el coche, dio la impresión de que... bueno, de que tenía cierto conflicto, pues seguía contemplándola. Hasta que, al fin, al verlo tan ceñudo, se puso incómoda y le preguntó:

—¿Hay algo que esté mal?

—¿Sabes, acaso, que con ese atuendo pareces una maldita debutante?

Se sonrojó, y tuvo ganas de removerse en el asiento. Sobre todo, quiso que Derek no lo advirtiera. Pero como eso no tenía remedio, sería prudente distraerlo.

—¿Y qué aspecto tenía aquella noche, con el vestido rojo?

Tal como esperaba, el ceño aflojó un tanto. Incluso sonrió, algo avergonzado, habiendo captado lo que Kelsey quería decir... o al menos, eso supuso. Pero, para estar segura...

—Ahí tienes, ¿ves? —continuó—. Lo que da la impresión es la ropa, no la persona que la lleva. De hecho, éste era el único vestido que podían modificar para mí sin aviso previo. Creo que la señora Westerbury estaba convencida de que cualquiera serviría, con tal de que fuese apropiado para la noche.

—Sí, le dije algo en ese sentido. Bueno, no importa. Esto cambia en cierta forma mis planes.

—¿Qué planes?

—Pensé que lo mejor sería cenar en algún lugar tranquilo y apartado, pero que me condenen, estás tan elegante que me parece un desperdicio ocultarte.

Se ruborizó otra vez. En verdad, los cumplidos de Derek eran muy placenteros, y la hacían acalorar aunque, en realidad, no quería causarle dificultades.

Por eso dijo, razonable:

—Por favor, no tienes motivo para cambiar de planes sólo por...

—En absoluto, mi querida muchacha —la interrumpió—. De todos modos, tenía pensado probar al nuevo *chef* del Albany. Y luego, para coronar la velada, podríamos visitar Vauxhall Gardens.

Hasta ella había oído hablar de Vauxhall Gardens, pues sus padres lo mencionaban a menudo en uno u otro sentido. De día, con sus paseos sombreados, sus vendedores y sus conciertos, era bastante respetable. Pero de noche, esos paseos estrechos provistos de bancos eran ideales para los amantes, y ninguna dama que se preciara podía dejarse sorprender allí. Dedujo que, en consecuencia, era el lugar perfecto para que un caballero llevase a su amante.

Derek también tenía otros planes. Como era muy temprano para ir a cenar, recorrieron varias tiendas más y muy pronto, el coche estaba lleno de paquetes. Sombreros y zapatos, sombrillas para el verano, y hasta se cercioró de comprar más saltos de cama, experiencia embarazosa para la muchacha, pues insistió en elegirlos él mismo.

Cuando por fin llegaron a Albany, que resultó ser un hotel en Picadilly, Kelsey estaba un tanto fatigada. Pero el comedor era encantador y tras la primera copa de vino se relajó un poco. El único problema fue que ahí conocían a Derek. Pero él no lo ignoraba ya que, al presentarla a los dos caballeros que se acercaron por separado a saludar, lo hizo como la viuda de Langton,

Y el segundo de los caballeros preguntó, sorprendido:

—¿No será la misma lady Langton que disparó a su esposo?

Derek se vio obligado a explicar que Kelsey provenía de otra familia, y la mentira resultó mucho más convincente en labios de él que en los de ella. La ignorancia de que realmente *era* una mentira lo hacía más convincente.

Cuando estaban por la mitad de lo que resultó ser una cena excelente, Kelsey le preguntó:

—¿Por qué una viuda?

—Bueno, las viudas suelen hacer lo que les da la gana, ¿sabes?, en cambio, las debutantes jóvenes, que es lo que tú pareces a primera, segunda y tercera vista, necesitan un acompañante. Y, por Dios, que yo no sirvo para eso. Cualquiera que me conozca lo confirmaría.

Rió, sin culpa.

—Eso se debe a que tú, más que acompañar, seducirías, ¿verdad? —se burló.

—Vamos, claro —dijo, con ojos que adquirían una suave radiación de sensualidad.

Entonces, fueron interrumpidos por dos personas que él *no esperaba*.

Cuando vio que Jeremy Malory y Percy Alden se sentaban a la mesa sin haber sido invitados, Derek preguntó:

—¿Cómo diablos me encontrasteis?

El que respondió fue Percy, contemplando con avidez la comida que tenían en los platos:

—El muchacho tenía que entregar al tío Anthony una nota de su padre. Como eso está en esta misma calle, fue casi imposible dejar de ver tu coche ahí, en la calle. De paso, ¿qué tal está la comida? ¿Tan buena como dicen?

La expresión de Derek fue, cuando menos, de fastidio.

—Esta noche, ¿no teníais nada mejor que hacer?

—¿Mejor que comer? —preguntó Percy, aparentemente escandalizado.

Jeremy rió entre dientes.

—Bien podrías llamar al camarero, primo. No querrás negarnos tan grata compañía para cenar, si tú la tienes para ti en cualquier otro momento, ¿no? Ten compasión.

—Has estado toda la semana languideciendo por ella —añadió Percy, en lo que debería ser un susurro, pero no lo era—. Bien podrías acceder con elegancia, primo.

De pronto, alguno de ellos pegó un puntapié a otro debajo de la mesa, haciéndola saltar. No fue difícil adivinar quién había pateado a quién, viendo cómo se miraban, furiosos, Jeremy y Percy.

Derek suspiró.

—Si piensan quedarse, compórtense como es debido.

Kelsey tuvo que levantar una mano para ocultar la sonrisa. Comprobando que se había salido con la suya, Jeremy estaba radiante, y dirigió a la joven una sonrisa luminosa. Kelsey había olvidado lo increíblemente guapo que era el muchacho.

Durante largos momentos, quedó aturdida, contemplándolo, hasta que él le preguntó:

—¿Cómo está tratándote este patán, cariño?

Kelsey se sonrojó, y no por haber sido sorprendida mirándolo sino porque el tema a que aludía era demasiado personal.

Sin embargo, repuso en tono neutral:

—Hoy mismo, gastó una asombrosa suma de dinero reponiendo o, más bien, proveyéndome de un nuevo guardarropas.

Jeremy restó importancia al asunto con un ademán.

—De todos modos lo habría hecho, pero, ¿cómo *te trata*? ¿No necesitas que te rescate? —preguntó, esperanzado—. Ya sabes que lo haría con gusto.

La mesa saltó de nuevo. Esta vez, Kelsey rompió a reír sin poder evitarlo, porque era Derek el que golpeaba. Y Jeremy no fue tan circunspecto como Percy: aulló, llamando la atención de casi todos los presentes.

Además, farfulló:

—Demonios, habría bastado con un simple no.

Percy rió entre dientes.

—Por Dios, Jeremy, ¿todavía no aprendiste que si quieres tratar de quitarle la dama a alguien no tienes que hacerlo bajo sus narices?

Jeremy resopló, fastidiado.

—No le quitaría la mujer a mi propio primo. Él sabe que sólo estaba bromeando, ¿no es cierto, Derek? —al ver la expresión pétrea del primo, silbó—: ¡No puedo creerlo! ¡Derek está celoso! Pero tú *nunca* habías estado celoso.

—Te aconsejo que protejas la otra rodilla, muchacho —advirtió Percy, riendo.

De inmediato, Jeremy corrió la silla hacia atrás con tal vehemencia que casi la tiró, y dijo, ceñudo:

—Diablos, ya recibí un golpe la primera vez. La marca me durará una semana. No hace falta repetirlo.

A lo que Derek murmuró, moviendo la cabeza:

—Bribón incorregible.

Jeremy le oyó y rió:

—Claro que sí. De otro modo, no tiene ninguna gracia.

24

Kelsey no recordaba haberse reído ni divertido tanto como esa noche, con Derek y los amigos. Las pullas y las bromas entre ellos siguieron sin solución de continuidad. Era cierta la calificación de Derek: Jeremy era un bribón incorregible. Pero también advirtió lo mucho que se querían los primos.

Los estrechos lazos familiares eran algo bueno. Ella también los sentía así y, precisamente por eso, se hallaba en la presente situación. Jean, la hermana, era de su responsabilidad, y la amaba con ternura. También a la tía Elizabeth. Al tío Elliott... bueno, le había perdido todo respeto, pero se reservaría cualquier opinión hasta que demostrase que era capaz de ser responsable otra vez. Y si, después de lo que ella había sacrificado, él no podía, tendría que imitar el ejemplo de su madre y conseguir una pistola.

Con la cena, no se habían terminado las risas. Sin querer, Kelsey comentó que después pensaban ir a Vauxhall, y tanto Jeremy como Percy juraron que ese era, precisamente, el sitio al que pensaban ir, también. Claro que era una evidente mentira. Por fin, Derek desistió de sacárselos de encima.

Lo más probable era que los dos lamentaran su insistencia en adosárseles; el frío del lugar los hacía temblar... aunque fue gracioso comprobar las hazañas que realizaron para conservar el calor. Derek había llevado consigo un abrigo, y Kelsey tenía su manto de terciopelo que, junto con el brazo de Derek alrededor de los hombros, la mantenía abrigada. Pero Jeremy y Percy estaban vestidos como para ir de un carruaje a un ambiente caldeado, y de allí de vuelta al coche, y no para un paseo al aire libre en una noche de invierno como esa.

Todo el día transcurría como una jornada larga pero muy placentera... y todavía no había terminado. Cuando Derek la llevó a la casa, la besó con dulzura en el vestíbulo, mientras el cochero entraba los paquetes. Sostuvo su mano para ayudarla a subir los peldaños. En el dormitorio, sobre una mesa, encontraron queso, fruta y una botella de vino, que había dejado la señora Whipple antes de marcharse a su casa.

—Muy perspicaz —comentó Derek, viendo esas cosas.

—Sí, la señora Whipple es muy competente, en ese sentido —coincidió Kelsey.

Además, Alicia había dejado el fuego encendido, de manera que el cuarto estaba bien caldeado.

—Entonces, ¿te quedarás con ella?

—Oh, sí. Ya has probado una de sus cenas. Y también se esmera con el desayuno, como comprobé esta mañana.

—Esperaré a mañana para abrir juicio —le dijo, en un tono más bajo, contemplándola.

La voz de Kelsey también sonó más gruesa cuando preguntó:

—¿Eso significa que te quedarás... toda la noche?

—Así es.

La respuesta del joven estuvo mucho más cargada de sentido que la pregunta de ella. Kelsey empezó a ponerse nerviosa, si bien su estado en nada se asemejaba al padecido la noche anterior. De hecho, estaba ansiosa de hacer el amor con Derek otra vez, de conocer el placer que le había prometido.

Desde el instante mismo en que pasó la mano por su cintura, en los jardines, había comenzado a sentir un cosquilleo por dentro. ¿Qué había dicho May al respecto? Que se daría cuenta cuándo deseaba a un hombre, y que podría agradecer a su buena estrella si ese hombre se quedaba con ella. Entonces, ¿eso que la hacía sentirse toda floja cuando Derek la miraba de cierto modo, cuando la curva de sus labios trazaba cierto dibujo, era deseo? ¿O cuando el pulso se le aceleraba al mero contacto de la mano de él?

En ese momento, su corazón palpitaba, expectante, aunque Derek no hizo ademán de acercársele de inmediato. Abrió la botella de vino y vertió un poco en cada copa. Alzó un racimo de uvas y, arrancando una con los dientes, la masticó lentamente, sin dejar de mirar a la muchacha.

Con cuánta rapidez se acaloraba. Derek debió de percibirlo porque se quitó el abrigo y dijo:

—Ven, déjame quitarte la capa.

Se le acercó, vacilante. Sintió los dedos del hombre tibios en su cuello, mientras desataba los cordones de plata de la capa, y la arrojaba, sobre su propio abrigo, en una silla que estaba cerca. A continuación, deslizó las manos en torno del cuello, pero no para acercarla más a él sino para masajearla. Delicioso. Derek lo supo por el suspiro de Kelsey.

Luego sintió que ponía la copa en su mano y, al abrir los ojos, vio el vino. Lo bebió. Él sonrió. Ella se puso nerviosa otra vez.

—Realmente, he disfrutado de esta velada... bueno, de todo el día —dijo Kelsey—. Gracias.

—No tienes por qué darlas, mi querida. Yo también he disfrutado.

Por asombroso que pareciera, era verdad. Si bien Derek se encontraba muy, pero muy impaciente por hacerle otra vez el amor, como lo había estado a lo largo de todo el día, también gozaba con la mera compañía de la muchacha. Eso no era habitual en él. Lo corriente era que pasara muy poco tiempo con las mujeres fuera del dormitorio, salvo que fueran miembros de la familia.

También le sorprendía lo mucho que le había fastidiado la intromisión de los amigos en el Albany, y lo cerca que había estado Jeremy de la verdad al acusarlo de celos. Se había enfurecido al ver a Kelsey embobada con Jeremy. Pero esa situación no duró, y con quien intercambió sonrisas fue con él, no con Jeremy. Esa actitud, sobre todo, fue lo que calmó sus celos.

—Tus amigos son muy divertidos —comentó Kelsey.

—Odiosos, diría yo.

Kelsey rió.

—Tú también te divertiste —hizo notar.

Se encogió de hombros:

—Sí, es verdad.

Levantó otra vez el racimo de uvas, arrancó otra, y se inclinó para ofrecérsela con la boca. Kelsey la aceptó, sonrojándose. Era tibia y dulce como el vino.

—¿Un poco de queso? —ofreció Derek.

—Prefiero un beso.

El sonrojo de Kelsey se extendió como un incendio en la pradera. No supo de dónde habían salido esas palabras, ni la audacia para decirlas. Pero, al parecer, Derek estaba fascinado, a juzgar por su expresión. Dejó las copas y las uvas también.

—Pensar que quería saborear el momento —dijo,

atrayéndola a sus brazos—. De todos modos, estaba muriéndome de ganas.

¿Muriéndose de ganas? La duda se esfumó al primer contacto de los labios de Derek con los suyos. Jalea, pura jalea por dentro. Se aflojaron sus rodillas, pero ya no necesitaba sostenerse sobre las piernas, porque él la abrazaba con mucha fuerza. Le rodeó el cuello con los brazos no sólo por placer, también para sujetarse.

Estaba acostumbrándose a los besos, algo nada sorprendente con el buen maestro que tenía. Cuando se atrevió a atacar con su lengua del mismo modo que lo hacía él, provocó en él un gemido muy placentero, eso la animó a volverse más audaz aún.

Por suerte, la cama estaba cerca de ellos. Arrodillándose sobre ella, la acostó con tanta delicadeza que la joven casi no lo notó. Lo que sí notó fue la pérdida del vestido y la tibieza de las manos de él que la acariciaban desde el cuello a los muslos. Cubrió con los dedos los fuertes músculos de los brazos de él, los sintió vibrar en su espalda. Tenía la piel muy tersa pero firme.

Los labios de Derek empezaron a recorrerla, dejando una huella de fuego que cruzaba su mejilla hasta el cuello. La lengua jugueteó dentro de su oreja, y Kelsey tembló de placer. Los labios siguieron bajando por el hombro de la mujer, por el costado del pecho, debajo, luego hacia arriba, hasta encontrar el duro capullo y hundirlo en el calor de su boca.

Las sensaciones giraron en espiral dentro de su vientre, bajaron por los muslos, se agolparon y arremolinaron, provocándole una tensión casi insoportable. Desaparecieron las últimas inhibiciones. Se arqueó hacia el cuerpo de él en silenciosa súplica. Derek la acercó a él, hasta que sus vientres quedaron pegados, aunque no soltó los pechos aún. Kelsey clavó sus dedos en los hombros de él, dejándole marcas en forma de media luna.

Después de un momento interminable, dejó un pezón y se dedicó al otro; la muchacha sintió otra oleada de calor que corría, por invisibles surcos, hasta el vientre y las ingles. Estaba convirtiéndose en humo. El mismo Derek parecía un infierno. En ese instante, deslizó la mano entre las piernas de Kelsey, haciéndole gritar.

Fue demasiado, demasiado intenso. Pero empezó a besarla otra vez con besos profundos, voraces, acomodando el cuerpo sobre el de ella, abatiéndose lentamente. Entonces, esa parte dura y caliente que pugnaba por entrar, encontró su camino y se hundió fluidamente en sus entrañas.

De inmediato, la tensión cedió paso a un placer que la recorría entera, desbordando de ella, llegando hasta sus pies. Y se repitió con el segundo impulso lento, luego con el tercero, hasta que la tensión creció de nuevo, más poderosa, precipitándose a toda velocidad hacia un pináculo que, de pronto estalló en ella en una ola de sensaciones puras, de puro éxtasis que la mantuvo presa durante largos momentos de deleite.

Cuando Derek la miró, un rato después, Kelsey estaba sonriendo, sin poder evitarlo. Y él devolvió su sonrisa, muy satisfecho de sí mismo.

—¿Ha sido mejor esta vez? —preguntó en voz suave, conociendo de antemano la respuesta.

—Es una forma muy modesta de decirlo —respondió, con un largo y lánguido suspiro.

La sonrisa del hombre se ensanchó.

—Sí, estoy de acuerdo. Y lo mejor de todo es que esto acaba de empezar.

Kelsey parpadeó, pero Derek continuó, para dar validez a esa observación, a entera satisfacción.

25

Unos días después, esa misma semana, Derek apareció de improviso, para llevar a Kelsey al hipódromo. Había pensado ir con Percy y con Jeremy pero, en el último momento, les dijo que se encontraría con ellos allí.

No lo hizo pensando que Kelsey podría disfrutar esa salida. Era probable que sí, pero ése no era su motivo. Lo que sucedía era que había intentado poner la relación en perspectiva, visitarla sólo por las noches, como se hacía con la querida de uno. Y después de hacerlo varias noches, descubrió que no le gustaba comportarse con corrección en lo que a Kelsey se refería, al contrario. Cada vez que tenía que atender sus negocios o que intentaba hacerlo como si nada en su vida hubiese cambiado, tenía que hacer un esfuerzo para separarse de ella por las mañanas, y contener el ansia de quedarse hasta la noche.

El día de la carrera, cedió a la necesidad, conveciéndose de que no habría nada de malo en hacerlo, esa única vez. El problema consistía en que disfrutaba demasiado de la compañía de ella. Lo hacía reír. No parloteaba sin cesar. Era inteligente. Una noche, durante la cena, habían hablado de literatura, y le asombró hallarse en medio de un acalorado debate con ella sobre filosofía... ¡nada menos!, y de haber disfrutado cada instante.

No sabía si esto se convertiría en un problema grave. En el fondo, estaba la noción de que una querida sólo servía para un propósito. La última amante lo había convencido de ser también su acompañante, y esa intromisión en su tiempo lo fastidió. Tampoco había disfrutado de la compañía de Marjorie fuera del dormitorio. Pero Kelsey era diferente. No presentaba exigencias. De hecho, nunca le había pedido nada, salvo aquella vez, cuando le pidió que la besara.

Ése era un recuerdo entrañable, y cada vez que lo evocaba sonreía. A decir verdad, últimamente sonreía con frecuencia, sin motivo. Hasta su ayuda de cámara lo había comentado. Debía reconocer que Kelsey nunca estaba lejos de sus pensamientos. Y, en realidad, resultaba un placer para él en todos los sentidos.

Kelsey se vistió rápidamente para la salida. También le agradaba eso en ella: que no dedicara horas enteras a su arreglo, alborotando, acicalándose, y esperando que cada rizo quedara perfecto y, sin embargo, cuando terminaba de hacerlo, siempre la veía perfecta, una delicia para los sentidos, y aquel día no fue una excepción.

Había vuelto a visitar a la modista y regresado con varios vestidos terminados, entre los cuales había uno de terciopelo de color zafiro, con una chaqueta corta que hacía juego. Estaba tan adorable, que hizo que él deseara un tiempo más cálido para poder viajar en un carruaje abierto y mostrarla en Hyde Park, pensamiento escandaloso que lo apabulló en cuanto se le ocurrió. Una cosa era pasearse por el parque con una dama a la que uno cortejaba seriamente y otra muy distinta, hacerlo con la querida. Tal vez sus tíos jóvenes habían hecho sin escrúpulos algo por el estilo, pero a ninguno de los dos les importaría lo que la gente dijera de ellos. No por nada se los había considerado los más notables juerguistas de Londres.

Las carreras de caballos se desarrollaban en las afueras de Londres. Al llegar, lograron meter el coche entre un birlocho y un faetón, cerca de la pista, para poder ver bien, a pesar de la gran multitud que ya se había reunido. Por lo general, los que apostaban fuerte se quedaban sobre la misma pista, y dejaban los coches más lejos, cediendo el círculo que rodeaba la pista a aquellos que preferían ver la carrera junto con las damas, desde la comodidad de los vehículos.

Algunas damas asistían con el esposo o con la familia, aunque no muchas lo hacían en el rigor del invierno. Por eso, a Derek no le preocupaba demasiado ofender a nadie con la presencia de Kelsey. Sólo Percy y Jeremy sabrían que ella estaba, siempre que permaneciera dentro del coche, y él ya había aleccionado a Kelsey para la ocasión.

Dentro del coche tenían un brasero encendido, aunque el clima no era muy riguroso. Por cierto que estaba fresco pero no había viento, y el sol aparecía de vez en cuando.

Se podía comprar algún tentempié, pero la mayoría de los miembros de la clase alta lo llevaba consigo y, entre ellos, se contaba Derek. Había pedido a la señora Hershal que le preparase un cesto con una variedad de bocadillos y emparedados en abundancia como para convidar también a los amigos, y varias botellas de vino. En ocasiones, las carreras duraban medio día, y a veces más, según los desafíos que se hicieran después de las carreras oficiales.

Percy y Jeremy se reunieron con ellos poco después de la primera carrera. Como de costumbre, Percy era todo sonrisas. Daba la impresión de tener un sexto sentido, en lo que a carreras se refería. No sólo tenía ojo de experto para los caballos de excepcional calidad, y los encontraba en los lugares más extraños, sino que rara vez se equivocaba cuando elegía un ganador, a pesar de las apuestas en contra. Sin embargo, jamás tomaba en serio una apuesta. Para él, el placer consistía en demostrar que su juicio había sido correcto.

—Supongo que ya habrás reunido algunas apuestas —comentó Derek, al tiempo que Percy se limitaba a un «Qué te parece», para luego hurgar sin más preámbulos en la cesta.

Jeremy dijo, burlón:

—¿Necesitas preguntar?

Derek rió:

—Percy siempre acierta. Recuerdo que, una vez, cuando él no estaba, perdí unos cuantos miles de libras, y por eso nunca olvido sus consejos.

Percy compuso una expresión de dolorosa resignación.

—Y nunca me ha dejado olvidarlo —dijo a Jeremy.

El muchacho rió.

—Me parece que disfrutaste más de tomar la apuesta de Nick que ganar en aquella primera carrera.

La expresión de Percy se volvió radiante.

—Ah, sí. Pero hay que ver que Nicholas siempre se las ingenia para arrebatarme cada pura sangre que consigo. Maldito sea, no sé cómo hace, no lo sé.

—¿Está Nicholas aquí?

Percy asintió.

—Ha hecho entrar el potro que acaba de arrebatarme. Debería participar en la cuarta carrera.

—Tendrías que haberle dicho que se reúna con nosotros —dijo Derek.

Jeremy carraspeó.

—No, en realidad, no creo que sea una buena...

No pudo terminar la frase porque en ese mismo instante se abrió la puerta y entró Regina Eden, la esposa de

Nicholas... y prima de Derek y de Jeremy. Evidentemente, por eso a Jeremy no le parecía buena idea invitar a Nick, y Derek no pudo menos que estar de acuerdo. De hecho, se preguntaba, confundido, cómo demonios haría para evitar presentar su querida a su irrefrenable prima.

—Me pareció reconocer tu carruaje, Derek —dijo Reggie, inclinándose para darle un beso en la mejilla, y luego se dejó caer en el asiento, junto a él. Y, dirigiéndose a Jeremy—: ¿Por qué no me dijiste que estaba aquí?

Jeremy se metió las manos en los bolsillos y se repantigó en el asiento de enfrente.

—No se me ocurrió —dijo, sin convicción.

—Reggie, ¿qué demonios estás haciendo aquí? —preguntó Derek—. A ti no te gustan las carreras de caballos.

—Ya lo sé —se encogió de hombros y sonrió—: Sin saber bien cómo, terminé apostando con Nicholas a que ese potro nuevo no ganaría hoy, así que tuve que venir personalmente. No pensarás que puedo creer en su palabra, ¿no? ¡Odia perder conmigo!

Derek se había vuelto de costado con la intención de que Reggie no viese a Kelsey, que estaba sentada del otro lado de él, pero con ese vestido de un color tan intenso, fue una tarea imposible.

—Podrías haberme pedido a mí —señaló, suponiendo que era una sugerencia razonable.

La prima lo miró levantando una ceja.

—¡Pero si ya casi no te veo! —repuso, en tono de reproche—. ¿Y cómo podía saber que estarías aquí? —a continuación, casi apartó a Derek de un empujón para poder asomarse y decir—: Me alegra volver a verla, Kelsey. No tenía idea de que conocía a mi primo.

En cuanto reconoció a Regina Eden que entraba en el coche, Kelsey se sintió muy incómoda. Una cosa era hablar con una desconocida y dejar que imaginase lo que quisiera, suponiendo que nunca volvería a verla. Pero cuando eso sucedía...

De inmediato, había vuelto el rostro hacia la ventanilla que tenía cerca, igual que Derek, esperando que la dama no reparase en ella. Pero fue una débil esperanza.

—Lady Eden, ¿Derek es su primo?

—Oh, claro que sí, nos criamos juntos, ¿sabe? Y le ruego que me llame Reggie, como toda mi familia... —hizo una pausa y miró a Jeremy—. Bueno, *casi* toda mi familia.

Derek ya no estaba confundido sino completamente apabullado.

—Reggie, ¿cómo conoces a Kelsey?

—El otro día nos conocimos en la tienda de la modista... e hicimos muy buenas migas, si se me permite decirlo. Pero, caramba, ¿qué hace ella *sola* contigo, Derek? Ya sabes lo crueles que pueden ser los rumores.

—Ella es... es...

Derek se quedó por completo en blanco, y entonces Jeremy fue en su auxilio:

—La prima de Percy.

Percy parpadeó.

—Es... —un pellizco de Jeremy lo animó a añadir—: mi prima. Sí, una prima lejana de parte de mi madre, ¿sabes?

—Qué alegría —dijo Reggie—. Por instinto, supe cuando la conocí que ella y yo seríamos buenas amigas, y ahora sé por qué. Si está emparentada con Percy, ya es casi de la familia, pues él ya lo es. Percy, esta noche debes llevarla a cenar a casa. Y, por supuesto, vosotros dos, primos, también estáis invitados.

El pánico invadió a los tres hombres.

—Eso no sería...

—Será imposible...

—Tengo otro...

Pero Reggie se apresuró a interrumpirlos, ceñuda:

—Teniendo en cuenta que sólo estaré unos días en la ciudad, no pensaréis en darme excusas, ¿no? Tu padre y la tía George vienen, Jeremy. También el tío Tony y la tía Roslynn, y así resultará una agradable reunión de familia. Sean cuales sean los planes que tengáis, no pueden ser más importantes que una reunión de familia, ¿verdad?

Jeremy puso los ojos en blanco. Derek se acurrucó en el asiento gimiendo para sus adentros. Reggie siempre había sido una excelente manipuladora. Y seguía siéndolo con absoluta inocencia, la sinvergüenza.

—Oh, ¿eso quiere decir que iremos todos? —preguntó Percy a Derek.

Derek hubiese matado al amigo con gusto en ese mismo instante. Tal vez Jeremy y Derek estuviesen arrinconados, pero Percy aún podía presentar alguna excusa, no siendo de la familia. ¿Acaso ese pedazo de tonto tendría la sensatez suficiente para darse cuenta? No, el viejo Percy, no.

26

—Bueno, si me lo preguntaras te diría que ha sido muy extraño —dijo Reggie a su marido esa noche, mientras se preparaba para recibir a sus invitados—. Los tres excusándose, como si de verdad no quisieran venir... Dios mío, no es más que una cena, unas pocas horas de su tiempo. No es necesario que dejen de hacer... bueno, lo que sea que suelen hacer después.

—¿La prima de Percy, dices? —dijo Nicholas, frunciendo el entrecejo.

Reggie suspiró.

—¿Has escuchado algo de lo que dije, después de informarte de que es la prima?

Nicholas parpadeó. Le había preocupado enterarse, ya que una vez Percy le había dicho que no tenía ningún pariente, ni lejano ni cercano, y ahora, de pronto, aparecía una prima lejana. Pero ciertamente había oído las demás cosas dichas por su esposa. Sólo que tardaba en registrarlas.

La tranquilizó:

—Por supuesto que te escuché, amor. Pero, ¿por qué crees que estaban tratando de esquivar la cena? Tal vez tuviesen otros planes.

Reggie lanzó un resoplido bastante poco digno de una dama.

—Si hubiesen tenido planes importantes lo habrían

dicho, ¿no crees? Pero no lo hicieron. Y la perspectiva de venir aquí los puso muy incómodos.

El esposo rió.

—Percy y Derek venían tan a menudo que casi vivían aquí, lo cual te indica que eso no puede ser cierto. Lo más probable es que los hayas pescado con otra cosa en mente, y tú imaginaras que ellos intentaban evadir la situación.

—¿Te parece? —preguntó, escéptica—. Bueno, esta noche veremos si se comportan normalmente o no. Y de no ser así, quiero saber por qué. Es evidente que no me harían confidencias a mí, pero a ti sí.

—Reggie, lo más probable es que estés haciendo un mundo por nada, así que, por ahora, quédate tranquila. Si, en realidad, pasa algo raro, estoy seguro de que se revelará. Y, de paso, gracias por invitar a Derek y a Percy. Ahora ya no me siento tan superado.

Se refería a James y Tony, los tíos de Reggie. Desde el momento en que la esposa le había informado de que ellos irían, no esperaba esa noche con mucho entusiasmo.

Reggie clavó su dedo índice en el pecho de su marido y le advirtió:

—Nada de provocaciones, esta noche. Prometiste que te portarías bien.

Nick le dio un abrazo y le dedicó una sonrisa inocente:

—Si ellos se comportan, yo también lo haré.

Reggie suspiró, previendo el desastre. ¿Acaso sus tíos se habían portado bien alguna vez?

Antes de la cena, Anthony apartó a Derek. Estaban todos en la sala, donde Anthony y James desplegaban un comportamiento irreprochable, algo poco frecuente cuando compartían un ámbito con Nicholas Eden. Pero el hecho de que sus hijos estuviesen presentes, James con la pequeña Jack en brazos, y Roslynn con Judith, seguramente tenía cierta influencia. El cambio que se manifestaba en los tíos más jóvenes de Derek cuando sus hijas estaban cerca era asombroso.

En ese momento, mientras Anthony esperaba que los otros entrasen en el comedor, su semblante se mantuvo serio antes de decir a Derek:

—¿Te parece una buena idea acostarte con la prima de Alden?

Derek sintió como si le hubiesen dado un puñetazo en el estómago.

—¿Por qué dices que...?

Lo interrumpió la risa entre dientes de Anthony.

—Vamos, querido muchacho, he estado ahí. No hay más que ver la forma en que la miras, es bastante obvio.

Derek se sonrojó. El había creído que la velada se desarrollaría espléndidamente, teniendo en cuenta las circunstancias.

Por desgracia, no se le había ocurrido ninguna excusa aceptable para no asistir, una razón que impidiese que Reggie se lo reprochara durante un año, que le hiciera sentir que era el peor de los tunantes. Hasta pensó en accidentes y enfermedades, pero conocía lo suficiente a su prima para saber que cualquier razón como éstas despertaría sus suspicacias al punto de enviarle un médico.

Por eso, luego de conversarlo con Percy y con Jeremy, y de que el primero le asegurara que podía llevar adelante la mentira de que Kelsey era su prima, decidió correr el riesgo. Después de todo, se trataba de la familia, y era una sola velada. Y aunque algo saliera mal y fuesen descubiertos, no se levantaría ningún escándalo... sólo la furia de Jason Malory.

En cuanto Derek presentó a Kelsey a Nicholas, éste se dio cuenta de quién se trataba y lo fulminó con la mirada. Pero, al ver el comportamiento de Kelsey, Nick se tranquilizó muy pronto. En ningún aspecto revelaba ser algo distinto de lo que Reggie suponía. Parecía una dama, actuaba como tal. Y para arrancar de raíz cualquier plan de su prima en cuanto a trabar una gran amistad, Derek informó de inmediato a Anthony que Kelsey pronto volvería al campo.

Pero, en realidad, Derek había revelado el carácter de la relación, pues era incapaz de mirarla de otro modo. Sin embargo, al ver que Anthony parecía preocupado, quiso tranquilizarlo.

No tuvo más alternativa que admitir:

—Kelsey no es la prima de Percy.

—¿No?

—No, no tiene el menor parentesco con él. Reggie la había conocido antes, creyó que ella pertenecía a la clase alta y por eso, cuando hoy la encontró conmigo, bueno, no sabíamos cómo explicarle que no estuviese debidamente acompañada, al menos a los ojos de Reggie. A Jeremy se le ocurrió la idea de hacerla pasar por prima de Percy y, como él también estaba presente, le dio credibilidad al invento.

—Entonces, ¿quién es ella?

—Mi amante —farfulló Derek.

Anthony alzó una ceja.

—Creo que te escuché mal. No habrás dicho... —Derek asintió, y Anthony estalló en súbitas carcajadas—. Por Dios, si Reggie descubre que has permitido que ella haga buenas migas con tu querida, te arrancará la cabeza.

Derek se encogió.

—No hay motivo para que lo descubra jamás. Dentro de pocos días regresará a su casa en Silverley, de modo que no volverán a verse.

—Eso esperas. Pero, ¿no se te ocurrió, sencillamente, decirle la verdad a tu prima? Es una mujer casada, ¿sabes?, es cierto que podría haber sido un poco más selectiva para elegir marido. Pero el hecho es que no se habría escandalizado tanto.

—Es verdad, lo que pasa es que ninguno de nosotros pensó con claridad en ese momento. Yo, por mi parte, estoy seguro de que no. Y lo que Jeremy pretendía, al hacerla pasar por pariente de Percy, era evitarnos la incomodidad que nos acarrearía decir la verdad.

Anthony rió entre dientes:

—Dios, qué alternativa: o prima de Percy o paloma mancillada. No sé qué haría yo en su lugar.

—Percy es un buen amigo, tío Tony —dijo Derek—. Leal, digno de confianza...

—No lo dudo, mi querido muchacho —cortó Anthony—. Pero aun así, es un botarate.

Derek se encogió de hombros, y cedió: eso era difícil de discutir. Anthony pasó un brazo por el hombro de su sobrino y lo condujo al comedor.

Pero hizo un último comentario sobre el tema:

—Es muy difícil creer que no sea de clase alta. ¿Estás seguro de que no te engaña?

Derek se quedó frío. ¿Podría ser? No, no era posible. Ninguna dama se pondría en subasta como Kelsey lo había hecho.

Anthony lo miró con una ceja levantada, con expresión interrogante, pero Derek negó con la cabeza y dijo con sonrisa vacilante:

—Sí, estoy seguro.

—Me alegra oírlo, pues sabrás que a los jóvenes señores suele sucederles que queden entrampados por muchachas ansiosas por casarse y, por lo general, con ayuda de sus parientes. Pero, si tenemos en cuenta que has podido eludir los lazos conyugales tanto tiempo, no debes de ignorarlo. Sólo te advierto que tengas cuidado, cachorro. James y yo seríamos los últimos en censurar lo que haces, pero ya sabes cómo es tu padre. En serio, será conveniente que no se entere de la pequeña comedia de esta noche. Maldición, si así fuera, no me gustaría estar en tu piel.

A Derek, tampoco.

27

—Hoy he recibido un mensaje de Jason —comentó Anthony en cuanto las mujeres salieron del comedor, para que los hombres disfrutaran del coñac y de los puros—. Dijo que fuese a la casa del hijo de Eddie mañana por la tarde, pero sin aclarar la razón. ¿Alguno de ustedes sabe para qué viene a la ciudad?

—Yo recibí el mismo mensaje —repuso James con aire pensativo—. A Jason no le gusta venir a la ciudad a menos que tenga asuntos que atender o que piense que alguien necesita un sermón.

Mientras lo decía, echó una mirada a su hijo Jeremy, pero éste se irguió, rígido, y protestó:

—No me mires a mí. Ya me regañaste por haber sido expulsado esta vez del colegio. Además, George también me riñó. No volverá a suceder. Te di mi palabra, ¿no es cierto?

—Si se tratara de Jeremy, ¿para qué me querría a mí? —señaló Anthony.

Derek aún estaba preocupado pensando que Kelsey había tenido que salir y quedarse sola con tres mujeres de la familia. Por eso le llevó unos momentos advertir que los tíos estaban mirándolo.

Se encogió de hombros.

—No he oído nada, y la semana pasada he estado en Haverston. Tampoco se dijo nada en la boda. Pero no debemos olvidar que no he estado en casa desde esta mañana, así que no sé si yo también recibí el mensaje. Y, dejando de lado lo de esta noche, la loc... eh, bueno, no me he metido en nada que mi padre pudiera reprocharme.

—Te olvidas de la subasta —quiso ayudar Percy—. Como fue algo público, si tu padre se enterase, te diría un par de cosas al respecto.

Derek lanzó miradas asesinas a su amigo por hablar del tema, al tiempo que James preguntaba:

—¿Una subasta?

—No la habrás *comprado*, en realidad, ¿no es cierto? —preguntó Anthony a Derek.

Antes de que Derek pudiese responder, James dedujo:

—¿Comprar a Kelsey? Maldición; yo estaba seguro de haber hecho todo en la vida, por lo menos una vez.

A estas alturas, Derek dirigió al tío Anthony una mirada acusadora, preguntándole:

—¿Tú se lo has dicho?

Anthony rió entre dientes:

—Claro que no, cachorro —dijo, muy divertido—. Si yo lo noté de inmediato, ¿por qué supones que él no lo haría? ¡Pero si James era mucho más dado a la lujuria de lo que yo fui jamás!

James alzó una ceja y miró al hermano.

—¿Qué dices? ¿Dado a la lujuria?

Anthony hizo el mismo gesto.

—¿No lo eras?

—Bueno, tal vez, pero si no te molesta, prefiero el modo en que lo expresa Reggie. «Conocedor de las mujeres», suena mucho mejor.

—En eso, estoy de acuerdo —repuso Anthony—. Esa pequeña tiene un modo muy especial de expresarse.

—Pensé que el calificativo de lujurioso se refería más bien a mí —comentó Nicholas, con una mueca.

James posó sus ojos verdes directamente en su sobrino político y dijo con su tono más seco:

—Mi querido muchacho, ¿has estado últimamente durmiendo en la cama? Si no es así, yo puedo ayudarte en ese sentido.

Nicholas se ruborizó de inmediato. Era bien sabido por James, Anthony y el propio Nick que Reggie se enfadaba bastante con su marido cada vez que cruzaba palabras provocativas con sus tíos preferidos. Demonios, debió de haber cerrado la boca, y el siguiente comentario de Anthony se lo confirmó.

—Sabes que no debías haberlo provocado. No creas que porque Reggie no está aquí en este momento, va a dejar de enterarse.

—Eres todo corazón, *tío* —farfulló Nicholas.

Anthony alzó la copa en un brindis, y sonrió, malévolo.

—Es verdad.

Si en ese momento Nicholas deseaba estar en cualquier otro lugar, Derek deseó que la tierra se abriera bajo sus pies para no estar allí tampoco. Fue una locura imaginar que podría pasar la velada sin que algo descubriera su relación con Kelsey.

Pero, aprovechando que Percy había aludido la cuestión, le dijo a James:

—Tenía intenciones de hablar de este asunto contigo, tío James. Esta semana fui dos veces a tu casa para eso, y no te encontré.

—Sí, George me lo dijo. Yo pensaba ir a visitarte mañana, pero ya que estamos aquí...

—Sí, bueno, no es lo que se llamaría un tema agradable para la digestión; más bien diría que es desagradable...

—Deja que yo me preocupe por mi digestión, chico —dijo James con una sonrisa.

Derek asintió y continuó:

—Nos encontramos con esa subasta, ¿sabes? Y yo no tenía intenciones de participar en ella, y por cierto no quería otra amante. Era en ese carácter que vendían a la muchacha: Pero entonces vi quién era el que pujaba —y siguió contándole todo lo que sabía sobre David Ashford, para terminar diciendo—: Así que, ya ves, no podía dejar que se quedara con Kelsey, sabiendo lo que sé acerca de él.

—Claro que no podías —coincidió Anthony.

La expresión de James había adquirido una decidida dureza.

—¿Y por qué motivo ibas a consultarme sobre esta cuestión?

Derek suspiró.

—No tolero la idea de que este lord ande por ahí dando rienda suelta a sus depravaciones, sin sufrir las consecuencias. Esperaba que tú conocieras algún modo de tratar con ese sujeto.

—Oh, sí —respondió James con sonrisa sombría, amenazadora—. Se me ocurren varios modos.

—Menos matarlo, desde luego —creyó prudente aclarar Derek.

James hizo una pausa de diez segundos, y dijo:

—Si insistes.

28

Las mujeres habían ido a la planta alta para estar un tiempo más con los niños. Judith ya estaba acostada y dormía apaciblemente en la cuna en un rincón, pero Jacqueline agitaba los brazos con entusiasmo sobre el regazo de la madre y el pequeño Thomas gateaba por el cuarto entre las mujeres, mostrándoles a cada una, orgulloso, uno de sus juguetes.

Las Malory habían hecho que Kelsey se sintiera tan cómoda que, por un rato, se olvidó en qué se había convertido y fue capaz de disfrutar de la compañía de ellas. Por otra parte, adoraba tanto a los chicos como ellas. Siempre anheló que llegara el momento de tener hijos, aunque ahora ya no era posible y reconoció, con tristeza, que ésa era otra de las cosas a las que se debía resignar.

Además, la conversación era bastante divertida, y se refería, sobre todo, a los hijos, a los esposos, o a ambos, como cuando Reggie dijo, risueña:

—Escuché que el tío Tony había casado a Judith y a Jack cuando aún no habían nacido.

—Bueno, te aseguro que yo no tuve una hija inmediatamente después que Roslynn sólo para fastidiarlo —replicó George, para agregar con sonrisa conspirativa—: Aunque, es una idea interesante. La próxima vez podría intentarlo, sobre todo teniendo en cuenta que a James le encantaría.

—¿Fastidiar a mi Tony? —intervino Roslynn—. Oh, no dudo de que James Malory no desaprovecharía la menor ocasión de hacerlo.

—Pero, ¿no son hermanos, acaso? —preguntó Kelsey, confundida.

—Oh, sí, querida, lo que pasa es que a estos cuatro hermanos les encanta disputar, discutir y provocarse, en especial a Tony y James —dijo Roslynn—. Los dos mayores son muy discutidores, pero estos más jóvenes están siempre atacándose, verbalmente, es cierto, pero lo disfrutan enormemente. Ah, cualquiera diría que son enemigos acérrimos, pero están muy unidos.

—Y se unen en contra de cualquiera, sobre todo de mi Nicholas —agregó Reggie con un suspiro—. Espero que no sea muy pesado limpiar la sangre del comedor, ahora que los hemos dejado solos.

Kelsey parpadeó, pero Georgina y Roslynn rieron.

—Si está Derek con ellos, yo en tu lugar no me preocuparía, Reggie —dijo Roslynn—. Suele tener una influencia moderadora en James y en Tony.

—Yo también lo noté —comentó Georgina—. Tal vez se deba a que lo ven un poco como a Jason, y siempre tienden a portarse mejor cuando Jason anda cerca... salvo que estén discutiendo con él.

—Antes daba la impresión de que se llevaban bien —dijo Kelsey, aún confundida—. ¿Quiere decir que, en realidad, no les agrada tu marido, Reggie?

—Claro que les agrada —dijeron las tres, casi a coro.

Reggie explicó, riendo:

—Bueno, el tío James y Nicholas eran enemigos en otra época, querían desollarse mutuamente... y la cosa iba en serio. Pero entonces yo conocí a Nicholas, terminé casándome con él, y eso puso fin a la disputa entre los dos. El tío James no podía seguir buscando venganza contra su propio sobrino político. Después de todo, somos una familia muy unida. En cuanto al tío Tony, bueno, estaba un poco irritado con Nicholas porque se comprometió conmigo. Habría preferido matarlo antes que concederle mi mano. Como en aquel entonces Nicholas era un libertino, no lo consideraba un buen esposo para mí.

—Como si Anthony mismo no lo hubiera sido —dijo Roslynn, divertida.

—Y James, el peor de todos —agregó Georgina—. Pero eso es muy típico de los hombres. Lo que era bueno para ellos no lo era para su sobrina preferida.

—En síntesis, es una... bueno, una disputa amistosa, se podría decir —dijo Reggie—. El problema es que mis tíos siempre ganan a mi pobre Nicholas en sus escarceos verbales.

—Anímate, Reggie —dijo Roslynn—. No te olvides que ahora tienen a Warren para fastidiarlo. Estoy segura de que va a aliviar un poco la carga de Nick.

—¿Quién es Warren? —preguntó Kelsey.

—Mi hermano —respondió Georgina—. La semana pasada se unió, a través del casamiento, con el clan Malory. Pero hubo una época en que intentó hacer que colgaran a James, y él casi lo mató con sus propias manos. Aunque ésa es otra historia. Sólo basta decir que ellos también eran enemigos acérrimos. El hecho de que sea su cuñado, no impide que James siga queriendo derrotarlo. Pero ahora que Warren se ha unido a la familia, esta vez como sobrino por matrimonio, han concertado una tregua, que no excluye los sarcasmos punzantes.

—Sin embargo, Amy ha hecho cambiar a Warren —señaló Reggie—. Tenía un carácter espantoso, pero ahora está demasiado feliz para morder el anzuelo de las provocaciones. ¿Notaste que, cuando empiezan a provocarlo, se limita a sonreír y los ignora?

Georgina rió:

—Lo he notado. Cuando Warren hace eso, James se vuelve loco.

—Estoy segura de que Warren lo sabe.

—Oh, ya lo creo —rió Georgina.

En cierto modo, Kelsey podía imaginárselo. Antes, había preguntado por qué James había llamado Jack a su hija, y la respuesta unánime fue:

—Porque sabía que al cuñado no le gustaría.

Eso revelaba mucho acerca de James Malory.

—Eso me recuerda algo —dijo Reggie, dirigiéndose a Kelsey—, si aún no le has echado el ojo a Derek, un candidato excelente sería uno de los hermanos de George. Tiene cinco, ¿sabes?, y los otros cuatro no están casados.

—Ten cuidado, Kelsey —advirtió Roslynn, divertida—. Reggie es una casamentera incorregible.

—¿Así que tienes interés en nuestro Derek? —preguntó Georgina a Kesley—. Lo suponía, por el modo en que os mirabais esta noche.

Kelsey ya estaba furiosamente encendida por el rubor. Sabía que no debía haber ido, aunque Derek le dijo que no había modo de evitarlo, por la manera en que Reggie los había arrinconado esa tarde en las carreras. Eran mujeres encantadoras, amistosas, pero se horrorizarían si supieran que era la amante de Derek. ¿Cómo se enfrentaría a semejante asunto?

Ellas creían que estaba buscando marido, y era comprensible que pensaran eso. Al fin y al cabo, Kelsey estaba en la edad en que la mayoría de las jóvenes buscaba marido. Pero ella ya había quemado los puentes, y nunca se casaría. En cambio, todas ellas esperaban que la prima de Percy se casara. La prima de Percy era pura, dulce, todavía virgen, a los ojos de esas mujeres.

—Derek es muy gentil —empezó a decir, incómoda, sin saber cómo salir de la situación—. Pero...

—Y muy apuesto —interrumpió Roslynn.

—Y tiene título, por si eso fuera importante —agregó Georgina, crispándose.

Roslynn rió.

—Tendrás que disculpar a mi cuñada norteamericana, Kelsey. No da mucha importancia a los títulos, y se ha sentido abrumada cuando se casó con James, al saber que el título venía incluido en el mismo paquete.

—Los títulos están muy bien si a uno le interesan. A mí, no —aclaró Georgina.

—Derek *es* un buen partido —continuó Reggie—. Pero no creo que aún esté listo para sentar la cabeza. Y ella todavía no conoció a tus hermanos, tía George. Drew es adorable, y...

—¿Y por qué crees que mis hermanos acaso están dispuestos a sentar la cabeza? —preguntó Georgina a Reggie, sonriendo.

Reggie rió.

—A decir verdad, no creo que ningún hombre esté dispuesto, siempre necesitan que se los empuje un poco en la dirección correcta. En lo que respecta a mi Nicholas, tenía a todo el clan Malory respirándole en la nuca, y el tío Tony lo amenazaba con despellejarlo si no aceptaba casarse conmigo.

—Después que se comprometió contigo, era de esperar, querida mía —dijo Roslynn.

Reggie sonrió.

—Pero no lo hizo. Todos creyeron que lo había hecho.

—Como bien sabes, es lo mismo. En lo que atañe a un escándalo, la verdad no tiene demasiada importancia. Lamentablemente, lo que importa es lo que todos creen.

—Bueno, por cierto no lo lamento —repuso Reggie—. Después de todo, *era* el único modo de que yo lo pescara. Y él tampoco se queja por haber sido obligado a ir al altar, como tampoco se queja James.

—Oh, James sí que se queja —rió Georgina—. No sería James si no estuviese en desacuerdo con *todo*.

—Pero yo no estoy buscando marido... aún —dijo Kelsey, con la esperanza de que eso diese por concluida la cuestión—. Sólo vine a Londres por un nuevo guardarropas, como les dijo Percy, no a casarme —añadió, molesta por tener que seguir mintiendo, aunque no podía evitarlo—. En unos días, volveré a mi casa.

—Eso *sí* que es una pena —replicó Reggie—. Tendré que convencer a Percy de que alargue tu estadía. ¡Pero si todavía no has ido a un baile! Incluso me quedaría más tiempo en la ciudad para hacerte compañía. Piénsalo, Kelsey, sería tan divertido...

¿Que lo pensara? Lo único que pensaba Kelsey en ese mismo momento era por qué no se convertiría en verdad la mentira. Lo que Reggie proponía parecía realmente divertido. Y Kelsey nunca había asistido a un baile formal, y siempre imaginó que algún día lo haría, pero ahora... ahora, no tuvo más remedio que recordar quién era, y que esas cosas ya no estaban a su alcance.

29

Jason no recordaba haber tenido que hacer algo tan arduo como informar a la familia de que se divorciaría de Frances. Pensar que adrede provocaría un escándalo y recordar que siempre había regañado a los otros por hacer que el apellido de la familia estuviese en boca de los murmuradores..., bueno, no creía poder superarlo en poco tiempo, sobre todo en lo que concernía a James y a Tony.

Por asombroso que fuera, ahora estaban asentados, casados, y se comportaban correctamente, pero siempre habían sido unos pillastres. Y nunca les había ahorrado la expresión de su disgusto. No tenía la menor duda de que estarían encantados de resarcirse.

No le había pedido a toda la familia que estuviese presente, sino sólo a sus hermanos... y a Derek. Luego, decidirían si se lo comunicarían a sus esposas e hijos. El que le preocupaba era Derek, y su reacción cuando se enterara de la noticia. Después de todo, Frances era la única madre que había conocido.

Quizá debía haber informado a Derek a solas, en privado. Se consideraba cobarde por hacerlo de este modo, aunque esperaba lograr cierto apoyo, al menos de Edward. Y también esperaba que, estando los otros presentes, Derek no lo interrogaría muy a fondo sobre los motivos.

Habían llegado todos, excepto James. Anthony ya lo había interrogado dos veces acerca del motivo de la reunión, pero él no le había dado ningún indicio, insistiendo en que lo diría cuando estuvieran todos.

De pie junto a la repisa de la chimenea, esperaba. Edward y Anthony se habían enzarzado en una discusión amistosa referida a una inversión minera. Por supuesto, ganaría Edward. En el terreno de las inversiones, era un genio. Derek parecía un poco incómodo, casi como culpable, pero Jason no tenía noticias de que el muchacho hubiese estado metido en nada inconveniente. Quizá fuera conveniente que visitara a algunos amigos antes de volver a Haverston, para ponerse al corriente de las habladurías del momento.

Por fin, apareció James en la entrada de la sala, donde estaban reunidos. De inmediato, Anthony protestó:

—Llegas tarde, hermano.

—¿En serio?

—Como Jason no accedía a decir de qué se trataba hasta que tú te presentaras, te diré que, efectivamente llegas tarde.

James resopló.

—Termina ya, cachorro, no he llegado tarde. Lo que es evidente es que tú has venido demasiado temprano.

—Ahora que estamos todos reunidos, eso es innecesario —señaló Edward, sin alterarse.

—Siéntate, James —propuso Jason.

James alzó las cejas.

—¿Hace falta sentarse? ¿Tan seria es la cosa?

—¡Diablos, estoy sobre ascuas, James, siéntate! —dijo Anthony.

Jason suspiró para sus adentros. No era nada fácil presentar un tema semejante, por eso en cuanto James se sentó junto a Anthony en uno de los sillones, dijo:

—Les he pedido que estuvieran hoy aquí porque quería que fuesen los primeros en saberlo, antes de que empezara a divulgarse: Francés y yo vamos a divorciarnos.

No dijo más, esperando la andanada de preguntas, pero lo único que obtuvo fue silencio y miradas vacías. No tenía por qué sorprenderse. Él había tenido tiempo de digerir esa idea tan desagradable, pero ellos todavía no.

Por fin, Anthony preguntó:

—Jason, ¿no estarás burlándote de nosotros?

—No.

—¿Seguro?

—¿Alguna vez supiste que yo bromease con algo tan serio? —repuso Jason.

—Quería estar seguro —dijo Anthony, para luego estallar en carcajadas.

Esa reacción hizo que Edward frunciera el entrecejo y dijese:

—No hay nada de divertido en esto, Tony.

—Oh, sí... lo hay —dijo Anthony, entre carcajadas.

—No veo en qué...

—Tú no puedes entenderlo, Eddie —lo interrumpió James con sequedad—. Debe ser porque nunca has sido llamado al orden por nuestro estimado hermano mayor.

—Supongo que eso significa algo —quiso saber Edward, poniéndose rígido.

—Claro que sí. Lo que a Tony lo divierte es que, para variar, será Jason el que arme escándalo. Para mí, es muy saludable... y debía haber sucedido hace mucho.

—Digno de ti —dijo Edward, disgustado.

—Me refería al divorcio, no al escándalo. Desde el principio ha sido un matrimonio absurdo, y debía de haber terminado hace mucho. Me parece bien que, al fin, Jason haya recuperado la sensatez...

Jason lo interrumpió para aclarar:

—Es Frances la que quiere divorciarse.

—¿*Ella* lo quiere? —dijo Edward—. Bueno, eso es diferente. Simplemente, dile que no.

—Ya he decidido no hacerlo.

—¿Por qué no? —quiso saber Edward.

Jason suspiró. De Edward había esperado apoyo, no oposición. E imaginó que James se caería del sofá de tanto reír, como le pasaba a Anthony. Sin embargo, James estaba de acuerdo con él. Increíble. Y, hasta el momento, Derek no había dicho nada. Tenía un poco fruncido el entrecejo, pero más de preocupación que de intranquilidad.

—Quiere volver a casarse, Eddie —explicó Jason—. Sería egoísta que se lo negara, teniendo en cuenta que jamás hemos formado un matrimonio normal, como bien sabes.

Edward movió la cabeza.

—Desde el principio sabías que no sería un matrimonio normal. En aquel momento te advertí que lo lamentarías, que no habría arrepentimiento posible. Pero tú dijiste que no importaba, que, de todos modos, no tenías intenciones de casarte jamás.

—Sí, me lo advertiste —admitió Jason—. Y en aquel entonces no importaba. Pero, ¿acaso se me reprochará eternamente por una decisión que adopté en la juventud, cuando lo que me preocupaba era el bienestar de los pequeños?

—No eres *tú* el que quiere divorciarse, sino ella, y debería saber que eso no es posible —insistió Edward.

Anthony estaba riéndose, encantado de ver que los dos mayores se agredían verbalmente. James, con los brazos cruzados, parecía tan indiferente como siempre. Edward estaba tan acalorado por la cuestión que tenía el rostro encendido. Y lo único que le haría cambiar el humor era otro dato de la realidad.

—Tiene un amante, Eddie, ella misma lo admitió. Es con él con quien quiere casarse.

Anthony parpadeó.

—¿Frances? Dios, eso sí que es bueno —y sus carcajadas se renovaron.

—Ya está bien, muchacho —le dijo James—. Esto ya no es *tan* divertido.

—Pero, ¿Frances? ¿La Frances que nosotros conocemos? No puedo imaginármelo—replicó Anthony—. Es una ratita tímida. Quién hubiese imaginado que tendría el coraje de... bueno, conociendo el temperamento de Jason, era como si estuviese depositando su vida en las manos de él, especialmente al admitirlo. Sencillamente, no puedo creerlo, es increíble.

En realidad, *era* difícil de creer, y James lanzó una mirada a Jason buscando confirmación, que el hermano le dio en forma de un breve gesto afirmativo y agregando:

—Es verdad. Yo también me sorprendí, como se imaginarán. Pero después de pensarlo, pude entender por qué me ha sido infiel, teniendo en cuenta que yo nunca he... quiero decir, conmigo nunca tuvo un verdadero matrimonio.

—Jason, eso no tiene nada que ver —dijo Edward, todavía ceñudo—. Se sabe de muchas situaciones en las que ambos cónyuges han ignorado los lazos maritales, pero el divorcio jamás ha sido la solución en nuestro ambiente.

—*Jamás* no es la palabra correcta —replicó Jason—. Ha habido divorcios en nuestra clase, sólo que han sido escasos.

—Mi padre conoce bien el estigma que conlleva el divorcio —dijo, al fin, Derek—. A mi juicio, es una actitud decente darle a Frances lo que ella quiere.

Con inmenso alivio, Jason le sonrió. En realidad, la opinión que más le importaba era la de Derek.

—Vamos, Eddie, muchacho —intervino James a esa altura—. Hasta el muchacho comprende que a este caballo muerto ya se le ha pegado demasiado —y agregó para Jason—: Deberías haber aclarado que no estabas pidiendo nuestro voto, que ya habías llegado a una decisión. Hermano, tu problema consiste en que siempre das demasiada importancia a la opinión de tus pares y, en tanto tú no estés arrepentido de lo que has hecho, nadie tiene nada que decir, ¿no crees?

—Ése es un lujo que no todos podemos permitirnos —señaló Jason—. En particular cuando tenemos que tratar con esos pares en forma regular. Pero, como dices, la decisión ya está tomada, y hoy mismo será puesta en práctica. James, te agradezco por haberme apoyado en esta situación.

—Por Dios, ¿eso es lo que he hecho? —exclamó James, fingiendo sorpresa—. Vamos, Tony, vayamos a Knighton, a ver si puedes darme unos buenos golpes y hacerme recuperar la cordura. Creo que esta mañana la perdí.

Anthony rió.

—Seguramente, eso debe de haber sido tan difícil de decir para él como para ti de digerir, pero sea como sea, estoy de acuerdo en darte unos golpes.

—No lo dudo —resopló James.

Mientras los hermanos menores salían de la sala, Jason les sonrió con cariño. Luego, se topó con la expresión desaprobadora de Edward y suspiró.

—Estás cometiendo un error, Jason.

—He tomado debida nota de que esa es tu opinión. Prefiero pensar que estoy corrigiendo un error que cometí hace muchos años.

30

—Descubrí para qué mi padre convocó a una reunión familiar —dijo Derek, en cuanto entró en la sala.

Kelsey estaba sentada en una silla tapizada, cerca de la ventana, cosiendo. Se apresuró a dejar la costura en un rincón de la silla y alzó la vista hacia él, algo alterada.

Sin embargo, su tono fue tranquilo como siempre.

—No estaba enterada de que hubiese una reunión. ¿Tendría que haberlo sabido?

—Es cierto, anoche te fuiste del comedor con las mujeres, antes de que se aludiese al tema.

Se puso ceñuda de inmediato.

—Te pido, por favor, que no toquemos otra vez ese tema.

Derek se encogió. La noche anterior, en el camino de vuelta a la casa, Kelsey estaba más que irritada, furiosa, porque la había dejado en una situación en la que se vio obligada a mentir y fingir.

De todo lo que ella le había dicho, lo que más le tocó fue:

—Si te avergüenzas tanto de mí como para decir que soy viuda o prima de alguien cada vez que me presentas, entonces *no* me lleves a lugares donde sea inevitable presentarme.

La paradoja de la situación era que no estaba nada avergonzado de ella, más bien, lo enorgullecía que lo viesen con ella. Y después de que lo hubo pensado, concluyó que el verdadero motivo por el que no se había esforzado mucho en hallar una excusa para no llevarla a la casa de Reggie fue que, en realidad, *quería* que su familia la conociese. No, no estaba avergonzado de ella en absoluto. Lo vergonzoso, lo que debía ocultarse, era su relación con ella y, por desgracia, no había modo de resolverlo.

—¿Tan difícil te resultó tratar con mis parientes? —le preguntó.

—Tu familia es muy agradable, al menos las mujeres. En cuanto a tus tíos, me parece raro que les guste discutir y disputar, pero no me molesta. La cuestión es que los engañé, y no me pareció correcto hacerlo. Sabes perfectamente que jamás debiste llevarme.

Lo sabía. Pero lo hecho, hecho estaba.

Y ya que habían tocado el tema, le dijo:

—Mis tíos lo saben.

—¿Qué saben?

—Que eres mi amante.

—¿Se lo dijiste? —exclamó, horrorizada.

—No, lo dedujeron ellos solos. Han tenido innumerables queridas antes de casarse, ¿sabes? Aun así, la culpa es mía, porque lo que nos traicionó ha sido el modo en que yo te miraba.

—¿Y cómo me mirabas?

—De una manera más bien... íntima.

—¿Y por qué me mirabas así?

—No *sabía* que lo hacía hasta que ellos me lo señalaron —persistió.

Para entonces, Kelsey ya estaba ruborizada. Y Derek reaccionaba como siempre, su cuerpo respondía a la dulce inocencia de la muchacha de la manera más primitiva. Dio un paso hacia ella pero se contuvo, se detuvo y se pasó una mano por el pelo, enojado consigo mismo.

Al visitarla antes del mediodía, había roto una de sus propias reglas. Esa mañana, había recibido noticias inquietantes, y aunque no tenían nada que ver con Kelsey, quiso compartirlas con ella. Pero hacerle el amor en ese momento era improcedente. *Ella* no lo esperaba.

A una querida se la visitaba en las horas oscuras, secretas de la noche. Ya había traspasado los límites al ir más temprano para poder cenar con ella todas las noches. Si seguía permitiéndose semejantes libertades, más valdría la pena que fuese a vivir en la misma casa para poder estar con ella a toda hora.

Qué idea tentadora. Despertar con ella cada mañana. Desayunar juntos. Contarle todos sus pensamientos a medida que se le ocurrían, en lugar de reservarlos hasta volver a verla. Hacerle el amor cuando tuviese ganas, no a la hora que se consideraba apropiada.

Se esforzó por apartar la idea porque era demasiado tentadora. ¿Qué demonios estaba pasándole? En principio, no había querido una amante. Tal vez habría cambiado de idea por Kelsey; estaba muy complacido de tenerla y, sin embargo...

—¿Hablaste de una reunión? —dijo Kelsey, para quebrar el prolongado silencio.

—Mi padre se divorciará.

—¿Qué dices?

—De eso se trataba la reunión —explicó, enrojeciendo un poco por haberlo soltado con tanta brusquedad—. La convocó para poder anunciarlo.

Los suaves ojos grises se colmaron de simpatía, y se levantó de la silla para abrazarlo.

—Tu madre debe de estar desolada.

—En realidad...

—Tú también debes de estarlo.

Intentaba consolarlo y diablos, si no le gustaba demasiado para saborearlo unos momentos, antes de aclararle:

—No, no es así en absoluto. Es mi madrastra, y aunque la quiero mucho, nunca estuvo cerca el tiempo suficiente para que forjáramos lazos estrechos. Ademas, es ella la que quiere divorciarse.

—Entonces, tu padre debe de estar...

—No, no, querida muchacha, nadie está desolado, en serio, no lo están... bueno, quizá mi tío Edward —agregó, haciendo una mueca—. Se afanó por convencer a mi padre de que desistiera del divorcio, pero una vez que Jason Malory se decide, nadie puede hacerle cambiar.

—¿Cuál era la objeción de tu tío?

—Me imagino que es por el escándalo que sobrevendrá.

—Pero, si mal no recuerdo, me dijiste que tu padre era el que aborrecía los escándalos.

—Así es, pero va a hacer una excepción para concederle libertad a Frances. Nunca han tenido un matrimonio normal, ¿sabes? Sólo se casó para darnos una madre a Reggie y a mí. Sin embargo, no resultó como él esperaba. Como dije antes, ella no estaba casi nunca en casa.

—¿Por qué?

—Bueno, es bastante enfermiza —explicó él—. Por eso iba a Bath con frecuencia a hacer curas de agua hasta que, al fin, compró una cabaña allí y se instaló en Bath para pasar casi todo el año.

Kelsey suspiró, y apoyó la cabeza en el pecho de él.

—La gente no tendría que casarse más que por amor.

—Es lo ideal, pero la mayoría no lo hace.

—Bueno, me alegra que esto no te haya perturbado demasiado.

—¿Y si así fuese?

—En ese caso, yo te ayudaría a superarlo, por supuesto —repuso.

—¿Por qué? —preguntó en tono suave.

Lo miró, un tanto sorprendida.

—Porque eso es lo que se suele esperar de una amante, ¿verdad?

Derek quiso reír. Por cierto, esa actitud sería de esperar en una esposa, pero, ¿en una amante? A una querida tal vez le importara si su protector estaba enfadado o no, pero no la afligía demasiado si estaba contento o triste, a menos que se relacionara directamente con ella.

—Sería una actitud muy generosa de tu parte, mi querida —le dijo, ahuecando la mano sobre la mejilla de la muchacha. Tenerla acurrucada contra él los últimos cinco minutos lo venció—. Tal vez me venga bien un poco de ayuda, después de todo.

Al terminar la frase, ya la había alzado y enfilaba hacia la puerta, por eso Kelsey le preguntó.

—No irás al dormitorio, ¿verdad?

—Oh, sí.

—Pero no me refería a esa clase de ayuda —señaló, razonable.

—Lo sé, pero es la que necesito en este preciso momento, y me importa un rábano la hora que pueda ser.

Lo dijo con un tono desafiante, que la sorprendió.

—En realidad, a mí tampoco.

—¿No?

—No, ¿por qué habría de importarme?

—No hay ningún motivo, mi querida —dijo, sonriendo de oreja a oreja.

31

Esa tarde, Derek debía atender varios asuntos, y decidió llevar a Kelsey consigo. Fue un impulso que hubiera sido conveniente ignorar, pero no lo hizo. La razón debía ser atribuida a su especial estado de ánimo, y la causa era Kelsey.

Estaba convirtiéndose en una amante espléndida; haciendo el amor con ella obtenía un placer mucho más intenso del que solía, cercano al éxtasis puro. Y después de la hora tan grata que habían pasado, le costaba más que de costumbre dejarla.

El vestido que se puso para la salida constituyó una sorpresa. Dejando de lado aquel vestido rojo que llevaba cuando la compró, ahora cada vez que la veía estaba vestida... bueno, más bien como una dama, y supuso que se había acostumbrado a ello.

Lo sorprendió tanto el atuendo de intenso color anaranjado con ribetes verde claro, que comentó, sin pensarlo:

—Ese traje es tan deslumbrante que casi no te veo a ti.

Era cierto. El resto de la ropa de Kelsey era de buen gusto y de colores sutiles, y lo primero que se advertía era la belleza de la dueña, siendo los trajes un mero realce de esa belleza. Pero, ese día, al mirarla, nadie vería otra cosa que ese espantoso anaranjado que la ocultaba con su intensidad.

Comprendió tarde que la había ofendido, aunque no parecía estarlo cuando la miró.

Simplemente, tenía una expresión pensativa mientras decía:

—A mí también me pareció horrible, pero fue una elección de la señora Westerbury, siguiendo tus indicaciones.

El sonrojo de Derek fue inmediato. Le *había* dicho a la modista que Kelsey era su amante, y que debía vestirla de acuerdo con esa condición. Y la mujer habría imaginado que todas las queridas salían del medio teatral, en el que las actrices se vestían de manera estridente para llamar la atención.

—Además, el escote es bastante audaz —añadió la joven, y como la vista de Derek se posó de inmediato en su pecho, que ella había tapado por completo con la chaqueta, negó con la cabeza—: No, *no* te lo mostraré.

—¿Demasiado audaz? —el joven rió.

—Sí, demasiado.

Kelsey suspiró, y cuando los dedos de Derek buscaron los botones de la chaqueta, frunció el entrecejo pero no la detuvo. Y al abrir la chaqueta, supo que no era el vestido lo único que se notaría. Nadie iba a dejar de *verlos*, pese a la llamativa tela que casi no los cubría.

Tras carraspear, cerró otra vez la chaqueta y la abotonó. Con una ceja levantada, Kelsey esperaba algún comentario, pero él se limitó a sonreír, abyecto, y la condujo hasta el coche que los esperaba.

No obstante, agregó una tarea más a su lista y, cuando un tiempo después, habiéndola dejado en el coche, él salió de la tienda de la modista, le dijo:

—Acabo de arreglar para que hagan ciertos cambios en el resto de tu pedido.

No tuvo que preguntar de qué se trataba. A él tampoco le había gustado ese color, aunque sí el profundo escote. Supuso que podría sobrellevarlo. Cuando no estuviese con él, podría añadir volantes de encaje, que ella misma cosería sin problemas. Decidió que, al día siguiente, saldría a comprar un poco de tela.

Estaban yendo al estudio del abogado, donde debía firmar unos documentos, cuando, de pronto, golpeó en el techo para indicar al cochero que se detuviese. No se había detenido por completo la marcha del coche cuando Derek ya había saltado. Kelsey se quedó dentro pero pudo ver por la ventana, pues él no había ido lejos. Había detenido a una pareja de mediana edad con la que, al parecer, quería hablar.

El grito de Derek hizo detener a Frances. El compañero dio un paso atrás, como si no quisiera que lo relacionaran con ella, pero de cualquier manera Derek no advirtió su presencia, tan insignificante era él.

—No sabía que estabas en la ciudad —le dijo Derek, abrazando a la mujer.

—Tenía ... bueno, ciertos negocios que atender, así que me quedé en Londres después de la boda de Amy —dijo Frances.

La sorpresa formó arrugas en la frente de Derek.

—¿Dónde? No te he visto en la casa.

—¿Será porque no estás casi nunca?

El joven rió.

—Es cierto. Pero Hanly me lo habría mencionado.

—En verdad, esta vez estoy alojada en un hotel, Derek —admitió.

—¿Por qué?

—Porque no quería estar en la residencia si aparecía Jason.

Derek expresó su comprensión con un gesto.

—Esta mañana, mi padre nos informó sobre el divorcio.

Los ojos de la mujer se iluminaron de entusiasmo.

—¿Así que accedió?

—¿No lo sabías?

—No, nunca le parece oportuno comunicarme nada —repuso, suspirando—. Pero, para serte franca, no he estado en contacto con él desde que le dije lo que quería. Claro que dejé dicho dónde podía encontrarme, pero... bueno, supongo que ya me lo dirá.

Si bien quería a Derek, nunca había sentido hacia él un cariño maternal. No estaba en ella ser maternal. Y si hubiese sabido que eso era lo único que Jason había pretendido de ella, tal vez podría haber evitado ese matrimonio desastroso.

En realidad, no, siendo tan joven, no sabía que carecía de instintos maternales, que no le agradaba demasiado tener niños alrededor de ella, estorbándola. No obstante, no quería que el muchacho se sintiera mal por el fin del matrimonio con su padre.

—Espero que no te haya alterado demasiado —dijo, inquieta.

—Ha sido... sorprendente, por decirlo con gentileza, pero comprensible, bajo estas circunstancias. El único que se quejó fue el tío Edward, por el escándalo que desatará.

—El escándalo no afectará mucho a la familia; he dado motivos a Jason para divorciarse, y esos motivos le ganarán la simpatía de los conocidos. Estoy dispuesta a soportar todo el impacto, pero como nunca tuve una vida social muy activa, no me afectará demasiado.

Se refería a haber admitido que tenía un amante, y al mencionarlo, Derek prestó atención al hombre que la acompañaba. Era un sujeto esquelético, que no pesaría más de cuarenta y cinco kilos, y era unos centímetros más alto que Frances, lo cual significaba que casi no llegaba al hombro de Derek. Pero, por la expresión del tipo, Derek supo de inmediato que era el culpable.

Emergieron los instintos protectores del joven, junto con su furia. Ese sujeto había causado problemas a su familia, y sería responsable del problema que el divorcio causaría a su padre. ¡Demonios!, tendría que pagar por ello.

Derek aferró las solapas del sujeto y lo levantó en vilo. El hombre chilló, agarrándose del antebrazo del joven, sus ojos desorbitados por el miedo; esto sólo hizo que aumentara más la furia del muchacho.

—¿Sabía que lady Frances estaba casada cuando usted puso sus manos encima de ella? —preguntó—. Con un solo golpe podría aplastarle la cara, pequeño imbécil. Déme una sola razón para no hacerlo.

—¡Derek, déjalo de inmediato! —gritó Frances, ella también enfadada—. ¿Has perdido la razón? Si tu padre me hubiese hecho feliz, ¿crees que yo le habría sido infiel? ¡Entérate, nunca me ha hecho feliz! Peor aún, me ha sido infiel desde el día de nuestro matrimonio, que jamás se consumó, debería agregar.

La cabeza de Derek giró bruscamente hacia ella, y la miró, sin poder creer lo que decía.

—¿Nunca?

—Nunca —confirmó, con rigidez—. Y, sin embargo, jamás durmió solo desde entonces.

—Ésa es una acusación absurda, señora —dijo Derek, con la misma rigidez—. Si mi padre casi nunca sale de Haverston.

—¡No necesita salir de Haverston, pues su querida vive bajo el mismo techo!

Derek quedó tan sorprendido que dejó caer al hombre que aún estaba en el aire, y preguntó:

—¿Quién?

Frances ya estaba roja de vergüenza. Negó con la cabeza, y su expresión se tornó afligida, inquieta, mientras ayudaba a su compañero a enderezarse.

—¿Quién? —insistió Derek, ahora gritando.

—No sé quién es —mintió.

—Está mintiendo, señora.

—Bueno, no importa quién —insistió Frances—. Lo importante es que yo no he sido la primera infiel. Lo asombroso es que no lo fuese desde el principio, siendo que Jason Malory me dio motivos sobrados. Pero ya es suficiente. Y no tienes ningún derecho de hacer daño a Oscar. Lo único que hizo fue ayudar a que sucediera lo que debería haber sucedido hace años: el fin de una relación intolerable.

Dicho esto, se alejó arrastrando a Oscar con ella. Derek se quedó mirándolos, tratando de digerir lo que acababa de decirle.

Un instante después, una mano se deslizó en la suya y, al mirar, vio con sobresalto que Kelsey estaba junto a él.

—Dios, me olvidé que estabas esperándome.

Kelsey sonrió.

—No importa. ¿Qué fue lo que pasó?

Haciendo un gesto hacia la pareja que se alejaba, le explicó:

—Mi madrastra y su amante.

—Ah, me dio la impresión de que ibas a matar a ese pequeñajo.

—Te aseguro que no me faltaron ganas —murmuró, llevándola de vuelta al coche.

—Es asombroso —dijo Kelsey, pensativa.

—¿Qué?

—Bueno, si tu padre se parece en algo a ti, no puedo entender cómo tu madrastra puede preferirlo a otro y, *por cierto*, no a ese tipo tan insignificante.

Ese cumplido indirecto lo hizo sonreír. Derek abrazó a Kelsey antes de ayudarla a subir al coche y luego se sentó junto a ella.

—Lo sorprendente es que afirma que mi padre no la ha tocado ni una sola vez en todos estos años, y que tiene una amante que vive bajo el mismo techo.

—¡No me digas! —dijo Kelsey—. La verdad, que eso es un poco... desconcertante.

—Bueno, la casa es muy grande —dijo, como si eso lo hiciera más aceptable.

—Deduzco que no lo sabías —viendo que Derek negaba con la cabeza, prosiguió—: ¿Y tampoco sabes quién es? ¿No lo imaginas?

—No tengo la menor idea —suspiró él.

—Bueno, como el matrimonio se termina, no importa demasiado quién es ella, ¿no?

—No... pero hasta que no me entere, me volveré loco.

—¿Tienes necesidad de hacerlo?

—¿El qué?

—¿Averiguarlo?

—Sin duda.

—Pero, Derek, el hecho de que no la conozcas significa que tu padre mantuvo en secreto la existencia de esa mujer. Es lógico suponer que preferiría que continúe siendo así, ¿no te parece?

—Es probable —admitió.

—Entonces, ¿lo dejarás como está?

Derek sonrió.

—Imposible.

32

Por tratarse de asuntos sencillos que no requerían contacto social, Derek estaba encontrándose con muchos conocidos. Primero, Frances. Después, en casa del sastre, apareció su primo Marshall.

Pero el encuentro no había sido tan malo, con Kelsey fuera en el coche y Marshall que se había quedado en la tienda del sastre... al menos eso supuso Derek. Pero resultó que el primo aparentemente tenía un millón de chismes y detuvo a Derek cuando ya estaba junto al coche, para pasarle un último rumor. Y entonces vio a Kelsey, aunque ella se acurrucó todo lo que pudo en un rincón para no ser vista... algo imposible, llevando ese vestido anaranjado.

Marshall era el hijo mayor de Edward, aunque tres años menor que Derek. Y no se iría sin conocer a Kelsey. Pero eso no trajo ningún problema. Marshall no preguntó quién era ella, ni qué hacía sola con el primo, y Derek no le proporcionó la información. Pero después llegaron dos amigos de Marshall, y sir William, el más locuaz de ellos, después de observar a Kelsey varios minutos, aludió al tema que surgía con demasiada frecuencia.

—¿Emparentada con lord Langton, el conde asesinado por su esposa? —preguntó, sin rodeos.

Un simple «no» fue insuficiente.

—Entonces, ¿quién es? —insistió William.

—Soy una bruja, sir William —respondió Kelsey, antes de que Derek pudiese hacerlo—. Lord Malory me ha contratado para maldecir a alguien. ¿Es éste, Derek?

Derek parpadeó, sorprendido, pero William palideció, y su expresión de horror fue tan cómica que Derek no pudo menos que estallar en carcajadas. Y Kelsey adoptó un aire de lo más inocente.

—Oh, a mí no me parece tan divertido, Derek —afirmó Marshall.

—Bueno, evidentemente, no es a William al que quiere maldecir —señaló el compañero del aludido, sacando una lógica deducción de la risa de Derek—. ¿Y quién es el infortunado?

El primo de Derek puso los ojos en blanco, pues acababa de entender. Pero la pregunta arrancó más carcajadas a Derek. Por otra parte, era obvio que no pensaba responderla.

Entonces, Kelsey dijo con calma:

—Caballeros, estoy segura de que habrán comprendido que estaba bromeando. No soy una bruja... al menos que yo sepa.

—Sólo hechicera —dijo Derek, dirigiéndole una sonrisa tierna, y conquistando el sonrojo que siempre provocaban en ella los cumplidos.

Se las arregló para dejarlos antes de que volviese a surgir el tema de la identidad de Kelsey. Mientras se dirigían a la siguiente parada, se lo comentó.

—Lo que hiciste ha sido brillante, diablos si lo fue —le dijo, dándole un abrazo—. En lugar de una mentira, una broma. Me alegra que se te haya ocurrido, querida mía.

—¿Qué mentira habrías dicho esta vez, que soy viuda o prima?

Derek se crispó.

—Kelsey, esto no tenía por qué suceder. Claro, Marshall estaba en la casa del sastre, y yo no lo esperaba y, aunque me despedí de él tres veces, insistía en recordar algo más que quería decirme. Y me detenía, como viste, una y otra vez hasta que llegué al coche.

Kelsey sonrió, como admitiendo que él no tenía la culpa, esa vez. Y aunque había pasado la mitad del tiempo sola en el coche, de todos modos había disfrutado de la compañía de Derek.

—Nos esforzaremos por evitar que pase otra vez, ¿verdad? —dijo ella.

—Seguro.

Sin embargo, en la última parada en una tienda donde vendían objetos de cristal, en la que Derek esperaba encontrar un regalo para la prima Clare, pidió a Kelsey que le acompañara, para ayudarlo a elegir. Y se encontraron con otro conocido, pero en esa ocasión no fue necesario que la presentara. Esta vez, se trataba de alguien que *ambos* conocían... y que habrían preferido no conocer.

Fue muy desafortunado que David Ashford estuviese en esa misma tienda a esa misma hora, y que se toparan con él. El hombre se había vuelto, a punto de marcharse, sin advertir que alguien venía por el estrecho pasillo, y dio de bruces con Derek, quien debió soltar el brazo de Kelsey para moderar el golpe.

El choque sobresaltó a Ashford, pero sus ojos azules se entornaron al reconocer a las personas que tenía delante.

—Caramba, si es el benefactor —dijo, con desdén—. El que rescata a damiselas en apuros. Malory, ¿no se le ocurrió que a algunas damiselas pueden agradarles ciertos apuros?

La atrevida afirmación encrespó a Derek.

—Lord Ashford, ¿no se le ocurrió que pueda usted estar enfermo?

—Estoy perfectamente sano.

—Me refería a su mente.

—¡Ja! —se burló Ashford—. Eso quisiera, pero estoy muy cuerdo. Y también tengo excelente memoria. Lamentará haberme arrebatado esta beldad.

—Oh, lo dudo, en verdad lo dudo —replicó Derek, con aparente indiferencia, para luego señalar, con frialdad—: Sin embargo, no le robé nada. Era una subasta. Usted podría haber seguido pujando.

—Todos saben lo ricos que son los Malory. No sea absurdo. Llegará el día en que se arrepentirá de haberse cruzado conmigo.

Derek se alzó de hombros, no muy preocupado.

—Ashford, si hay algo que lamento es saber que está vivo; a escorias como usted habría que tirarlas al cubo de la basura al nacer.

El hombre se puso rígido, y enrojeció. Derek tuvo ganas de desafiarlo, pero lo había evaluado bien: era un cobarde que sólo se sentía poderoso ante débiles e indefensos.

—Eso tampoco lo olvidaré —dijo Ashford, impotente. Luego, su mirada helada se posó en Kelsey, y agregó—: Cuando él te deje de lado, yo estaré esperando, y me las pagarás por haberme hecho esperar, mi preciosidad. Oh, ya lo creo que me las pagarás...

Mientras decía esto, la señalaba con el dedo, y lo habría clavado en su pecho si Derek no le hubiese aferrado la mano. Ashford aulló cuando su dedo se quebró. Pero aún no había terminado: podía tolerar que lo amenazaran a él, pero la amenaza a Kelsey lo enloqueció.

—¡Me ha roto...! —gritó Ashford, pero un rápido puñetazo en la boca interrumpió sus palabras.

Derek atrapó al hombre antes de que cayera y, sin soltarlo, le dijo, furioso:

—¿Supone, acaso, que no lo haré pedazos, por miedo a romper todo el cristal de la tienda? Se equivoca, Ashford, porque me importa un cuerno romper algo, siempre que lo destroce a usted.

El hombre palideció, pero entonces intervino el dueño del local.

—Preferiría no perder mi tienda —dijo en tono preocupado— por culpa de vuestro pequeño altercado, milores. Por favor, ¿podríais seguir la discusión en otro lugar?

Kelsey susurró.

—No dejes que te provoque al punto de montar un escándalo.

Quizá la advertencia llegaba tarde. Pero al mirar alrededor vieron que no había más clientes en la tienda; sólo estaba el propietario, retorciéndose las manos.

Derek hizo un gesto de cortesía y soltó a Ashford, aunque le clavó un dedo en el pecho y le dijo:

—¿Quiere hablar de arrepentimiento? Déjeme decirle que no tendrá necesidad de arrepentirse. Si se acerca a ella otra vez o la recuerda o, incluso, si continúa corrompiendo el aire de esta ciudad; usted ya es hombre muerto.

A continuación, levantó un florero que estaba en un estante, cerca de él, sin mirarlo siquiera, y lo lanzó a las manos del dueño:

—Compraré éste.

—Sí, milord. Por favor, tenga la bondad de venir por aquí —dijo el hombre, yendo de prisa hacia el mostrador que estaba en el fondo del local.

Derek enlazó el brazo de Kelsey y siguió al dueño. Ninguno de los dos dispensó otra mirada a Ashford.

Momentos después, oyeron que se abría la puerta de la tienda, y se cerraba a sus espaldas cuando el sujeto salió.

Kelsey suspiró, aliviada. El dueño suspiró, aliviado. Derek estaba aún demasiado agitado para sentir otra cosa que furia. Debería haber molido a golpes a ese canalla, sin preocuparse por el escándalo. Tenía la sensación de que lamentaría *no* haberlo hecho.

Enfadado consigo mismo por no haber hecho nada más cuando tuvo la ocasión y la provocación, arrojó al dueño una gran cantidad de dinero y le dijo:

—Quédese con el cambio... por este infortunado incidente.

—¿Qué incidente? —replicó el propietario con una sonrisa, ya seguras sus pertenencias, y forrados los bolsillos.

33

Derek Malory tenía tal aire de muchacho con su mechón rebelde de pelo rubio y sus sonrisas encantadoras, que daba la impresión de ser inofensivo. Aunque ese día Kelsey había descubierto que no todo era como aparentaba. El encuentro con lord Ashford la paralizó de miedo, y le hizo recordar vívidamente el horror de la subasta. Pero Derek se había convertido en un hombre diferente. Y la alegraba sobremanera que no fuese tan inofensivo como solía aparentar.

Todo lo contrario: hasta había quebrado adrede un dedo al hombre. Y si no le hubiese recordado que provocaría un escándalo, quién sabe que más le habría roto.

Había mencionado el escándalo porque sabía lo que pensaba él sobre eso, y que sin duda esa mención pondría fin al altercado, y no se había equivocado. No entendía bien por qué lo había hecho. Quizá porque no le gustó verlo tan violento. O porque el pobre propietario del negocio estaba tan afligido por sus mercaderías. O, quizá, porque, de pronto, se sentía protectora con relación a Derek, y no quería que él hiciera algo de lo que luego se arrepentiría. Esto último sin duda era algo digno de preocupación.

Había decidido antes que convenía mantener tan impersonal como fuera posible esta cuestión de ser una amante, pero cada vez le resultaba más difícil lograrlo. Le *gustaba* Derek, le gustaba estar con él, hacer el amor, le gustaba todo lo que a él se refería. Y salvo que hiciera algo demasiado drástico para modificar esos sentimientos, temía que cada vez se harían más fuertes.

Era una idea horrible. No quería amar a Derek. No quería angustiarse pensando en el día en que él la dejara. Y ese día llegaría alguna vez. Cuando llegara, quería suspirar de alivio y no llorar amargamente.

Sabía que Derek había tenido una amante, así que no tenía motivos para preocuparse. En una de sus conversaciones con Percy y Jeremy, habían hablado de que Derek había puesto fin a la relación después de unos pocos meses.

El precio exorbitante que había pagado por Kelsey no debía de importarle demasiado, dada la fortuna que tenía la familia. De modo que no podía contar con eso. No, cuando él deseara algo nuevo, sin duda la alejaría de sí, sin tener en cuenta sus sentimientos. Era así de simple. Y si hacía algo tan estúpido como enamorarse de él, no sabría cómo hacer que ese día, cuando éste llegara, fuese más fácil de soportar.

En ese instante, Derek reflexionaba, sombrío, acerca del incidente con Ashford, sentado junto a ella y rodeándola con un brazo protector, frotándole el brazo, distraído. Kelsey también meditaba, de modo que el trayecto transcurrió en silencio.

Cuando llegaron a la próxima parada, Kelsey no pensaba dejar el coche, y Derek no se lo pidió. Pero no se fue por mucho tiempo. Y cuando volvió, le entregó un paquete.

—Es para ti —dijo, con sencillez—. Ábrelo.

Kelsey miró con reparos la pequeña caja que tenía en la mano; el aire culpable de Derek le hizo temer que fuese un regalo. Al abrirlo, encontró un pendiente en forma de corazón, con diminutos diamantes y rubíes, que colgaba de una fina y corta cadena de oro para poner en el cuello. Muy simple, elegante, y caro.

—No tenías necesidad de dármelo —dijo en voz suave, sin apartar la vista del pendiente.

—Sí —replicó—. En este momento me siento tan culpable que si no dices que me perdonas, seguramente romperé a llorar.

Kelsey levantó la vista, asombrada, creyendo que hablaba en serio, pero la expresión la desengañó. Por un instante, rió. No hablaba en serio con respecto a llorar, pero sí en lo que se refería a la culpa.

Le dirigió una sonrisa algo torcida.

—Este día ha sido un completo desastre, ¿no es cierto?

—No del todo —dijo, y el rubor la delató.

—Bueno, en eso no —admitió Derek, sonriendo—. Pero el resto... en verdad lamento que coincidieras con ese canalla de Ashford, por no mencionar el sufrimiento por tan desagradable encuentro.

Kelsey se estremeció por dentro.

—Es un hombre cruel, ¿no es cierto? Lo vi en sus ojos aquella noche que pujaba por mí, y hoy otra vez.

—Peor de lo que imaginas —dijo Derek.

Le hizo un relato de los hábitos de ese sujeto, contándoselo todo o, al menos, aludiendo a ello, de modo que comprendiera la advertencia.

—Kelsey, si volvieras a verlo cuando yo no esté contigo, abandona de inmediato ese lugar, sea cual sea... quiero decir, si es seguro hacerlo.

Kelsey había perdido todo el color, y sentía el estómago revuelto.

—¿Seguro?

—Siempre que no haya posibilidades de que te siga. No debes quedarte *nunca* a solas con él, Kelsey. Si es necesario, acude a desconocidos, grita pidiendo socorro, pero hagas lo que hagas, no dejes que se te acerque.

—No, no le dejaré —aseguró—. Lo ideal sería no volver a verlo nunca. Pero si lo encuentro, y yo lo veo primero, no permitiré que él me vea, te lo prometo.

—Bien. Ahora, dime que me perdonas.

Kelsey sonrió.

—Te perdono, aunque no tenga nada que perdonarte. Y ahora, devuelve esto y que te reintegren el dinero. No tienes por qué comprarme joyas.

Eso lo hizo reír.

—Kelsey, querida mía, eso es muy poco característico de una amante. Y no lo acepto. Quiero que lo aceptes. Te quedará muy bien con el vestido color lavanda.

«Y con media docena más que todavía no me entregaron», pensó la muchacha, aunque no lo dijo. Suspiró, en cambio.

—En ese caso, seguramente sería una grosería no agradecértelo.

—Sí, muy grosero.

La joven sonrió:

—Gracias.

—Ha sido un enorme gusto para mí, querida.

Ésa fue la última parada. Después, la llevó a la casa, se quedó a cenar... y ya no se fue esa noche.

Él no había planeado hacerlo. Siempre que Jason estaba en la ciudad y se quedaba, Derek tenía la costumbre de reunirse con él en la casa, por lo menos para cenar. Y como no sabía cuándo volvería su padre a Haverston, tampoco sabía si podría verlo el día siguiente.

Pero por mucho que quisiera hablar con el padre acerca del divorcio —y de la mujer a la que había logrado mantener oculta tanto tiempo—, mucho más quería quedarse con Kelsey.

Sabía que aquel encuentro la había alterado. Pero Derek ahora estaba más sensible, se preocupaba por ella.

Era increíble que Ashford la tratara como si le perteneciera, y como si Derek se la hubiera arrebatado por un tiempo. También había dejado entrever que, cuando la recuperase, le haría pagar por haberle sido arrebatada, como si estuviese seguro de que eso sucedería. Quién podía anticipar qué planes forjaría en esa mente trastornada.

Derek no podía estar con ella todo el tiempo. Kelsey salía sola, a la modista, a probarse, de compras, y demás. Tampoco podía pedirle que ella no lo hiciera, pues sus temores sólo se basaban en simples amenazas.

Al día siguiente, iría otra vez a visitar al tío James, para pedirle consejo. Lo más probable era que estuviese preocupándose por nada, pero esa noche no quería perder de vista a Kelsey.

34

En efecto, a la mañana siguiente Derek fue a visitar a James antes de regresar a su casa a cambiarse de ropa. Y después de una breve conversación con el tío, se sintió mucho más aliviado. Kelsey no corría peligro inmediato, pues el tío ya había encargado a dos de sus criados que siguieran a Ashford.

No obstante, Artie y Henry no eran unos criados corrientes, y de ahí el alivio de Derek. Habían formado parte de la tripulación pirata de James, y servido con él en el mar durante más de diez años.

Los dos habían preferido quedarse con James después de que él vendiera el *Maiden Anne*, y ahora cumplían tareas de servicio en la residencia de Londres, trabajo que disfrutaban en gran manera porque no eran lo que podría esperarse de unos criados. Y no les molestaba escandalizar a los visitantes.

Tampoco a James le importaba un rábano que no cesaran de encrespar a más de uno con sus maneras poco ortodoxas, y en cuanto a Georgina, hacía rato que había desistido de enseñarles buenos modales. En la actualidad, llamar a la puerta —a menos que uno fuese pariente—, podría significar ser recibido con un áspero «¡No están en casa!» y con la puerta en las narices, o con un «¿Qué diablos quiere usted?».

Por supuesto, esto era así a menos que se tratase de una

hermosa dama la que llamaba. Invariablemente, las damas eran introducidas y la puerta cerrada a sus espaldas antes de que hubiesen pronunciado dos palabras.

Pero los dos antiguos piratas eran muy aptos para la tarea que James les había ordenado. En consecuencia, este pudo informar a Derek de que habían seguido a Ashford a dos residencias diferentes, su casa principal en la ciudad y una en las afueras que parecía abandonada, y donde no pasaba la noche sino unas horas, al atardecer.

También lo habían seguido a una taberna en una de las zonas más pobres de la ciudad. Al oír eso, Derek se puso tenso hasta que James le contó que Artie había provocado una gran conmoción allí, fingiendo que estaba completamente borracho y molestando a Ashford al punto de obligarlo a abandonar cualquier plan que tuviese y a marcharse.

De inmediato, Derek envió a Kelsey una nota para que dejara de preocuparse y aflojara un tanto la guardia. Luego, volvió a la casa y encontró a su padre aún allí. Lo dudoso parecía ser si aquello era algo afortunado, pues Jason no parecía demasiado complacido cuando llamó a Derek a su estudio.

El joven imaginó que Frances se había puesto en contacto con Jason e informado acerca del encuentro del día anterior. No era así. En realidad, después Derek prefirió que hubiese sido así.

—¿Es cierto que compraste una amante en un *prostíbulo* público, en un salón lleno de otros *caballeros*?

El golpe fue tan repentino que Derek estuvo a punto de caerse de la silla en la que iba a sentarse. Cada vez que su padre subrayaba las palabras, se podía estar seguro de que estaba al borde de una explosión.

—¿Cómo lo has sabido?

—¿Cómo se te ocurre que podía *no* enterarme de algo que se hizo tan a la vista del *público?* —preguntó Jason.

Derek se encogió dentro de sí.

—Si consideramos que los caballeros no suelen divulgar que han estado en tales sitios, era de esperar.

Jason lanzó un resoplido desdeñoso.

—De hecho, pasé por mi club la otra noche. Un amigo mío estaba allí, y creyó necesario informarme. Resulta que tiene un amigo que, a su vez, es amigo de otro que estaba allá aquella noche. Te aseguro que ya lo saben todos en el club. Y sólo el Señor sabe cuántas esposas estarán enteradas a estas alturas, que a su turno lo divulgarán en sus propios grupos.

Derek estaba muy sonrojado, pero se defendió:

—Tú sabes bien que eso no es algo para compartir con una esposa.

—Eso no tiene nada que ver —replicó Jason, con ceño sombrío—. ¿Cómo diablos se te ocurrió participar en una subasta como ésa?

—Estaba pensando en salvar a una muchacha inocente de...

—¿Inocente? —exclamó Jason—. De todos modos, ¿quién es ella?

—Kelsey Langston. No, no es persona de importancia así que, no debes preocuparte de eso. Pero, como te decía, pujé por ella para impedir que alguien le hiciera cicatrices para toda la vida.

—¿Cómo dices?

Derek suspiró.

—No tenía intenciones de involucrarme, padre. Sólo pasamos por ese lugar para jugar unas partidas, mientras Jeremy visitaba a una de sus queridas, que trabajaba allí. Pero, entonces...

—¿Llevaste a Jeremy a semejante lugar? ¡Sólo tiene dieciocho años!

—Lo más probable es que Jeremy haya concurrido a esos lugares antes que yo, ¿o acaso olvidas que fue criado en una taberna antes de que el tío James lo encontrase?

Jason no respondió más que con una mirada severa, y Derek continuó:

—Como te decía, no tenía intenciones de involucrarme, hasta que vi quién era el que estaba pujando por la chica.

—¿Quién?

—Un hombre con el que me he encontrado antes, y he sido testigo de lo que hace con las prostitutas que utiliza. Las azota hasta hacerlas sangrar, y lo hace con tanta fuerza que quedan desfiguradas para siempre. Se rumorea que es el único modo en que puede lograr placer sexual.

—Qué asco.

—Estoy completamente de acuerdo. De hecho, el tío James, por hacerme un favor, está buscando medios para detener las prácticas perversas de ese hombre.

—¿James hace eso? ¿Cómo?

—Yo... bueno... no quise preguntar.

Jason carraspeó.

—Muy bien. En lo que se refiere a lo que hace ese hermano mío, es mejor no saberlo. Pero, Derek...

—Padre, realmente no he podido evitarlo —interrumpió—. No se me ocurrió otra manera de salvar a la chica, como no fuese comprarla yo mismo. Y resultó que esa muchacha era inocente, así que estoy muy contento de haberla sacado de las manos de Ashford.

—¿David Ashford? Por Dios, juraría que alguna mujer lo había castrado hacía años.

—¿Lo conocías?

—Había oído decir que cuando llegó a la mayoría de

edad, solía torturar a sus criadas. Pero, desde luego, no se demostró nada. En aquel momento se difundió un rumor de que alguien lo había acusado, pero que nunca llegó a juicio porque la mujer en cuestión se negó a testimoniar en su contra. Dicen que sobornar a la mujer le costó buena parte de la fortuna familiar. Según recuerdo, la noche que en mi club nos enteramos de eso, hubo alborozo general. Por lo menos hubo algún castigo... si los rumores eran ciertos.

Derek asintió:

—Me imagino que debían de serlo, pues ha seguido haciéndolo, y ahora aplica torturas peores.

—Y si ninguna víctima está dispuesta a acusarlo, las Cortes no pueden hacer nada —suspiró Jason.

—Oh, en el presente se cubre muy bien —dijo Derek—. Yo conocí a una de sus víctimas, la misma a quien Ashford estaba golpeando cuando lo encontré. Yo esperaba que ella nos ayudara a llevarlo a juicio. Pero ese sujeto no sólo les paga muy bien sino que además les advierte previamente de lo que piensa hacer, y ante todo obtiene su aceptación.

—Es astuto y, al mismo tiempo, diabólicamente chiflado. Qué combinación peligrosa. Pero ya que has involucrado a James, déjaselo a él. Casi puedo garantizarte que encontrará la manera de evitar que ese hombre haga daño a alguien más.

—Ésa era mi esperanza, sobre todo porque he vuelto a encontrarme con el tipo, y afirma que cuando yo lo superé en las pujas, le robé a Kelsey y que, a su debido momento, él la recuperará.

Jason alzó una ceja.

—¿Eso significa que aún conservas a la chica?

—Bueno, la vendían como amante, y pagué una gran suma de dinero por ella.

—¿Cuánto dinero? —Preferiría no dec...

—¿Cuánto?

Derek odiaba ese tono de «será mejor que lo confieses, o sino...»

—Veinticinco —musitó.

—¡Veinticinco de cien!

Derek se hundió un poco más en la silla y admitió:

—Veinticinco mil... libras.

Jason se ahogó, escupió, abrió la boca para decir algo, pero volvió a cerrarla. Se dejó caer en la silla que estaba tras el escritorio. Con ambas manos, se mesó los dorados cabellos. Por fin, suspiró, y clavó en su hijo una de sus miradas más severas.

—No debo de haberte oído bien. Tú no dijiste que has pagado veinticinco *mil* libras por una querida. No... —al ver que Derek se disponía a hablar, levantó una mano—. No quiero escucharlo. Olvida la pregunta.

—Padre, no había otra manera de impedir que Ashford se quedara con la chica —señaló Derek.

—A mí se me ocurre por lo menos una docena, entre ellas, sencillamente sacarla de allí. Después de todo, ¿quién te habría detenido, cuando la subasta ni siquiera era legal?

Derek sonrió, en lo que constituía una respuesta típica de un Malory.

—Bueno, Lonny, el propietario tal vez tuviera un par de cosas que decir al respecto, teniendo en cuenta la ganancia que yo le arrancaba de las manos.

—¿Lonny? —Jason frunció un instante la frente, abrió el *London Times* sobre el escritorio en la segunda página, y señaló—: Por casualidad, ¿será este Lonny?

Derek se inclinó hacia adelante para echar un vistazo al artículo, pero se asombró tanto que decidió leerlo con más atención. Informaba que Lonny Kilpatrick había sido asesinado en una casa de mala reputación que había administrado durante más de un año y medio. Se daba la dirección, y detalles de la muerte. Había recibido varias puñaladas en el pecho, y se hablaba de una gran cantidad de sangre. Pero no había indicios del asesino.

—Que me condenen —dijo Derek, echándose hacia atrás.

—¿Acaso es el mismo Lonny del que hablabas? —preguntó el padre.

—Sin duda.

—Qué interesante. Pero no creo que haya ninguna conexión entre el asesinato y la subasta. No obstante, toda esa sangre derramada, me recuerda lo que tú dijiste con respecto a la predilección de Ashford por la sangre.

—Es un cobarde llorón —exclamó Derek, con desprecio—. No tendría agallas para matar a un hombre.

Jason se alzó de hombros.

—Por lo que has dicho de él, y por los rumores que yo mismo había oído, ese hombre no está bien de la sesera. Imposible prever de lo que sería capaz una persona así. Pero me inclino por estar de acuerdo. Da la impresión de ser un cobarde que prefiere atormentar a los débiles. Además, qué motivo tendría para asesinar a este Lonny, si su gozo consiste en hacer daño a las mujeres. Lo más probable es que sea una coincidencia.

Derek hubiese querido estar de acuerdo, lo deseaba pero, maldición, había surgido esa mínima duda. Ya estaba otra vez preocupado. Y en cuanto salió de la casa de su padre, fue a la de su tío para que le informase de las últimas novedades.

Lamentablemente, se olvidó de preguntar a su padre

por la querida que había mantenido todos esos años. Y cuando regresó a su casa, encontró una nota de Jason que le recordaba que lo esperaban en Haverston para las vacaciones de Navidad. Su padre ya estaba en camino de regreso a la casa de campo.

35

Pese a las afirmaciones de Derek de que ya no tenía mucho que temer porque Ashford estaba siendo vigilado, Kelsey no salió de la casa durante casi una semana. Envió al lacayo a la casa de la modista para cancelar dos pruebas... por suerte, esa semana había contratado un criado, y además el resto del personal que necesitaba en la casa.

También demoró el regreso a esa pequeña tienda que había encontrado, donde compró algunos artículos para regalar en Navidad a Derek: una corbata, unos pañuelos con monograma y unas camisas de seda.

Por extraño que pareciera, no había tenido tanto miedo el día que encontraron a lord Ashford como el día siguiente, después de pasar la velada con Derek. Percibió el temor de él, si bien lo único que hizo fue advertirla.

Tenía sus ventajas quedarse refugiada en la casa. Después de tres días de angustia, por fin pudo enviar una carta a la tía Elizabeth. En ella, le decía que la amiga había logrado un nuevo diagnóstico médico que daba ciertas esperanzas y que habían viajado a Londres para que ella estuviese cerca del nuevo profesional.

Lo más difícil era seguir mintiendo a la tía y darle una dirección para que ella respondiese, algo que sin duda Elizabeth desearía hacer. Al final, Kelsey usó la propia, pues no conocía otras, además de la de Derek, y esa estaba fuera de toda cuestión.

También incluyó una carta para la hermana, llena de chismes sobre su ciudad natal, todos inventados, por supuesto. Al terminar las dos cartas, se sintió tan despreciable que, seguramente, no fue buena compañía para Derek. El lo notó y se lo señaló, pero Kelsey lo distrajo diciendo que era el clima lo que le hacía sentirse mal... y al día siguiente, al recibir montones de flores, le dieron ganas de llorar.

Por fin, se convenció de que era una tontería quedarse encerrada. Contribuyó el hecho de que era un delicioso día invernal. De todos modos, fue directamente a la tienda de la modista para hacerse las pruebas finales; todo le llevó poco tiempo. Y tuvo una breve vacilación al salir por la puerta trasera, temiendo toparse otra vez con lady Eden.

Pero la sala de exposiciones estaba vacía a esa hora de la mañana, pues la mayoría de las damas de la sociedad se levantaba tarde por haber concurrido a reuniones que terminaban a hora avanzada. Sin embargo, había una excepción.

En el preciso instante en que llegaba a la puerta de calle, esta se abrió y entró la tía Elizabeth con Jean, que iba un paso mas atrás. Por supuesto, Jean lanzó un chillido de alegría al ver a la hermana y se arrojó en sus brazos. Elizabeth quedó tan sorprendida como la misma Kelsey, aunque la sorpresa no fue desagradable, como fue el caso de la sobrina.

—¿Qué estás haciendo en Londres? —preguntaron las dos al unísono.

—¿No recibiste mi carta? —añadió Kelsey.

—No... no... la... recibí.

Las pausas entre las palabras hicieron más punzante el reproche de Elizabeth, como si no fuera suficiente con la expresión de la tía. Debió haberle escrito antes, lo sabía. Elizabeth estaba esperando una carta. Sucedía que le resultaba tan *arduo* mentir a su propia familia, que lo había demorado todo lo posible. Y ahora, tendría que explicarlo todo otra vez.

—Te escribí, tía Elizabeth, y en la carta te contaba que venía a Londres con Anne. Ha encontrado un nuevo médico, ¿sabes?, y éste le ha dado cierta esperanza, por eso quería estar cerca de él.

—¡Qué noticia maravillosa!

—Sí, así es.

—Kel, ¿eso quiere decir que pronto volverás a casa? —preguntó Jean, expectante.

—No, cariño, Anne todavía está muy enferma —dijo Kelsey, abrazándola con fuerza.

—Jean, a tu hermana la necesitan aquí —añadió Elizabeth, a regañadientes—. La amiga necesita mantener el buen ánimo, y Kelsey tiene tan buen corazón que ayuda mucho a eso.

—Pero, tía, ¿qué estás haciendo tú en Londres? —preguntó otra vez Kelsey.

Elizabeth bufó.

—La modista que teníamos en el pueblo se mudó, sin avisar. ¿Qué te parece? Y yo no quiero recurrir a esa francesa tunanta que competía con ella. Por eso decidí que, ya que Jean y yo vendríamos a comprarnos unos vestidos para las vacaciones, bien podríamos buscar lo mejor, y varias de mis amigas me recomendaron a la señora Westerbury.

—Sí, es excelente —admitió Kelsey—. Yo también le he encargado unos vestidos para mí, porque no había traído demasiados conmigo.

—Bueno, si te quedas aquí mucho más tiempo, házmelo saber y te enviaré tus baúles. No tienes por qué pasar privaciones mientras realizas esta tarea piadosa. Pero, por Dios, aprovecha que estás en Londres, ¿sabes que es plena temporada? Y tengo muchos amigos que, sin duda, estarán encantados de encargarse de ti y presentarte en sociedad. Estoy convencida de que tu amiga no se quejará si le quitas unas pocas horas de vez en cuando, para mantener tu propio ánimo.

Claro que la tía tenía buenas intenciones, pero Kelsey ya no estaba en situación de aprovechar la temporada social de Londres en busca de un futuro marido.

—Eso tendrá que esperar, tía Elizabeth. Me sentiría tan mal si fuera a divertirme mientras Anne no puede, que no disfrutaría en absoluto.

Elizabeth suspiró.

—Me imagino. Pero, ¿te das cuenta que *estás* en edad de casarte? Y en cuanto regreses a casa, *haremos* planes para preparar una verdadera temporada para ti. Me pondré a la tarea de inmediato. Verte bien situada es algo que le debo a mi hermana.

Kelsey se encogió dentro de sí. Odiaba la idea de que la tía perdiera tiempo preparando algo que nunca sucedería. Pero no podía decirle que no se molestara sin revelarle la verdad. ¿Y qué le diría luego de seis meses? ¿De un año? ¿Que Anne *todavía* estaba convaleciente? A medida que transcurrieran los meses, esa excusa perdería consistencia. Lo único que podía hacer era advertirle:

—Tía, todavía no hagas planes muy concretos. En realidad, en este momento no puedo decir cuánto tiempo me necesitarán aquí.

—No, claro que no —concedió la tía—. Y hablando de eso, quisiera presentar mis respetos a tu amiga mientras estemos aquí, en Londres.

Esa sencilla afirmación sumió a Kelsey en un pánico total. Su mente se puso en blanco. No se le ocurrió una sola excusa. Y lo peor era que, sin duda, la tía querría visitar a su sobrina mientras estuviera en la ciudad y, si lo hacía, Anne no estaría en casa porque, por supuesto, *no existía ninguna Anne.*

Elizabeth no tenía su dirección, ni la tendría hasta que regresara a su casa y tuviera en sus manos la carta de Kelsey. ¿Por qué pondría la verdadera dirección? Porque había dado por supuesto que la tía no viajaría a Londres. La tía Elizabeth *jamás* iba a Londres; odiaba la congestión. Sin embargo, ahí estaba... y Kelsey no se atrevía a darle la dirección, pues era imposible saber a qué hora podría presentarse.

Al comprenderlo, por suerte, se le ocurrió una excusa.

—Anne todavía no está lo bastante bien para recibir visitas. El viaje a Londres no le ha hecho muy bien, y ahora necesita todas sus energías para recuperarse e ir a ver al doctor.

—Pobre chica. ¿Tan grave está todavía?

—Bueno..., sí, *estuvo* a las puertas de la muerte antes de comenzar este nuevo tratamiento. El médico dijo que aún llevaría varios meses saber si iba a dar resultado. Pero por cierto yo querría volver a veros mientras estéis aquí. ¿En qué hotel estáis?

—Estamos en el Albany. Espera, aquí tengo la dirección.

Rebuscó dentro del bolso hasta que encontró el papel y lo entregó a Kelsey.

—Entonces, es seguro que pasaré —prometió la muchacha—. Os he echado de menos a las dos. Pero ahora, en verdad debo darme prisa. No me gusta dejar sola a Anne mucho tiempo.

—Hasta mañana a la mañana, Kelsey —dijo Elizabeth y, por el tono, podría haber sido una orden—. Estaremos esperándote.

36

—Bueno, ya era hora de que dejara ese coche —dijo Artie a su amigo francés, al tiempo que detenía los caballos del coche en el que habían estado siguiendo a David Ashford—. Empezaba a pensar que nunca íbamos a sorprenderlo solo.

—¿A eso le llamas solo, *mon ami*? —preguntó Henry con aire indiferente, sin sacar los ojos de la presa—. Ya ha recogido a alguna moza.

Artie suspiró.

—Bueno, diablos, fue más fácil atrapar a la sobrina del capitán en el patio trasero que a este ricachón.

—Yo estaría de acuerdo si no fuera que resultó ser su sobrina y no sólo el enemigo de su esposa, y preferiría no repetir el desastre en que se convirtió aquello.

Artie resopló.

—Como si lo hubiésemos sabido. Ni el mismo capitán lo supo hasta que ella se lo dijo. Además, ¿cuál sería el error esta vez? Ése es nuestro hombre. Lo único que hace falta es que lo apartemos de los sirvientes el tiempo suficiente para atraparlo.

—Hace una semana que esperamos eso —recordó Henry a su amigo—. Pero, al parecer, el tipo no está dispuesto a alejarse demasiado de su coche ni de su casa.

—Insisto en que tendríamos que haberlo sacado de esa taberna. Podríamos haber salido por la parte trasera, y el cochero, que esperaba en el frente, todavía estaría allí sentado.

Henry movió la cabeza.

—El capitán dijo que no nos hiciéramos notar. La taberna estaba muy llena.

—¿Y esta calle no?

Henry alzó la vista antes de confirmar:

—No tanto. Por otra parte, en la calle la gente suele ocuparse de sus propios asuntos. ¿Quién advertiría que estamos conduciéndolo velozmente a nuestro coche, en lugar del suyo?

—Y yo insisto en que deberíamos sacarlo de esa casa de las afueras de la ciudad a la que visita. Está tan aislada que no debe de haber nadie más allí.

—La última vez que lo seguimos hasta allí, había una luz. Tú estabas durmiendo.

—¿Todavía sigues fastidiándome por haberme quedado dormido una maldita vez? —se quejó Artie.

—Dos veces, pero, ¿para qué contar...? —Henry se interrumpió, ceñudo, mientras seguía observando a Ashford y a la mujer que acababa de unírsele—. Parece asustada.

Artie los miró con los ojos entornados.

—Quizá lo conoce. Si yo fuese una moza y supiera cómo es el tipo, mil diablos si no estaría asustado.

—Artie, de verdad, no creo que vaya con él por su propia voluntad.

—¿Demonios? ¿Quieres decir que está raptándola cuando, en realidad, nosotros tendríamos que raptarlo a él?

El cochero de Kelsey había tenido que mover el coche para dejar paso a una carreta de entrega de mercaderías, y por esa razón no estaba donde ella lo dejara. Se había alejado algunos metros, en la misma manzana, y el cochero agitaba los brazos para atraer su atención. La muchacha emprendió la marcha en esa dirección, aunque no podía dejar de pensar en el inesperado encuentro con su tía y su hermana.

Por eso no vio a lord Ashford que se acercaba. No advirtió su presencia hasta que él la aferró del brazo en un doloroso apretón y empezó a caminar con ella.

—Haz un ruido, y te romperé el brazo, mi preciosa —advirtió con una sonrisa.

¿Habría adivinado que ella estaba a punto de gritar desaforadamente? Al verlo, casi se había desmayado. Y la llevaba con él pero hacia el coche de Kelsey, gracias a Dios. ¿Se daría cuenta el cochero de que necesitaba ayuda? ¿O creería que se había encontrado con un conocido, sencillamente?

—Suélteme —ordenó, pero su voz no fue más que un débil chillido.

El rió. De verdad, se rió. El sonido congeló la sangre de Kelsey. A pesar de la advertencia, tendría que gritar, ahora lo sabía. Después de todo, ¿qué era un brazo roto comparado con lo que ese hombre era capaz de hacer?

Pero el raptor debió de percibir que estaba dispuesta a causarle dificultades, porque la hizo callar, horrorizada, diciéndole:

—Maté a ese canalla de Lonny por haberme dado esperanzas de que obtendría una virgen, ¿sabe usted? Debía habérmela vendido a mí y no subastarla. Pero ahora lamento haberlo hecho, porque el hermano lo reemplazó. Es un tipo mucho más derecho, y seguramente no permitirá que azote a las rameras. Ah, bueno, en ese lugar sólo me ofrecían aperitivos. De cualquier modo tenía que acudir a otro sitio para obtener un placer completo, como pienso lograr con usted.

Lo dijo con un tono tan neutro como si estuviese hablando del clima. Hasta el moderado arrepentimiento que expresaba no era por haber matado a un hombre sino porque su acción había hecho que él perdiera algo a lo que estaba acostumbrado.

Estaba tan horrorizada que no advirtió, siquiera, que la había sacado de la acera y andaban ahora sobre la calle, donde aguardaba el coche de él, hasta que la arrojó dentro del vehículo. Entonces gritó, pero él la cortó bruscamente, aplastándole la cara contra el asiento acolchado.

Fue retenida así hasta que Kelsey sintió que no podía respirar y le asaltó un pánico atroz. ¿Pensaría matarla en ese mismo instante? Cuando él aflojó la presión sobre su cabeza, ella sólo atinó a jadear y a recuperar el aliento. En verdad, era lo único que podía hacer. Aunque eso permitió a Ashford amordazarla antes de que pudiese gritar de nuevo.

¿Habría visto el cochero de ella lo sucedido? ¿Habría intentado ayudarla? Pero ya era tarde. El coche de Ashford se había puesto en marcha en cuanto ellos montaron, y no precisamente a paso lento.

La mordaza no era lo único que la limitaba. En cuanto pudo sentarse, se dio la vuelta para atacarlo, pero apenas alcanzó a intentar clavarle las uñas en la cara cuando el hombre sujetó su mano y la retorció detrás de la espalda, donde la ató junto con la otra.

Las ligaduras eran tan apretadas que pronto se le entumecieron los dedos. La mordaza, atada en la nuca, estaba tan firme que le hacía daño en los labios.

Pero esas eran molestias menores. Ahora lo sabía, si bien deseaba ignorarlo. Deseó que Derek no le hubiese descrito con tanta exactitud la clase de crueldades que a ese hombre le gustaba infligir.

Debía escapar antes de que llegaran al lugar de destino. Todavía podía usar los pies: no los había atado. Si pateaba la puerta, ¿se abriría? ¿Lograría arrojarse fuera antes de que él la atrapase otra vez? Estaba tan desesperada que lo intentaría. Bastaría con que se volviera de costado para poder dar puntapiés...

—Yo habría esperado a que él se cansara y se deshiciera de usted pero, por el modo en que la protegía, supe que no estaría dispuesto a librarse de usted en un tiempo razonable. Mi paciencia no llega a tanto. Y, desgraciadamente para usted, debido a él ahora yo no podré liberarla a usted, mi preciosa.

Por supuesto, «él» era Derek. Pero lo que había atraído más la atención de Kelsey fue aquello de «ahora yo no podré liberarla a usted». ¿Tanto temía a Derek? Claro que si ella escapaba le diría lo que el canalla había hecho, y entonces Derek lo perseguiría... sí, tenía motivos para temerle. Y quizá pudiese aprovechar eso... si le quitaba la mordaza y podía hablar.

—A menos que lo mate a él también.

Cuando añadió eso, la sangre de Kelsey se congeló una vez más. Y ni siquiera la miró mientras lo decía, más bien miraba por la ventanilla, como si estuviese hablando consigo mismo. ¿Eso harían las personas dementes?

—Lo merece, por los inconvenientes que me ha causado. Pero todavía no lo he decidido —en ese momento, la miró con una expresión tan gélida que parecía hecha de trozos de hielo—. Tal vez usted pueda persuadirme de que lo deje vivir, ¿eh?

Intentó hablar a través de la mordaza, para decirle lo que podía hacer con tratos de ese tipo, pero sólo salieron sonidos ahogados. Los ojos, en cambio, lo expresaron todo, manifestando la rabia, el miedo y el odio que sentía. El no hizo otra cosa que reírse.

Kelsey no era estúpida. Sabía que si Ashford decidiera matar a Derek, ella no podría hacer nada para convencerlo de desistir. Pero Derek no estaría desprevenido ante él como debió de suceder con Lonny. Tampoco sería tan fácil matarlo y, sin duda, Ashford ya se habría dado cuenta, a juzgar por el miedo que le inspiraba. Ah, si Kelsey pudiera aprovechar ese miedo...

37

La enorme casa, vieja y ruinosa, mostraba escasas señales de estar habitada. Los pocos muebles que podían verse por la puerta abierta estaban cubiertos con sábanas. Las cortinas impedían el paso de la luz, y era necesario usar una lámpara para iluminar el camino. En los rincones las arañas habían tejido sus telas.

Pero un viejo los había hecho pasar, o sea que alguien vivía allí. Sin embargo, al observarlo más de cerca, resultó no ser tan viejo sino muy deforme, y muy, muy desagradable. Tenía un brazo más largo que el otro, o lo parecía por el modo en que torcía el cuerpo. Y la cara estaba grotescamente desfigurada; tenía rebanada la nariz, y como las mejillas abultaban bastante, tenía una gran semejanza con un cerdo. El pelo gris era lo que le daba apariencia de ser más viejo de lo que era.

Lo primero que pensó Kelsey, horrorizada, fue que Ashford era el causante de esas deformidades. Luego, empezó a prestar atención a lo que hablaban mientras era arrastrada por un corredor.

El cuidador, cuyo nombre era John, daba la impresión de adorar a Ashford por haberle dado empleo, pues al parecer ninguna otra persona lo habría hecho.

La muchacha se preguntó qué clase de empleo sería. John no se mostró sorprendido en absoluto de que Ashford hubiese llevado a una mujer amordazada y amarrada.

El ser deforme preguntó:

—¿Una nueva beldad para la colección, milord?

—Por cierto, John, y bien difícil de obtener.

Llegaron a una escalera que bajaba hacia la oscuridad. John los precedió, para iluminar el camino. Kelsey debió ser arrastrada, porque no estaba dispuesta a bajar por su voluntad.

¿Colección? «Dios querido —pensó la cautiva—, ojalá no signifique lo que parece, pero me temo que esté en lo cierto.» Atravesaron un largo sótano, llegaron a otro tramo de escalera que bajaba más todavía hasta las profundidades de la casa... y entonces pudo oír los gemidos.

Parecía una prisión. *Era* una prisión. Ella se dio cuenta cuando pasaron ante varias puertas cerradas con rejas y pesadas cerraduras... y ese hedor que emanaba de cada cuarto por el que pasaban, tan asqueroso que producía arcadas. La única luz allí era la de una antorcha fija en la pared, al final del corredor, junto a la escalera. A través de los barrotes no se veía ninguna luz.

En el extremo de ese largo corredor había señales que indicaban que aún estaban construyendo más celdas. Kelsey pudo contar cuatro puertas cerradas con llave. ¿Cuatro cuartos ocupados? A empujones la obligaron a traspasar la quinta puerta.

Allí estaba John. Había dejado la lámpara en el suelo. En el centro del pequeño cuarto había una cama que sólo tenía una sábana. Era un recinto nuevo y limpio, y olía a madera fresca. Contra una pared, había cuatro cubos con agua... ¿para lavar la sangre, después?

—Muy bien, John —comentó Ashford, mirando alrededor—. Has terminado a tiempo.

—Gracias, milord. Lo habría terminado un poco antes si hubiese contado con algo de ayuda, si bien entiendo por qué yo soy el único que tiene acceso aquí.

—Tú te las arreglas muy bien solo, John. Tener un ayudante significaría que deberías compartir.

—No, no quiero compartir. A fin de mes, tendré terminado el cuarto vecino.

—Excelente.

Kelsey no los escuchaba. Hechizada, clavaba la vista en esa cama estrecha que había en el centro del cuarto; en las cuatro esquinas, tenía correas de cuero con gruesas hebillas. Al ver esas correas, el miedo la dominó. Si la sujetaban con ellas, no le quedarían esperanzas, y para entonces no tenía la menor duda de que eso era lo que Ashford tenía intenciones de hacer.

Había intentado abrir la puerta del carruaje a puntapiés, pero lo único que logró fue lastimarse los pies y divertir a Ashford. Sus esfuerzos le hicieron reír mucho. Y le apretaba el brazo con la misma fuerza que cuando la había atrapado, haciéndole más difícil soltarse de un tirón. Pero debía hacer algo. Y el momento perfecto era mientras hablaban, y no le prestaban atención...

Cayó sobre Ashford como si hubiese tropezado con él por accidente. Fue lo único que se le ocurrió para que aflojara el apretón. Lo mismo hubiese logrado si fingía que se desmayaba, pero entonces no habría podido volver a levantarse con facilidad, con las manos todavía amarradas a la espalda.

En efecto, Ashford soltó su brazo para poder apartarla de sí con un empellón. El gesto fue tan inmediato que evidenció desagrado ante el contacto con ella; si Kelsey hubiese tenido tiempo de pensarlo, le habría parecido bastante extraño.

No tuvo tiempo. Aprovechó esos momentos preciosos en que nada la limitaba, y salió corriendo del cuarto. Oyó a sus espaldas algo así como una risa entre dientes de Ashford, y algo que él dijo pero que ella no pudo entender.

No podía creer que estuviese riendo, supuso que se había equivocado, porque no tenía sentido. Sin embargo, ni él ni el cuidador salieron de inmediato a perseguirla. Y pronto descubrió el motivo en cuanto llegó a la escalera y tropezó en el primer peldaño, cayendo con fuerza sobre los de más arriba.

¡Esa estúpida falda! Como tenía las manos atadas, no podía alzarla para que no le estorbase. Ése era el motivo de la risa del miserable. Sabía de antemano que la larga falda limitaría sus movimientos.

Que la condenasen si se dejaba derrotar por eso. *Subiría* esas escaleras, aunque no tan rápido como hubiese querido. Y levantando las piernas lo más alto que pudo para subir cada peldaño, llegó al sótano de más arriba, y luego al tope de la escalera que llevaba a la planta baja.

Había avanzado tanto que se convenció de que lograría salir de la casa. Pero se encontró con que la puerta del frente estaba cerrada con pasador. Pudo darse la vuelta retorciéndose para alcanzar el tirador, aunque tenía los dedos tan entumecidos que casi no podía moverlos, pero no consiguió llegar a él. Estaba demasiado alto.

Sintió una decepción tan abrumadora que casi se dejó caer, derrotada. Pero debía de haber otras puertas que dieran al exterior, no era posible que estuviesen todas cerradas. Lo malo era que estaba acabándose el tiempo para encontrar una abierta. Por otra parte, como se había restablecido la circulación de la sangre en sus manos, el dolor era tan grande que casi la paralizaba.

Debería haber buscado la cocina, donde seguramente hallaría un cuchillo para cortar las cuerdas que la amarraban, mientras buscaba un escondite... debía ocultarse. Y ya no había tiempo para buscar la cocina que, seguramente, estaría en la parte trasera de la casa, donde debía de haber una entrada al sótano... por la que pronto aparecería Ashford.

La oscuridad de la casa era una bendición. Al menos, eso esperaba Kelsey. Pero en los cuartos de la planta baja había tan escasos muebles... ¿encontraría un lugar donde ocultarse? No tenía tiempo para mirar.

Apenas podía distinguir la escalera que llevaba a la parte alta de la casa, y corrió hacia ella. Otra vez escalera, pero, ¿qué alternativa tenía? En cualquier momento, estarían cortados los accesos a la parte de atrás de la casa y a cualquier puerta que diera al exterior.

Había hecho la elección correcta. Antes de haber llegado al extremo superior de la escalera, oyó a Ashford. Sin embargo, aunque mirase hacia arriba, no la veía. Llevaba una lámpara tan cerca de él que la luz no llegaba muy lejos, y proyectaba tantas sombras como las que disipaba.

—Ha llegado la hora de tu castigo, mi preciosa. No puedes escapar. Deberás pagar por los pecados de ella, como lo hacen las otras.

¿Los pecados *de ella*? ¿Habría una razón para la locura de ese hombre? ¿Quién diablos era «ella»?

En la planta alta, todas las puertas estaban cerradas. Trató de abrir la primera, descubrió que sus manos se habían dormido otra vez, y ese horrible hormigueo que se reanudaba la crispó. Cuando al fin logró abrir la puerta, no vio un solo mueble en ese maldito cuarto.

El segundo cuarto que abrió estaba tan atestado que, evidentemente, estaba en uso. ¿Lo ocuparía ese odioso cuidador? Pero allí se filtraba demasiada luz a través de las gastadas cortinas, y la encontrarían con mucha facilidad si se ocultaba detrás de algo. Ni consideró la idea de meterse bajo la cama, trampa segura, por ser, sin duda, el primer lugar donde Ashford la buscaría.

El tercer cuarto estaba tan oscuro que pensó si tendría ventanas. Se escurrió rápidamente junto a la pared, hasta que encontró unas cortinas, y las corrió con el hombro. Nada. Estaba tan vacío como el primero.

El tiempo pasaba. Ashford buscaría primero abajo, creyendo que Kelsey no se aventuraría a subir más escaleras. Pero subiría tan pronto como hubiese registrado toda la planta baja. Había ganado un poco de tiempo, no mucho.

—Por esta tontería, serás más castigada aún, te lo prometo. Será mejor para ti si apareces ahora.

Al final de la frase, la voz se hizo borrosa, indicándole que había entrado en una de las habitaciones de abajo. Todavía tenía un poco de tiempo.

Fue de prisa hasta la puerta siguiente: un armario vacío. La siguiente: ¡otra escalera! ¿Iría a un desván? Un desván sería un sitio conveniente. Por lo general, solía haber un amontonamiento de objetos en desuso.

Pero tenía la esperanza, rogaba que hubiese otra escalera que bajara a la parte trasera de la casa. No veía el final del pasillo, y no sabía cuántas puertas le quedaban aún por abrir. ¿Un buen escondite o una escalera que tal vez diese a una puerta exterior que, con suerte, no hubiesen cerrado con llave? ¡Dios, no podía decidirse!

Afuera estaba la única alternativa real para alejarse por completo de esa casa. Y la casa estaba rodeada de bosque: Ashford jamás la encontraría en el bosque.

Siguió adelante. Otra puerta... y en ese cuarto no había cortinas. La brillante luz del día la cegó aun cuando llegaba a través de ventanas mugrientas. Tardó un poco en ver la cama rota, el gran baúl con la tapa abierta, el imponente ropero al que faltaba una de las puertas. ¿El baúl? No, demasiado evidente, casi una trampa.

Pero gracias a la luz de esa habitación vio que aún quedaba una puerta al final del pasillo.

Cuando llegó a ella, descubrió que estaba cerrada con llave. Creyendo que sólo estaba arrimada, perdió demasiado tiempo intentando hacer girar el picaporte un poco más. Ya oía los pasos en la escalera...

Corrió de vuelta al cuarto iluminado que tenía más cerca y empujó la puerta, cerrándola lo suficiente para que la luz no se viese desde el corredor, y poder abrirla rápidamente. Si la dejaba abierta, era posible que atrajese a Ashford directamente hacia ella... en caso que él supiera que esa puerta solía estar cerrada. Contuvo el aliento, aguzando el oído tratando de saber dónde estaba él, esperando que hablara para orientarse mejor, pero no lo hizo. Sólo oyó los pasos que avanzaban, se detenían, avanzaban otra vez, se detenían...

¿Acaso también él trataba de oírla? Era posible. Registró una marcada diferencia cuando Ashford llegó al tope de la escalera, pues los pasos eran mucho más fuertes. Tenía un andar pesado. ¿Sería adrede? ¿Para que ella oyese, para que supiera que él se acercaba?

Supo cuándo se detenía a mirar el primer cuarto vacío, iluminándolo con la lámpara que llevaba. Kelsey recordó que había dejado todas las puertas abiertas, salvo las dos últimas. Lo único que tendría que hacer Ashford era echar un vistazo dentro. Una vez más, los pasos se acercaron.

Pero todavía debía entrar en el cuarto habitado. Tendría que mirar debajo de la cama, abrir el ropero. Kelsey sólo tenía unos segundos, mientras él registraba allí, para pasar delante de ese cuarto y bajar otra vez la escalera. Allí podría toparse con el cuidador, pero arriba estaba en un callejón sin salida.

Perdió el poco tiempo que le quedaba cuando, al tratar de abrir la puerta, se le cerró. Y como tuvo que retorcerse otra vez para abrir... oyó a Ashford caminar hacia la puerta cuando ella aún no había recorrido la mitad del camino hacia el cuarto que él había estado registrando.

Se volvió hacia el desván, y rogó que el pánico que la inundaba no la hiciese tropezarse en esa maldita escalera. Aún quedaba la esperanza de que el desván fuese espacioso, y estuviera tan lleno de trastos que su raptor necesitara mucho tiempo para registrarlo por completo.

De ese modo, todavía tendría una posibilidad de escurrirse tras él y enfilar escalera abajo.

Cuando llegó a la puerta que estaba en lo más alto de la escalera y la cerró tras ella, se le llenaron los ojos de lágrimas. El desván era una habitación muy grande que abarcaba todo el largo de la casa. Y estaba totalmente vacío.

Por la escasez de muebles en la planta baja, debería haber deducido que lo encontraría vacío. Quienquiera pudiera haber sido el propietario de la casa, debió de haberse llevado todo. El dueño actual, que ella suponía que era Ashford, no había llevado casi nada... porque no tendría intenciones de vivir allí. Aislada como estaba, la usaría como sede para practicar sus crueldades, pues no se oirían los gritos de las torturadas. Se trataba de una prisión.

Al fin, se habían agotado sus posibilidades. Ashford se dirigía a la escalera buscando a Kelsey. En cualquier instante, la puerta se abriría, y en ese desván no había dónde esconderse. Estaba arrinconada, atrapada, y continuaba atada. Si no lo estuviese, al menos podría luchar...

Se abrió la puerta. Kelsey clavó sus aterrorizados ojos en el sujeto que estaba a escasos metros. Él sonrió y dejó la lámpara en el suelo, tal vez anticipando su gozo. En el desván entraba luz por varias ventanas pequeñas y la lámpara ya no era necesaria.

Esa sonrisa la heló. Seguramente su ira había aumentado mientras la buscaba en la casa; estaría furioso. Y sin embargo, no parecía en absoluto enfadado, sino más bien complacido, casi divertido.

Súbitamente, la muchacha comprendió que todo eso formaba parte del entretenimiento: que ella tuviera una breve esperanza de escapar, para luego hacerla pedazos. Por eso no había salido a buscarla de inmediato. El miserable *quería* que ella huyera, quería que creyera que tenía alguna posibilidad, sabiendo que no era así. Lo único que había logrado era demorar lo inevitable.

—Ven aquí, mi preciosa —se adelantó, como si esperase que ella se acercaría a él—. Has tenido tu pequeña oportunidad.

Con eso le confirmó lo que estaba pensando, y Kelsey lo vio todo negro. ¿Cómo que no podía pelear? ¡Al diablo con que no podía!

Sin pensarlo, se abalanzó directamente hacia él, arrojándole todo su peso contra el pecho, sin importarle si caía junto con él por la escalera, siempre que él también cayera. Y cayó. Pero ella no. Logró tomarlo completamente por sorpresa, y recuperar el equilibrio antes de caer tras él.

Azorada, lo vio tendido al pie de la escalera, no muerto pero sí aturdido. Kelsey casi voló escalera abajo, y saltando sobre los pies de Ashford, corrió hacia la otra escalera.

Por fin tenía cierta esperanza verdadera. Era probable que el cuidador estuviese todavía en la planta baja, pero también era posible que estuviera en el sótano, esperando a que su señor la llevase de vuelta. A fin de cuentas,

Ashford no quería encontrarla muy rápido, pues eso le habría estropeado la diversión.

Pero estaba equivocada, y lo descubrió de la peor manera, topándose con el cuidador cuando giraba en el pasillo para llegar a la otra escalera. Y el choque no le hizo caer, como había pasado con Ashford en la escalera del desván. El golpe dejó a Kelsey sin aliento. Pero ese sujeto era fuerte como un roble y casi no se movió.

38

—Quédate inmóvil, inglés. No quisiera tener que cortarte el cuello.

El cuchillo en el cuello del hombre había bastado para detenerlo en su avance a gatas por la maleza.

—¿Qué... qué quiere?

—Quisiera saber qué está haciendo usted andando a hurtadillas por el bosque.

—No estaba andando a hurtadillas, es decir, bueno, estaba tratando de ver qué podía hacer —intentó explicar el hombre, hablando con dificultad a causa del cuchillo.

—¿Qué hacer en qué sentido?

—Estaba siguiendo a un coche, ¿sabe?, pero una estúpida carreta se interpuso en mi camino y lo perdí de vista. El coche venía en esta dirección, y como esa casa que está allí es la única que hay en la zona, estaba tratando de ver si podía encontrarlo por aquí. No estaba seguro si debía llamar a la puerta y preguntar, sencillamente, porque hay algo aquí que no entiendo.

El puñal, que se había apartado del cuello del hombre, se acercó un poco.

—Tiene cinco segundos para explicar lo que dijo, inglés.

—¡Espere! Se trata de mi patrona, la señorita Langton, ¿entiende? Soy su cochero. La llevé a casa de la modista, pero cuando salió, se le acercó ese caballero, la llevó a su coche y partió con ella. Pero ella sabía que yo la esperaba. Me vio. Tendría que haberme dicho cómo eran las cosas antes de irse con ese hombre... a menos que no quisiera irse con él. Y por eso los seguí. Pienso que la señorita está en dificultades.

El cuchillo se apartó del todo, y el cochero recibió ayuda para ponerse de pie.

—Y yo pienso que estamos aquí por lo mismo, *mon ami* —dijo Henry, ofreciéndole una sonrisa a modo de disculpa.

—¿Lo dice en serio?

—Sí, su señorita Langton fue llevada a esa casa. Y estoy seguro de que no entró por su voluntad. El coche que la trajo aquí regresó a la ciudad, pero aún no sé cuántos criados hay en la casa, a los que tendremos que enfrentarnos para rescatar a la dama. Mi amigo ha ido en busca de ayuda pero, por desgracia, la llevará a una dirección equivocada.

—¿Rescatar, dice? ¿Cómo sé que usted no viene de la casa? —preguntó el cochero, suspicaz.

—Si así fuese, no le quepa duda de que usted estaría aquí tendido en el suelo, con el cuello cortado.

—¿Tan grave es el peligro que corre la señorita?

—¿Acaso no se lo dije?

Derek llegó a la casa del tío James en el mismo momento en que este salía. Después del misterioso mensaje que había recibido, estaba tan ansioso que realmente no le dijo nada. Y la expresión de James no hizo más que acrecentar su ansiedad.

—Tu hombre dijo que era urgente —dijo en voz alta, mientras salía del carruaje.

James hizo señas a Derek de que volviese a subir al vehículo.

—Iré contigo y te lo explicaré en el camino. No pensé que llegarías antes de que yo saliera.

Derek había llevado su coche porque acababa de llegar a su casa cuando lo encontró el cochero de James. El tío ya había dado orden de que trajesen su caballo y que lo ataran a la parte trasera del coche de Derek.

Artie todavía estaba en el coche que había tomado cuando él y Henry siguieron a Ashford hasta un punto en el que ambos pensaron que el sujeto se dirigía hacia su casa en la ciudad. Había dejado a Henry y regresado a Berkeley Square, para informar a James de lo sucedido, y éste había mandado a buscar a Derek de inmediato y también a Anthony.

Antes de subir al coche de su sobrino, James ordenó al cochero de Derek que siguiera al coche de alquiler. Dijo:

—Parece que Tony no llegará a tiempo para ir con nosotros.

—¿Para qué? ¿Qué ha sucedido?

—Aquello que, con bastante seguridad, creíamos que sucedería. Ashford se ha llevado a Kelsey... al menos, la muchacha que obligó a subir a su coche se ajusta a su descripción. Pero como Artie no la ha visto antes, no puede estar seguro. Esta mañana ese canalla la atrapó en la propia Bond Street.

Derek palideció.

—Hoy Kelsey iba a Bond Street, a la casa de la modista.

—Derek, todavía cabe la posibilidad de que no sea ella. Para estar seguros, yo pasaría por su casa, aunque en realidad creo que no tenemos tiempo que perder...

—Oh, Dios —interrumpió el sobrino—. Tendré que matar a ese granuja.

—Tengo otros planes mucho más apropiados para él...

—Si le ha dejado encima una marca, siquiera, es hombre muerto —lo interrumpió otra vez, en un furioso murmullo.

James suspiró.

—Como gustes.

Con Derek gritándole a cada momento al cochero que se diera prisa, no tardaron mucho en llegar a la residencia de Ashford. Pero perdió mucho tiempo en la búsqueda. Los criados juraron que el dueño de casa no estaba en casa, aunque James no estaba dispuesto a creerles.

Entonces, apareció Anthony, que había sabido gracias a Georgina dónde se dirigían. No tardó en señalarles que, teniendo Ashford tantos criados disponibles, con un personal tan numeroso, no se atrevería a llevar a su propia casa a una mujer de la que pensaba abusar, pues era casi seguro que la mujer gritaría, patearía y se resistiría pidiendo ayuda, salvo que la llevara atada, pero de ese modo alertaría más aún al personal.

De hecho, era bastante probable que los criados de Ashford ni siquiera estuviesen enterados de los despreciables hábitos del amo, pues en ese caso no era lógico que trabajaran para él... a menos que compartieran esos hábitos. Podía ser que tuviese algunos confidentes entre ellos, pero difícilmente todos.

A esa altura, Derek estaba desesperado. Cada minuto que pasaba, Ashford podía estar lastimando a Kelsey. Y ya habían perdido media hora registrando la casa.

39

—¿Por qué diablos has tardado tanto? —rezongó Ashford al cuidador, al tiempo que se levantaba lentamente, frotándose la parte golpeada de la cabeza.

—Intrusos, milord —respondió John, cojeando por el pasillo mientras sujetaba a Kelsey con tanta fuerza que la frente de la muchacha se crispaba de dolor—. Los vi desde la cocina cuando estaba buscando a esta moza. Se movían por el borde del bosque, cerca del fondo de la casa. Para mi gusto, estaban demasiado cerca.

—¿Intrusos? ¿Tan lejos de la carretera principal? —Ashford adoptó un aire pensativo—. ¿No serían simples cazadores?

—No tenían armas de cazadores. Y eran dos. Se me ocurrió encerrarlos, para que usted decidiera qué hacer con ellos.

—Qué maldita complicación —se quejó—. ¿Dónde están?

—Atados en el establo. Pero a uno lo golpeé muy fuerte. No sé si está vivo. El otro no despertará por un rato.

Ashford asintió, indiferente, como si a menudo se encontrara en situaciones parecidas.

—Entonces, pueden esperar... pero ella no. Excelente. Ya he esperado demasiado tiempo. Como siempre, lo has hecho muy bien, John.

Por fin, echó una mirada a Kelsey y, por un breve instante, reveló la contenida furia que sentía por lo que ella había hecho. Al caer por la escalera, se había lastimado. Por cierto, no estaría acostumbrado a que las víctimas forcejearan o, al menos, que le hicieran daño.

Pero aún así sonrió, con esa sonrisa que helaba los huesos. Kelsey no necesitaba oírle decir que buscaría resarcirse, y muy pronto. Lo vio en la expresión de sus ojos, también vio que ya saboreaba esa perspectiva.

Indicó a John que le precediera. Kelsey fue arrastrada escalera abajo, luego otro tramo y por fin el último, donde la golpeó otra vez aquel horrible hedor. Tras una de las puertas, alguien empezó a llorar de modo lastimero. Kelsey sintió escalofríos en la espalda.

—¡Eh, tú, ahí, cállate! —gritó John con aspereza.

El silencio fue inmediato. John mandaba en las celdas, y las moradoras le obedecían pues, de lo contrario... de lo contrario, ¿qué? Kelsey imaginó que lo descubriría.

Esta vez, no se detuvieron a conversar. John no esperó las órdenes de Ashford; la arrojó sobre aquella cama tan pronto entraron en el cuarto recién construido. Haciendo una mueca, la joven cayó sobre sus brazos atados. Con el tiempo transcurrido sus manos estaban otra vez entumecidas, sin embargo el dolor las atravesó en contacto con la cama, reviviéndolas una vez más.

Kelsey tardó un momento en advertir que el cuidador había tomado una de sus piernas y estaba pasando la correa alrededor de ella. Trató de impedírselo dándole patadas con el otro pie, con fuerza, una y otra vez, pero él no pareció notarlo. La correa terminó de pasar... y después fue asegurada.

Palideció. Se le revolvió el estómago. Esa correa acababa con las pocas esperanzas a las que aún se aferraba. Aún así, intentó rodar sobre la cama, en la desesperación provocada por el pánico. El criado sujetó su otro pie con tanta fuerza que le hizo gemir. Dedujo que, a pesar de todo, él había sentido sus patadas. Pero, en pocos segundos, estuvo colocada la otra correa.

Entonces vio a Ashford, de pie junto a la cama. Le sonreía. Kelsey casi pudo leer sus pensamientos. Disfrutaba de la impotencia, del miedo de ella, anticipándose a lo que se avecinaba. ¿Ahora? ¿Sucedería ahora?

—¿Las reglas habituales, milord?

La pregunta del cuidador atrajo la vista de Ashford, y su expresión se tornó casi indiferente una vez más.

—Sí; no podrás tocarla mientras yo no la dome lo suficiente, pero entonces será tuya, y podrás hacer lo que te plazca, igual que con las otras.

—¿Y la rubia a la que se ha dedicado últimamente? —preguntó John, expectante.

—Sí, sí, puedes tenerla ahora —dijo Ashford, impaciente—. Sin duda, pasará un tiempo hasta que vuelva a quererla, pues ahora tengo a ésta para divertirme.

—Gracias, milord. Debo admitir que la rubia era mi preferida, aunque estoy seguro de que ésta lo será... pronto, cuando usted haya acabado con ella. Las que más me gustan son las nuevas, para entrenarlas. Negarles la comida unos días, hasta que accedan a hacer feliz al viejo John, a hacer lo que él le plazca.

Ashford rió entre dientes.

—Y yo estoy seguro de que hay muchas maneras de hacerte feliz.

—Oh, sí, milord. Agradezco el día en que usted me ofreció este empleo, de verdad. Todas esas hermosas mozas, que jamas habrían permitido ni siquiera que el viejo John se acercara, en cuanto están aquí abajo cambian la canción. Y en cuanto a esta preciosidad, ¿quiere que ya la prepare para usted?

—En realidad, estoy hambriento —dijo Ashford—. Creo que comeré algo antes de iniciarla. He estado impaciente por ella. Cuando empiece, no quiero que nada me distraiga del placer. Supongo que la cocina estará bien provista.

—Sí, encontrará todos sus alimentos preferidos, tal como lo ordenó.

—Bien, bien. Puedes terminar de amarrarla. No quiero que quede la menor probabilidad de que no la encuentre aquí cuando vuelva, en muy poco tiempo.

—Estará aquí. Le doy mi palabra.

Ashford asintió y sonrió al cuidador.

—Por cierto que dependo de ti, John, sin duda. Pero yo me ocuparé del resto. También estoy impaciente por ello. Ah, y prepárame las herramientas —dijo, acordándose—. No quiero tener la molestia de abrir la celda de la rubia para ir a buscarlas.

40

¿Herramientas? ¿Qué herramientas? Daba toda la sensación de que se refería a instrumentos de tortura, relacionados con todo lo que sucedía ahí abajo. ¿O llamaría herramientas a los látigos?

Las palabras de Derek atormentaron a Kelsey: «Las azota hasta hacerlas sangrar. Al parecer, no puede disfrutar del sexo si no ve la sangre.»

Dios, ¿por qué se lo habría dicho? Hubiese preferido no saber lo que iba a sucederle. Ignorarlo le daría miedo, pero, ¿esto? La ignorancia era una bendición. En este caso, saber era absolutamente aterrador.

Ashford se había ido a comer. Algo tan normal en medio de esa pesadilla... ¿Sería rápido para comer? ¿O lento? ¿Cuánto tiempo tendría hasta que regresara para *iniciarla*? Al huir de él, sólo lo había retrasado un poco. Pero Ashford quería que ella hiciera eso. Formaba parte de la diversión. Como ahora la demora era sólo por su propia comodidad, era probable que volviera en pocos minutos.

John todavía estaba allí. Había recibido la orden de terminar de amarrarla, y eso era lo que estaba haciendo: la hizo girar de costado para poder desatarle las manos, más bien la retorció más allá de lo que permitían los músculos de Kelsey. Y la mantuvo en esa posición mientras pasaba una correa por una de las muñecas; así no le molestaría el otro brazo, que había quedado atrapado debajo de ella.

Aunque poco hubiera podido hacer para impedir que le colocara estas otras correas. Una vez más las manos se habían entumecido por las ligaduras tan apretadas, también le dolían los brazos, que tanto tiempo habían estado retorcidos.

Cuando terminó, John salió del cuarto, pero no fue muy lejos. Oyó que accionaba la cerradura de una de las celdas y el llanto que recomenzaba, anticipándose a la visita; eran grandes sollozos que no cesaron hasta que la puerta quedó cerrada otra vez.

Kelsey se estremeció. ¡Por Dios, qué terror revelaba el llanto de esa mujer, que creyó que Ashford o su criado iban a visitarla! Kelsey no duraría mucho allí, lo sabía. Si lo único que le esperaba cada día era dolor y más dolor, se volvería completamente loca.

John volvió al cuarto. Atravesados sobre el vientre de Kelsey apoyó tres látigos de diversas formas y largos... y un cuchillo. Las herramientas de Ashford. Las que iba a usar en ella. Alzó la cabeza para mirarlas, y no pudo sacarles la vista de encima. Sintió que se descompondría.

Al ver la expresión de sus ojos, John rió.

—Chica, cuando él se canse de ti, quedará bastante para satisfacerme —le aseguró—. No soy muy delicado.

Kelsey lo miró a los ojos, y vio que éstos eran azules, en realidad, de un bello tono de azul. No era fácil distinguirlos en ese rostro tan deformado.

Había olvidado lo dicho por Ashford acerca de que más tarde la entregaría a John para que hiciera con ella lo que quisiera. A esa altura, ¿le importaría?

El cuidador no se quedó para regodearse. Y al salir, cerró la puerta pero no le echó llave. Había dejado la lámpara. ¿Sería para que ella pudiese seguir mirando lo que había traído?

En cuanto se cerró la puerta, Kesley levantó la espalda de la cama, para hacer caer los látigos y el cuchillo, aunque ese gesto no la libraba de ellos. Tembló otra vez y se sintió más descompuesta aún. Y se preguntó si hubiera sido posible —de no tener la mordaza— gritar cuando la puerta se abriera otra vez. De todos modos, podría hacerlo.

Las correas no cederían. Se retorció, tiró y se esforzó, pero no se aflojaron un ápice. Era imposible que las aflojara o las arrancase de donde estaban sujetas.

Demasiado pronto, la puerta se abrió de nuevo, en lo que a Kelsey pareció unos pocos minutos. Era Ashford. Se había dado prisa en terminar de comer.

Sus músculos se contrajeron por el miedo. El hombre vio que las «herramientas» estaban en el suelo y chasqueó la lengua. Se inclinó para levantar una: era el cuchillo. Kelsey palideció. Lo acercó a su mejilla. Un suave tirón, y ella pudo deshacerse de la mordaza cortada. No se lo agradecería: sabía que el raptor la había quitado para poder oír sus gritos.

Pero no iba a gritar. Emplearía su astucia para convencerlo de desistir en sus propósitos. Era la única posibilidad que le quedaba. Ese hombre no estaba cuerdo... no del todo. Si lograba presionarlo lo suficiente para terminar de enloquecerlo, quizá la dejaría en paz, incluso hasta podría dejarla ir. Si bien era una esperanza absurda, era la única que le quedaba.

—Lord Ashford, suélteme ahora, antes de que sea demasiado tarde. No debería haberme traído, pero no diré nada de lo que ha hecho, si usted...

—No te he traído aquí para soltarte, preciosa —le dijo, yendo hasta el extremo de la cama.

—Pero, ¿para qué me ha traído? Ya tiene a otras chicas aquí. Las he oído...

Se contuvo de decir «llorar».

—Sí, en su mayoría, chiquillas sin hogar, a las que nunca se echará de menos, y que no tienen amigos que se preocupen por lo que pueda sucederles. Sin embargo, tengo aquí otra a la que he comprado en una subasta, como te pasó a ti.

—¿Y por qué las retiene aquí?

Se encogió de hombros:

—¿Por qué no?

—¿Alguna vez dejará que se vayan?

—Oh, no, no puedo hacer eso. Una vez que vienen ya, no pueden irse.

—¡Pero no vienen por su voluntad! —exclamó—. ¡Yo, al menos, no vine porque quise!

—¿Y?

—¿Para qué necesita tantas?

Se encogió otra vez de hombros.

—Por lo general, las cicatrices impiden que el cuerpo sangre.

Dijo esto con total falta de pasión, como si no fuera él el que dejaba esas cicatrices. En realidad, a él no le importaba sus actividades allí. No sentía ninguna clase de culpa. Lo que acababa de oír confirmaba aquello que Kelsey había adivinado. Ashford metió el cuchillo bajo la falda de la joven y desgarró la tela. Kelsey contuvo una exclamación. Él sonrió.

—No te aflijas, preciosa. Ya no necesitarás esta ropa —dijo, terminando de rasgar la falda hasta la cintura. Luego, pasó al costado de la cama y observó la manga de la chaqueta de Kelsey—. Ustedes, las rameras, se quitan la ropa innumerables veces al día, por eso aquí abajo tenemos la bondad de ahorrarles esa molestia.

Ese comentario le pareció tan divertido que le hizo reír.

—Yo no soy una ramera.

—Claro que lo eres, igual que *ella*.

Una vez más, mencionaba a otra mujer, y de su tono se desprendía que esa mujer era la peor pecadora del mundo.

—¿Quién es ella?

En los ojos del hombre apareció un brillo frío, y la abofeteó.

—No vuelvas a mencionarla jamás.

La bofetada hizo que ella girara la cara. El cuchillo se deslizó dentro de la manga y empezó a cortar la tela antes de que ella volviese la cara para mirarlo, furiosa.

—¿Por qué? ¿Me pegará? ¿No es eso lo que piensa hacer, de todos modos?

—¿Crees, acaso, que no existen formas de hacerte sufrir mucho más, como hacía ella? Te aseguro que sólo las otras putas que están aquí te oirán gritar.

Por Dios, cada una de ellas oía los gritos de dolor de las otras. Pero Kelsey ya lo sabía, ya había oído los ruidos propios de ese sufrimiento. La diferencia era que ahora las otras la oirían a ella, también.

¿Sería intencional, algo más que se sumaba al terror de cada mujer que llevaba ahí abajo? Daba la impresión de que hacía las cosas de manera premeditada, como si hubiese desarrollado la misma escena muchas veces. En el lugar había un solo criado... y era absolutamente fiel a Ashford. No había nadie, ni habría nadie que difundiera las atrocidades de lo que sucedía allí.

¿Cuántos años haría que Ashford salía impune de esto? ¿Cuánto tiempo llevarían ahí algunas de esas mujeres? Azotaba a mozas que recogía en las tabernas con tal salvajismo que les dejaba cicatrices para toda la vida. Eso era lo que Derek había presenciado. Pero después de ese sufrimiento, recuperaban la libertad. ¿Qué era de las mujeres que estaban en el sótano, que jamás podrían salir para contarlo? ¿Les haría cosas aún peores?

Debía hacerlo hablar. Ashford dejaba de cortar la tela cada vez que decía algo. Pero titubeó en volver a mencionar a «ella».

—Usted me ha robado a lord Malory. ¿Cree que él no lo sabrá y no vendrá por usted?

El hombre se detuvo. Un leve rastro de inquietud apareció en su expresión, pero se apresuró a borrarla.

—No seas absurda —la regañó—. Las rameras se escapan a menudo.

—Cuando no lo desean, no, y él *sabe* que yo no lo haría. Y no es idiota. Sabrá muy bien dónde buscar para encontrarme. Su única esperanza reside en dejarme ir.

—Si viene, lo mataré.

—*Cuando* venga, él lo matará *a usted* —subrayó—. Pero eso usted ya lo sabe, lord Ashford. Es usted muy valiente para coquetear así con la muerte.

El hombre palideció, pero no demasiado.

—Sin pruebas, no podrá hacer nada. Y jamás te encontrará aquí. Nadie conoce este sitio, y nadie lo conocerá nunca.

Tenía respuestas para todo. Mencionar a Derek no daba resultado. En efecto, le temía, pero se suponía a salvo de la venganza de Derek.

Empezó con la otra manga y la cortó hasta el hombro. El tiempo se acababa para Kelsey. Tendría que correr el riesgo de nombrar otra vez a la mujer. Era lo único que, en verdad, lo perturbaba.

—¿También *ella* ha estado aquí?

—Cállate.

Lo había alterado al punto de que el cuchillo resbaló e hizo un corte en el brazo. Kelsey se crispó, pero no podía permitir que eso la amilanara. Por lo menos, no había vuelto a abofetearla.

—¿Por qué la odia tanto?

—¡Cállate! No te odio. Nunca te he odiado. Pero no deberías haberte escapado con tu amante cuando mi padre descubrió que eras una ramera. Como tú no estabas, me castigó a mí. Deberías haber dejado que te matara, como él quería. Lo merecías. Yo no quería hacerlo por él cuando te encontré pero, ¿qué alternativa tenía? Debías ser castigada. Aún debes serlo.

Oh, Dios, en ese momento creía que ella era esa otra... su madre. La había matado, y volvería a matarla cuando la «castigara» por sus pecados. Kelsey se había condenado a sufrir mucho más dolor del que le estaba destinado... si no lo hubiese presionado, empujándolo más allá del límite de la cordura.

41

El coche alquilado se había detenido delante de ellos. El de Derek se puso a la par.

—¿Por qué nos hemos detenido? —preguntó James en voz alta.

Después de un momento, Artie asomó por la ventana del coche para hablar con ellos.

—Ésa que está ahí es su casa, capitán, de la cual yo le conté, a la que Ashford vino un par de veces. Éste es el único lugar que yo conozco al que puede haber traído a la chica, pero creo que no.

—¿Por qué?

—Porque no hay señales de Henry aquí. Si fuese el lugar al que Ashford trae a las chicas, Henry estaría aquí. Además, este lugar parece tan desierto como siempre. Yo diría que no hay nadie en kilómetros a la redonda.

James salió para observar la casa y el terreno. Derek y Anthony lo siguieron.

—Este maldito lugar parece embrujado —dijo Anthony—. ¿Vivirá alguien aquí?

Artie se alzó de hombros.

—Cuando estuvimos aquí, nunca vimos a nadie.

—Todavía tenemos que registrar la casa —dijo Derek—. Si ésta es nuestra última esperanza, no me marcharé hasta haber revisado cada rincón.

—Estoy de acuerdo —apoyó James, y empezó a dar

órdenes—: Artie, cubre el terreno y el establo, si lo hay. Tony, para ahorrar tiempo, fíjate si hay una entrada trasera que esté abierta y, si no lo está, ábrela. Derek y yo intentaremos entrar normalmente, por la puerta de delante.

—¿Por qué te asignas lo normal y a mí lo sigiloso? —quiso saber Anthony.

—Ya está bien, muchacho —dijo James—. En este momento no hay tiempo para discutir.

Anthony echó un vistazo a Derek, carraspeó, y dijo:

—De acuerdo.

—Y hagámoslo muy rápido —añadió James—. Como Henry no está a la vista, dudo de que ese miserable esté. Pero es nuestra última esperanza. En algún momento, Henry nos hará saber dónde ha ido, no bien pueda. Cuando nos avise, estaremos allí.

Esto último lo dijo en beneficio de Derek, pero fue inútil. Todos sabían que «en algún momento» sería tarde para la chica.

—Bueno, parece que hay alguien aquí —dijo Anthony, con la vista fija en la casa—. O mucho me equivoco o estoy viendo una luz en el altillo.

Así era. Si bien era muy borrosa, casi invisible, había una luz allí arriba. Esto confirmaba que el lugar no estaba por completo deshabitado.

Se dividieron, para acercarse a la casa desde sitios distintos. Derek ordenó al cochero que se acercara a la puerta principal y bajó del carruaje para probarla. La encontró cerrada con llave y tuvo que golpear.

James se acercó con un poco más de parsimonia. Su sobrino lo tenía preocupado. Nunca lo había visto tan erizado de furia y desbordado de nerviosa energía. No podía estarse quieto. Se balanceaba sobre los talones, se mesaba el cabello. Golpeó la puerta otra vez.

—Henry es un buen hombre, Derek —aventuró James mientras esperaban a que abriesen la puerta... o no—. Si puede sacar a Kelsey de manos de Ashford, lo hará. Por lo que sabemos, tal vez ya la tenga.

—¿En verdad lo crees?

Era algo notable la esperanza que surgió en los ojos de Derek. Demonios. Un hombre no expresaba tanta emoción por una amante. No significaba nada que James hubiese intentado convertir a su esposa Georgina en su amante. No lo hizo, y en cambio se casó con ella. Pero esta chica, Langton, no era de las casaderas. Eso no tenía importancia para James, de verdad. Siempre había hecho lo que se le antojaba, y seguiría haciéndolo. Sin embargo, el futuro marqués de Haverston no podía darse ese lujo.

Cuando todo esto terminase, tendría que tener una conversación muy seria con el muchacho. O mejor aún con el padre de Derek. Sí, dejaría que Jason cumpliese su deber y planease al hijo los hechos desagradables.

James no tuvo ocasión de responder porque se abrió la puerta, y se vieron ante un irascible..., ¿qué era eso?

James había visto mucho en su ajetreada vida, pero hasta él se desconcertó al ver las deformidades de la criatura que tenía delante. El ser habló: *era* un hombre, y no un fenómeno de la naturaleza.

—¿A qué viene todo ese barullo, eh? No tienen nada que hacer aquí...

—Lamento discrepar —interrumpió James—. De modo que sea un buen muchacho y hágase a un lado. Necesitamos hablar con lord David Ashford... de inmediato.

El nombre sorprendió un tanto al sujeto.

—No está aquí —se limitó a decir.

—Da la casualidad de que yo tengo otra información

—mintió James—. Así que, condúzcanos a él o nos veremos obligados a hacerlo por nuestra cuenta.

—No puedo dejarlos pasar, caballeros. Tengo órdenes de no dejar pasar a nadie aquí... nunca.

—Tendrá que hacer una excepción...

—No lo creo —dijo el individuo, confiado, mostrando la mano que había escondido detrás de sí, y con ella una pistola.

Había atendido la puerta preparado para apoyar las órdenes de «no dejar pasar». Y a tan corta distancia todos eran un blanco seguro... a menos que James pudiera sacar de dentro de su abrigo la pistola que había llevado consigo. Pero titubeó en hacerlo, pues ahí estaba Derek y el arma del otro oscilaba entre ellos. Podía poner en peligro su propia vida, pero no las de otros miembros de la familia.

—No hay necesidad de armas —señaló, razonable.

—¿No? —el hombre hizo una mueca, y devolvió a James sus palabras—: Lamento discrepar. Y como ustedes han ignorado todos los anuncios que hay en el camino de entrada a la propiedad, donde se advierte con claridad que no se puede pasar, quizá tenga que dispararles por haber entrado sin invitación.

Pero de pronto llegó la voz de Anthony desde atrás del hombre, en un tono de calma mortífera.

—Este tipo no estará amenazando con dispararles, ¿no es cierto?

Por supuesto, el hombre se dio la vuelta para enfrentarse con la nueva amenaza a sus espaldas. Anthony había hallado otra entrada y se había escabullido tras él por el vestíbulo.

—Muy oportuno —dijo James, mientras arrebataba la pistola de la mano del hombre con un golpe y lo inmovilizaba aferrándolo por la camisa.

—Después podrás agradecérmelo —repuso Anthony, sonriendo, al ver que el tipo ya estaba desarmado.

—¿Tendré que hacerlo? —replicó James. Luego, miró al hombre que estaba sujetando, y un instante antes de plantar su enorme puño en el centro de la cara, agregó—: Por todos los diablos, ¿cómo se le puede romper la nariz a uno que no la tiene?

Entonces lo dejó caer. Inconsciente, el criado se derrumbó en el piso.

—¿Era necesario? —preguntó Anthony, acercándose—. Él podría habernos dicho dónde está Ashford.

—No lo habría dicho —replicó James—. Sólo después de haberlo aporreado, y no tenemos tiempo para tales diversiones. Derek, tú busca en esta planta. Yo iré arriba. Tony, mira si hay sótano.

Anthony sabía tanto como James que era difícil que Ashford estuviese en la planta principal de la casa, y que por eso había ordenado a Derek que la registrase. Debía de estar en un dormitorio de la planta alta, el sitio más a propósito, o escondido en algún lugar en el sótano, donde los gritos quedarían ahogados. Era evidente que James no quería que fuese Derek el que encontrara a la muchacha, si estaba allí.

—¿Otra vez me toca el trabajo sucio? —rezongó, mientras volvía por donde había venido, pero gritó sobre el hombro—: Hermano, sólo te pido que me guardes un trozo de él para mí.

James no se molestó en contestar, pues ya estaba en la mitad de la escalera. Y como casi todos los cuartos estaban vacíos, no le llevó mucho tiempo revisar toda la casa. Llegó al pie de la escalera en el mismo instante en que Anthony volvía por el pasillo.

—¿Encontraste algo? —preguntó James.

—Debajo de nosotros hay un enorme sótano, pero

no hay más que anaqueles vacíos, canastos y unos barriles de cerveza. ¿Y tú?

—El desván estaba completamente vacío, pero había una lámpara encendida en el suelo, cosa que no tiene mucho sentido.

—¿Nada más? —preguntó Derek acercándose a ellos por el corredor.

—Allí arriba había una puerta cerrada con llave. Por todos los diablos, cuando la encontré, creí que ya lo tenía.

—¿Lograste entrar? —preguntó Anthony.

—Sí. —James resopló—. No había nadie. Pero, a diferencia de los otros, estaba completamente amueblado, aunque no da la impresión de que viviera alguien ahí desde hace más de diez o veinte años, a juzgar por los vestidos anticuados que vi en el armario. Las paredes estaban cubiertas con retratos de una misma mujer, algunos con el hijo. En mi opinión, eso parece un maldito sepulcro.

—Les dije que este lugar está embrujado —dijo Anthony.

—Bueno, pues no fue embrujado por Ashford. Ningún otro criado...

James fue interrumpido por una puerta que se abría de par en par, dejando paso a Artie.

—¡Encontré a Henry! Estaba atado en el establo, él y otro tipo, y ambos están muy lastimados. Alguien les aplastó la cabeza.

—¿Están vivos?

—Sí. Henry se despabiló un poco, dijo que un cerdo los atacó. El otro no está nada bien, tal vez no sobreviva. Los dos necesitan un médico muy pronto.

—Artie, llévalos a la ciudad y busca un médico —ordenó James—. Pronto te seguiremos.

—A mí también me pareció un cerdo —comentó

Anthony mientras Artie se marchaba, observando al hombre yacente.

—Sea lo que sea, da la impresión de que tiene la sanguinaria costumbre de matar a todo el que merodea por la propiedad —dijo James, disgustado—. Tengo la sensación de que eso que era lo que pensaba hacer con Derek y conmigo.

—Bueno, pero, ¿quién se lo ordena?

—Maldición, si Henry estaba aquí es porque estaba Ashford —afirmó Derek.

—Sí, pero ahora no está. Seguramente, cuando Henry apareció se llevó a la chica a otro lado.

Anthony empujó al cuidador con la bota.

—Apuesto a que él sabe dónde.

—Tiendo a coincidir contigo —dijo James—. Si alguno de los criados de Ashford es su confidente, será éste. ¿Lo despertamos?

—Iré a buscar un poco de agua —dijo Anthony, y se alejó otra vez por el pasillo.

Derek estaba demasiado impaciente para esperar. Alzó al hombre y empezó a sacudirlo y a abofetearlo.

—Déjalo, muchacho —dijo James—. En unos minutos, lo haremos hablar.

Derek lo dejó caer otra vez, mirando a James con expresión adusta.

—Tío, me está matando saber que ha pasado tanto tiempo desde que ese sujeto tiene a Kelsey, tanto como para... para...

—No pienses en eso. Hasta que la localicemos, no lo sabremos, y te aseguro que vamos a encontrarla.

Regresó Anthony y derramó un cubo de agua sobre la cara del cuidador. El hombre volvió en sí escupiendo y tosiendo, y del todo consciente, porque tan pronto vio a James erguido a sus pies adoptó un aire cauto.

James le dirigió una sonrisa bastante perversa.

—Ah, nos encontramos otra vez. Bueno, presta atención, querido muchacho, porque esto lo explicaré una sola vez. Te preguntaré dónde está lord Ashford, y si no me gusta tu respuesta, te meteré una bala en el tobillo. Esos huesos son tan delicados que se astillarán, claro, pero, ¿qué significa cojear para una persona acostumbrada a las deformidades, como tú? Ah, y luego te repetiré la pregunta. Y si vuelve a desagradarme la respuesta, te daré un balazo en la rodilla. Eso te dará una cojera mucho más pronunciada. Y entonces, pasaremos a tus manos y a otras partes de tu anatomía que no echarás de menos, estoy seguro. ¿He sido claro? ¿Necesitas que te explique mejor alguna parte?

El hombre asintió y negó con la cabeza, casi al mismo tiempo. James se acuclilló junto a los pies del hombre y puso la boca de la pistola contra su tobillo.

—Bien, ¿dónde está lord Ashford?

—Abajo.

—¿Aquí?

Anthony chasqueó la lengua.

—Maldición, realmente, no creí que se atreviese a mentir.

—¡No he mentido! —estalló el hombre.

—Yo he estado abajo. Lo único que hay allí es un sótano —dijo Anthony—. Y hay una sola salida, la misma escalera por la que bajé.

—No, hay otra escalera, le aseguro. Cuando la puerta se abre, es igual que cualquier otra. Cuando está cerrada, lo único que se ve son los anaqueles del sótano. La puerta está cerrada. Siempre está cerrada cuando él está ahí abajo.

—Muéstranos —dijo James de súbito, y poniéndolo de pie de un tirón, lo empujó por el pasillo.

Lo que sucedió a continuación, fue demasiado rápido para preverlo. El cuidador trató de precipitarse antes que ellos por las escaleras del sótano, quizá con la intención de pasar por esa otra puerta y cerrarla tras él. Pero, como había estado sentado en el charco de agua utilizada para volverlo en sí, todavía tenía las botas muy mojadas para bajar rápidamente los peldaños. Resbaló y cayó dando tumbos.

Anthony bajó corriendo al pie de la escalera, constató el pulso del criado y miró a su hermano.

—Parece que se ha roto el cuello.

—Maldición —exclamó James—. Tendremos que encontrar la puerta nosotros. Dividámonos. Busquemos retenes escondidos, hendiduras evidentes o rayas de la veta de la madera que podrían usarse para ocultar los bordes de una puerta. Si no podemos encontrarlo rápido... diablos, derribemos las paredes.

42

Sabiendo que Ashford se había escapado fuera de la realidad, Kelsey intentó todo lo que se le ocurrió. Asumió el papel de la madre, riñéndolo, disculpándolo, dando explicaciones plausibles con respecto a sus acusaciones, pero nada sirvió, pues tenía anclado en la mente que su madre era una pecadora. No podía aceptar que era su padre el que le había hecho daño.

Sin embargo, de algunas cosas que dijo dedujo que la madre debió de abandonar al esposo y al hijo, para salvar su propia vida, huyendo de un esposo vengativo... y lo había logrado hasta que ese hijo demente la encontró, hacía ya años.

Ashford había matado a su propia madre. La condenó porque el padre la había condenado. La había matado porque eso era lo que su padre quería que hiciera. En un momento dado, se convirtió en su padre. Se refirió a su madre como si fuese su esposa. Pensaba como lo haría su propio padre. Y Kelsey supuso que tal vez estuviese en ese estado cuando mató a su madre. El castigo, luego el sexo. Lo que habría hecho su padre. Y Ashford lo revivía una y otra vez con cada mujer que llevaba allí, con cada prostituta de taberna a la que pagaba.

Era un hombre muy enfermo. Y sin embargo, Kelsey no sentía compasión por él. Él sólo había mencionado dos muertes cometidas por él mismo, pero ella estaba segura de que debían de ser más. Había hecho sufrir a muchas personas con su enfermedad, y Kelsey sería una de ellas.

Al hablarle como si fuese la madre, no había hecho más que demorar el castigo. Estaba desesperada por seguir demorándolo, aunque no creía que ocurriera ningún milagro que pusiera fin a esa pesadilla.

Lo que no podía afrontar, lo que intentaba demorar, era el terror de esos golpes. Hasta el momento, nunca la habían pegado, de ninguna manera. No tenía idea de lo que podría soportar. ¿Y qué vendría después? Si él seguía pensando que ella era la madre, ¿le esperaba la muerte? ¿O la violación, si todavía conservaba parte de su razón, mientras ella aún gritaba por el dolor que ya le habría infligido? ¿O ambas cosas? No podía decidir qué prefería.

Por el momento, era él mismo otra vez, no su padre. Pero seguía viendo a su madre cuando la miraba a ella. Y Kelsey insistía en sus intentos desesperados de provocarle cierto remordimiento o temor que le obligase a dejarla ir.

—Si me matas, tu padre no estará complacido —le dijo—. Quiere hacerlo él. Quizá te pegue otra vez si... cuando lo descubra.

Logró que asomara cierto terror a la expresión del hombre, y todo el cuerpo de Kelsey se inundó de esperanza renovada.

—¿Tú crees? —le preguntó, confundido.

—Estoy segura. Le quitarías su venganza. Se pondrá furioso contigo.

Lo distrajo un ruido que llegó desde arriba. Volvió a mirar el último trozo de tela que aún cubría a Kelsey, metió el cuchillo debajo de ella, y la tela desgarrada colgó a ambos lados de la cama, hasta el suelo. Ya nada la cubría.

—¿Me has oído? —preguntó, frenética, sintiendo que la inundaba el pánico.

El demente ni siquiera la miró. Dejó caer el cuchillo al suelo; ya no lo necesitaba... por el momento. Buscó los látigos y, al ver que no los encontraba de inmediato, chasqueó la lengua. Tuvo que inclinarse y levantar la tela del vestido para encontrar uno de ellos, pero después se irguió con el instrumento en la mano. Estaba formado por un corto cabo y muchas tiras finas de cuero que colgaban de él. Pasó afectuosamente el cabo contra su mejilla.

—¡Contésteme, maldición!

El tono de Kelsey le hizo fruncir el entrecejo.

—¿Contestarte?

—Tu padre se pondrá furioso contigo. ¿No lo entiendes?

Ashford rió.

—No lo creo, preciosa. El viejo ya murió hace años. Su corazón se detuvo mientras estaba... divirtiéndose. Es una forma nada desagradable de morir.

Oh, Dios, había vuelto a la *normalidad* otra vez y, en consecuencia, Kelsey ya no tenía tiempo. ¿Serviría de algo suplicar? Lo dudaba.

Ashford apoyó el látigo sobre las desnudas piernas de Kelsey para poder quitarse la chaqueta. Ella no podía doblar las piernas lo suficiente para hacerlo caer, y el simple contacto del cuero sobre la piel la hacía temblar.

Ashford también apoyó la chaqueta sobre las piernas de la mujer, mientras se desabotonaba la camisa. No le tapaba más que una pequeña parte de las pantorrillas. Pero esto no era lo que ella esperaba: ¿acaso la violaría, primero?

—¿Qué está haciendo?

—No pensarás que voy a arruinar una ropa que está

en perfectas condiciones, ¿verdad? —preguntó—. Sacar la sangre de un buen paño de velarte es un verdadero fastidio.

Kelsey palideció. ¿Esperaba hacer manar tanta sangre como para salpicarse? Entonces, el agua de los cubos debía de ser para lavarse él, y no a ella. Ese canalla asqueroso pensaba en todo, ¿eh? Claro, lo había hecho tantas veces que había racionalizado los procedimientos.

Ya no podía detenerlo. No podía hacer nada más... salvo expresarle su rabia.

—Espero que cuando Derek lo encuentre le arranque el corazón... lentamente. Es un patético remedo de hombre, Ashford, es tan deforme como su cuidador. No puede, siquiera...

Tomó aliento profundamente: Ashford levantó el látigo y lo hizo restallar sobre sus muslos. Se formaron varios cardenales pero la piel no se abrió. El hombre dejó otra vez el látigo encima de ella para terminar de desvestirse.

La había golpeado sólo para hacerla callar, pero la enfureció más aún que no le permitiera, siquiera, expresar sus emociones. No estaba dispuesta a callar.

—¡Cobarde! —le escupió—. No tiene agallas ni para enfrentarse a la verdad.

—¡Cállate! No sabes *nada* de mí.

—¿No? Sé que no sabría qué hacer con una mujer que no estuviese atada delante de usted. Es como un niño enfermo que jamás ha crecido.

El hombre alzó de nuevo el látigo, y Kelsey se puso rígida, esperando el golpe. Aunque no llegó. Ceñudo, Ashford dirigió la vista a la puerta. Kelsey siguió su mirada, pero no vio nada que pudiese haberla atraído. No había oído nada. Pero él, sí.

—¡John, deja de hacer ese ruido! —gritó—. ¡Ya sabes que no debes molestarme cuando...! ¿Cómo has bajado aquí? ¡No puedes estar aquí!

Al ver, de súbito, a James Malory en el vano de la puerta, Kelsey estalló en lágrimas. El alivio fue tan inmenso que la dominó por entero. Lo único que podía hacer era sollozar, tal vez porque no podía creerlo. Imaginaba que la mente la engañaba.

Pero entonces apareció Derek también, detrás de James, y lo empujó para pasar. En cuanto a Ashford, la presencia de James sólo lo indignó. Pero Derek, Derek le aterró, porque ya se habían trabado en lucha dos veces, y había perdido en ambas ocasiones.

Derek echó un vistazo a Kelsey, después miró a Ashford, que estaba detrás, con el látigo en la mano, y se precipitó a través del cuarto. Ni se molestó en rodear la cama para alcanzar su blanco sino que se lanzó, derribando a Ashford junto con él, donde Kelsey ya no podía verlos, sólo oírlos...

James se acercó a la cama, quitándose la chaqueta para cubrirla.

—Tranquila, querida, ya terminó —dijo en voz suave.

—¡Ya... ya.. sé! ¡Pe-ro... no... no puedo evitar-lo! —lloró.

Apartando con discreción los ojos del cuerpo semidesnudo de Kelsey, James sonrió y se apresuró a desatarle las correas. También estaba presente Anthony Malory, notó ella al fin, de pie junto al extremo de la cama, mirando cómo su sobrino castigaba a Ashford.

—Diablos, no piensa dejarnos nada —se quejó al hermano.

James rió entre dientes.

—Bien podrías interrumpirlo, Tony. Creo que ese canalla sanguinario ya no siente ni uno de esos golpes, y detesto ver que se desperdicie una buena venganza, sobre todo cuando es tan merecida. Además, es necesario que el muchacho saque a Kelsey de aquí.

Kelsey ya estaba sentada y se ponía la chaqueta de James. Comprobó que Ashford estaba inconsciente, pero eso no impedía que Derek siguiera golpeándolo.

Anthony tuvo que apartarlo por la fuerza. La furia tardó en disiparse de los ojos del joven. Pero en cuanto se toparon con los de Kelsey, se acercó a ella y la abrazó muy estrechamente... y la muchacha rompió a llorar de nuevo.

James puso los ojos en blanco.

—Mujeres. ¡Cuando veníamos por el pasillo, oímos que estaba gritándole cuatro verdades y, ahora, que está a salvo, llora! Nunca lo habría imaginado, maldita sea, nunca.

Anthony rió.

—Es característico de las mujeres. Nunca lo entenderemos.

James resopló, pero alzando la vista de nuevo hacia el sobrino, indicó a Kelsey con un gesto:

—Derek, sácala de aquí... llévala de vuelta a la ciudad, si quieres. Tony y yo nos encargaremos de esta carroña.

Derek titubeó, y miró a Ashford con odio:

—Todavía no sufrió lo suficiente.

—¿Suficiente, dices? Créeme, chico, todavía no ha empezado a sufrir.

Derek clavó sus ojos un largo momento en el tío, y al fin asintió, aceptando. Cualquier cosa que fuese que James le tenía destinada, no sería nada placentera.

Derek levantó con delicadeza a Kelsey, la sacó del cuarto y avanzó con ella por el pasillo. La muchacha abrazaba su cuello con fuerza terrible.

—No puedo creer que hayas venido... que me hayas encontrado —susurró—. ¿Cómo ha sido?

—Mi tío tenía algunos hombres que lo seguían.

—Hablaban de intrusos —dijo, mientras subían las escaleras—. El cuidador los puso en el establo. Tal vez, uno de ellos esté muerto. ¿Serán los hombres de tu tío?

—Uno de ellos, sí. El otro era tu cochero. Pero ambos están vivos. El otro hombre de James fue a informarme de que te habían raptado. Y como habían seguido a Ashford, sabían que este era el lugar donde encontrarlo.

No le dijo que había temido que fuese demasiado tarde. Ella no le contó el infierno por el que había pasado para retrasar el «castigo».

Se apretó a él con más fuerza.

—Hay más mujeres encerradas allí abajo. Ese lugar ha sido su prisión. Tenemos que liberarlas.

—Serán liberadas.

—Está muy enfermo, Derek. El fue el que mató al propietario de aquella casa, el que me vendió.

—¿Lo admitió?

—Sí. También mató a la madre, y Dios sabe a quién más.

Se echó a temblar otra vez.

—Ya no pienses en eso, mi amor. Ya no volverás a verle, te lo prometo.

Pasó mucho tiempo hasta que Anthony y James subieran a la planta baja. Todavía traían todos una expresión lúgubre por lo que habían visto en esa prisión, bajo la bodega. James había esperado encontrar alguna víctima de Ashford y para eso había ordenado a sus hombres que revisaran tabernas y burdeles del puerto durante toda la semana. Pero no esperaba encontrar en la casa a cuatro mujeres tan aterrorizadas y torturadas que parecía difícil que fueran a recuperarse.

Lo sorprendente fue que estaban en mejores condiciones de lo que era de esperar... descontando las lastimaduras que tenían. Las heridas abiertas eran curadas con regularidad antes de ser reabiertas. Recibían alimento. Las celdas no eran cálidas, pero tampoco demasiado frías, y eso, quizás, había impedido el avance de infecciones. El hedor que reinaba, y al que estaban acostumbradas, provenía de vieja sangre coagulada que simplemente se lavaba y se filtraba por las tablas del suelo, y de bacinillas para deposiciones que se vaciaban con poca frecuencia.

Sólo una de ellas, una hermosa joven rubia, aún tenía heridas frescas y era la que estaba más aterrada. Las otras estaban cubiertas de cicatrices de la cintura para abajo, pero estaban curadas y tenían menos temor, pues hacía tiempo que Ashford había dejado de visitarlas. Y lo que hacía con ellas el cuidador no era nada desconocido para ellas.

Podría haber sido mucho, mucho peor. Si no hubiesen estado ya acostumbradas a la brutalidad de los hombres y a vender sus favores para ganarse la vida antes de que Ashford las encontrase, sus mentes habrían quedado tan dañadas como sus cuerpos. Cuando estaban totalmente vestidas, nada se veía de las duras pruebas a las que fueran sometidas. Pero sabían, y jamás perdonarían.

Y James les ofreció la ocasión de vengarse.

Anthony había encontrado alguna ropa para ellas en el cuarto amueblado de la planta alta que, si bien era vieja, estaba en buen estado, y por el momento serviría. Sin embargo, la rechazaron... todavía.

Las más antiguas explicaron:

—El siempre se desnudaba antes de azotarnos. La sangre salpica, ¿entiende?

Sólido argumento, pues, antes de reanimarlo, Anthony y James ya habían amarrado a Ashford a la misma cama que ocupaba Kelsey. Ahí estaban los látigos, el cuchillo. Y dejaron a las mujeres con él.

—Podrían matarlo —señaló Anthony cuando cerraron la puerta del sótano para impedir que se oyeran los gritos que ya comenzaban a llegar desde abajo.

James asintió.

—Si lo hacen, entonces le daremos un buen entierro.

Anthony rió entre dientes.

—¿No crees que lo hagan?

—Pienso que querrán pagarle con la misma moneda, querido muchacho, y eso es lo que el tipo merece. Espero que esté como para el manicomio cuando terminen con él. Si no, tendré que ocuparme de él en persona, para que no lo haga Derek.

—Estoy de acuerdo: el muchacho es muy joven para ir por ahí matando gente. No quisiera que se diga que lo heredó de los tíos.

—Basta ya, cachorro.

43

Tras la terrible prueba sufrida a manos de lord Ashford, Kelsey casi olvidó que la tía Elizabeth y la hermana estaban en la ciudad y la esperaban a la mañana siguiente. Les envió una excusa para postergar la visita hasta otro día de esa semana.

Sin duda, esa visita sería un encuentro conmovedor en el aspecto emocional, por el esfuerzo en mantener las mentiras, por tener que inventar otras, seguramente... y por lo mucho que las echaba de menos a ambas. Después de lo que acababa de sufrir, no estaba en condiciones de enfrentarse a tan difícil situación. Además, Derek no quiso moverse de su lado, y con él pegado a ella, hubiese sido difícil visitar a familiares cuya existencia él ignoraba.

De hecho, le llevó casi una semana asegurar repetidas veces que estaba bien para que él se relajara un poco y reanudara sus asuntos corrientes. Aun entonces, no dejó de consentirla, de tratarla casi como a una inválida, hasta que Kelsey aceptó hablar de lo sucedido. Dedujo que, a juicio de Derek, no podría superarlo hasta no poder hablar de ello.

Algo de razón debía de tener, porque no fue fácil empezar a contarle lo que le había sucedido ese día, pero fue haciéndose más fácil. Y después, en realidad se sintió mejor. Por otra parte, Derek le contó cosas de las que ella no estaba al tanto.

Kelsey no sabía que el cuidador se había roto el cuello, no vio el cuerpo tendido en el sótano, porque Derek hizo lo posible por que no lo viera cuando pasaban. El otro hombre que había sido apaleado y dejado en el establo junto con Henry era el cochero de Kelsey, y se repondría. Y como había tratado de ayudar a Kelsey, Derek agregó una jugosa bonificación a su salario. Lo más probable era que el hombre se consagrara a Kelsey toda la vida.

En cuanto a las pobres desdichadas que no eran tan afortunadas, los tíos de Derek habían destinado dinero suficiente para que no tuviesen que volver a sus antiguas ocupaciones, para que no necesitaran trabajar, si no querían. Los hermanos Malory no tenían obligación de hacerlo, y ése fue un buen gesto de parte de ellos.

Y lord Ashford, bueno, a Kelsey no le sorprendió en absoluto saber que estaba totalmente loco, dado que ya estaba muy cerca de ello. Lo que sí le sorprendió fue lo que había hecho que se traspasara ese límite.

—Ha sido admitido en el manicomio de Bedlam, y ya no saldrá nunca, pues ha perdido por completo la razón —le contó Derek, varios días después—. Mi tío James soltó a esas mujeres y las dejó con él y, bueno, le devolvieron lo que él les había hecho... y un poco más.

Kelsey no le dijo que, seguramente, ella también le habría convertido en eunuco si hubiese sido una de esas mujeres. Derek, a su vez, no le dijo que una de las mujeres había pensado en hacerlo.

Y llegó la mañana en que ya no podía seguir postergando la visita a su tía y su hermana. Tal como había supuesto, la visita la agotó emocionalmente y la perturbó. La peor parte, que ella no esperaba, fue dejar a Derek fuera de la conversación. Era asombrosa la frecuencia con que su nombre acudía a la punta de la lengua de Kelsey con toda naturalidad, y ella debía mordérsela.

Pasó la visita sin cometer errores. Sin embargo, volvió a la casa muy inquieta por toda la situación, y así siguió todo el día. Por desgracia, fue esa noche cuando Derek le pidió que se casara con él.

Estaban cenando. Kelsey acababa de beber un sorbo de vino tinto. Por suerte, el mantel era azul oscuro y la mancha no se notaría demasiado.

—Lo siento —dijo Derek, sonriendo con aire culpable—. No quise sobresaltarte así.

¿Sobresaltarla? Más bien la había sacudido.

—No es un tema para bromear —lo regañó, con el entrecejo fruncido.

—Yo no *bromearía* con algo así.

—¡Pero no puedes haberlo dicho en serio!

—¿Por qué no?

—No seas necio, Derek. Tú sabes por qué. Soy tu amante. Un señor de tu posición no se casa con su querida. Sencillamente, no se hace.

—Si yo quiero que se haga, se hará.

Era una afirmación tan ridícula... tan tozuda, que estuvo a punto de poner los ojos en blanco. Pero el tema la perturbaba demasiado para encontrar su aspecto divertido.

Por supuesto que le encantaría casarse con él. No se le ocurría nada que pudiese gustarle más. Pero sabía tan bien como él que eso era imposible. Y lo que le irritaba era que él lo trajera a colación. ¿Cómo se atrevía a tentarla así?

No importaba que ella fuera una candidata perfecta para él, antes de haberse vendido en una casa de mala reputación de Londres, en un salón lleno de lores. Al venderse, se había convertido en una mujer no apta para el matrimonio, aun cuando fuese con el mismo que la había comprado.

—No me casaré contigo, Derek —dijo, en voz tensa—. Y no te agradezco que me lo pidas.

—¿No *quieres* casarte conmigo?

—Yo no dije eso, dije que no me casaré contigo. No seré causa de otro escándalo para ti y para tu familia.

—Kelsey, deja que yo me preocupe por mi fam...

—Mi respuesta es no, Derek, y no cambiará. Y te rogaría que no te quedes esta noche. Preferiría estar sola.

Derek clavó los ojos en ella, sin poder creerlo. Estaba echándolo. Y estaba furiosa: reconocía los indicios. Se contenía bien, pero estaba muy furiosa con él... porque le había pedido que se casara con él. Y pensar que él estaba convencido de que le gustaría la idea, incluso que le encantaría... que al menos le diría que sí.

Derek suspiró. Él mismo aún no se había hecho a la idea, sólo se imaginó que quería casarse con ella, al cabo de una larga semana de preocuparse por ciertos extraños sentimientos. Eso empezó cuando se le ocurrió que, estando Lonny muerto y Kelsey en conocimiento de ello, nada la mantenía junto a él, salvo su propio honor. Kelsey ya no tendría que temer que Lonny la obligara a cumplir su parte del acuerdo. Y tenía que conocer a Derek lo suficiente para saber que no reclamaría ante ella ese contrato de venta. Podría dejarlo en cualquier momento, como cualquier otra querida. Ya no importaba que él hubiese pagado una suma elevada por ella.

Y eso le provocó cierto pánico. Cuando comprendió que eso era lo que sentía, intentó deducir el motivo. Y la respuesta le surgió de inmediato: no se le había ocurrido nada mejor que enamorarse de su amante.

Eso sí que era algo imbécil. Hasta él lo sabía. Pero de todos modos lo había hecho. Y sabía que no necesitaba casarse con ella. Perfectamente, podrían continuar como hasta el momento... en tanto Kelsey quisiera quedarse con él. Pero no le gustaba ese «en tanto». Quería permanencia. Quería que Kelsey viviera en su misma casa. Quería que fuera la madre de sus hijos. No quería ocultarla más.

Pero ella le había dicho que no. Y que su respuesta no cambiaría.

Por Dios, la *haría* cambiar... aunque quizá no esta noche.

44

Derek no apareció por tres días. Fue una medida prudente. Ése fue el tiempo que Kelsey necesitó para calmarse. Por fin, llegó a la conclusión de que la propuesta de matrimonio sería, seguramente, el resultado del incidente Ashford, de la honda preocupación que Derek había tenido por ella mientras duró. Sin duda, la propuesta obedecería a un impulso. Y después de haberlo pensado más tiempo, comprendería que había sido una idea absurda.

Cuando se presentó, al cabo de los tres días, no volvió a hablar de la propuesta, y Kelsey prefirió no mencionarla, tampoco. Por otra parte, cuando se le pasó el enfado, la consideró como una buena señal, como señal de que Derek empezaba a quererla más de lo que suponía. Si un hombre no decía cómo se sentía, era grato percibir signos que diesen alguna indicación, y una propuesta matrimonial era bastante clara en ese sentido.

De hecho, hicieron ver que no habían tenido ninguna pelea. Esa noche, hicieron el amor de un modo más apasionado que de costumbre, casi explosivo, y se prolongó tanto que a la mañana siguiente los dos se quedaron dormidos.

Kelsey se despertó la primera. Se vistió de prisa, y bajó a ver qué había preparado Alicia para el desayuno, con la intención de llevárselo a Derek al dormitorio.

A su juicio, su hogar era demasiado reducido para tener lacayo, y por eso no lo tenía, sobre todo porque no recibía visitas. Por lo general, era el mayordomo el que se ocupaba de esos menesteres.

Pero cuando no estaba presente, quienquiera estuviese cerca de la puerta, la atendía si llamaba alguien.

Esa mañana, la que estaba más cerca era Kelsey, y alguien llamó a la puerta en el preciso momento en que ella llegaba a la planta baja. Y la sorpresa que recibió al abrirla fue bastante poco grata para esa hora de la mañana.

—Soy una buena detective, ¿verdad? —dijo Regina Eden, con expresión radiante.

Kelsey se quedó en blanco, sin respuestas. No esperaba que ocurriese una situación como ésa. ¿Acaso no le había prometido Derek que no tendría que volver a tratar más con la familia de él? Y Reggie entró como si no dudara, ni por un instante, de que era bienvenida. Y no lo dudaba. Después de todo, eran amigas íntimas... por lo menos en lo que a Reggie concernía.

Kelsey gimió para sus adentros. Lo único que se le ocurrió, fue:

—¿Cómo me encontraste?

—Bueno, claro, primero fui a la casa de Percy. No esta mañana, sino la semana pasada.

—¿Por qué?

—Para ver si aún estabas en la ciudad, porque yo sí lo estaba. A Nicholas se le presentaron unos negocios, así lo que por fin nos quedamos más de lo que supuse. Como sea, fui a la casa de Percy, y él no estaba, pero el mayordomo me dijo que no había ninguna prima pasando un tiempo en la casa, ni la había habido en los últimos tiempos. Le dejé un mensaje para que fuera a verme, pero no fue. Y no me caracterizo por ser muy paciente. Entonces, busqué en los hoteles cercanos y, no me avergüenza confesártelo, hice el papel de tonta preguntando en un hotel donde había una Langton registrada. Por supuesto, no eras tú, sino una dama con su sobrina. E incluso tenía una sobrina que se llamaba Kelsey, también.

—No me digas —dijo Kelsey, con expresión desmayada, con voz quebrada.

—Sí, eso mismo. Pero nunca habían oído hablar de Percy, así que no debía de tratarse de la misma Kelsey. Después de haber agotado los hoteles, recurrí a las mejores agencias inmobiliarias, y no tenían registrado ningún trato contigo ni con Percy. Entonces, y no sé cómo se me ocurrió, a menos que sea porque antes Derek atendía a menudo los asuntos de Percy, mencioné su nombre y ahí estaba: él acababa de alquilar esta casa. Y así es que aquí me tienes.

Sí, ahí estaba, y Kelsey no sabía qué diablos hacer. En cualquier momento, Derek podría bajar la escalera, de modo que no podía invitarla a tomar el té. Lo había dejado durmiendo, pero solía despertarse muy pronto cuando ella se levantaba, como si hasta en sueños percibiera su ausencia.

¡Y, maldito sea! una puerta se abrió allá arriba, y se oyó la voz de Derek exclamando:

—¿A dónde fuiste, amor? Al menos, podrías haberme despertado. ¡Kelsey!

Debió de imaginar que ella estaba en la parte trasera de la casa y no podía oírlo porque la puerta volvió a cerrarse. Kelsey creyó que moriría ahí mismo.

Desde luego, Reggie miró hacia arriba al oír esa voz, y no tuvo la menor dificultad en reconocerla. Dijo:

—¿Qué está haciendo él aquí... y en la planta alta?

La cara de Kelsey estaba encendida de un furioso rubor, y cuando Reggie volvió los ojos y la vio, dijo:

—Ah —y se ruborizó ella misma. Pero entonces, debió de hacerse un cuadro de la situación, por medio de sus propias conclusiones, pues agregó, indignada—: ¡Bueno, pues qué bruto! ¿Cómo se atreve a aprovecharse así de ti?

Kelsey gimió otra vez, pero en forma audible.

—No es como tú piensas, es decir, sí lo es... pero las circunstancias no son... por favor, Reggie, vete antes de que él baje. Yo te lo explicaré después.

—Después, ¿cuándo? Esto no es algo que yo pueda ignorar, ya lo sabes.

Kelsey no lo sabía, pero se daba cuenta de que no saldría del paso sin dar explicaciones.

—Iré a tu casa esta tarde.

—¿Lo prometes?

—Sí.

—Muy bien —accedió Reggie, todavía un tanto encrespada—. Espero que haya una buena explicación de esto, porque, de lo contrario, me veré en la obligación de informar al tío Jason. Derek sabe bien que no tiene ningún derecho de andar por ahí, seduciendo a muchachas inocentes de buena cuna. Hasta nuestros sinvergüenzas tíos trazaban el límite en ese punto.

45

Un dilema... no, otro dilema, que Kelsey no tenía muchas ganas de enfrentar. Horribles mentiras. Una vez que empezaban, iban creciendo, se sucedían una a otra, y estaba tan enredada en ellas que casi no podía seguirles el rastro. Y este conflicto no podía eludirlo: había prometido una explicación a Reggie.

Pero, ¿qué explicación le daría? ¿La verdad? ¿O la versión que conocía Derek, que era otro conjunto de mentiras? Estaba tan harta de las mentiras...

Llegó a la casa de Park Lane alrededor de las tres de la tarde. La esperaban y la condujeron directamente a una sala de la planta alta. Una doncella llevó el té, y Reggie apareció detrás de la muchacha.

—Quisiera pedirte disculpas por haber estado tan brusca esta mañana—dijo Reggie de inmediato, no bien se fue la doncella—. Es que me llevé una gran sorpresa y... bueno, estoy segura de que me entiendes. Y estoy segura de que también existe una explicación irreprochable. Caramba, no me sorprendería que Derek incluso te propusiera matrimonio. Eso sí le daría un aspecto muy distinto a la situación, ¿no es cierto? Quiero decir, Nicholas y yo... bueno, por Dios, fíjate cómo sigo hablando y no te doy ocasión de decir nada. De paso, te aseguro que aquí no nos molestarán... ni nos oirán.

Por fin, Kelsey sonrió. En efecto, le preocupaba que

la oyesen... si se decidía a confiar en Reggie. Y eso era lo que más deseaba.... en especial con esta Malory. Pero no lo haría sin contar con ciertas seguridades.

Reggie se sentó enfrente, guardó silencio y sirvió el té para las dos. Esperó con toda paciencia a que Kelsey empezara, y ésta, a su vez, buscaba las palabras más apropiadas. Pero no existían... no se le ocurría ninguna que facilitara las cosas.

—En realidad —empezó a decir, por fin—, *efectivamente* Derek me pidió que me casara con él.

Reggie adquirió una expresión radiante de dicha:

—Lo sabía...

—Pero no lo haré, y ya se lo he dicho.

Reggie parpadeó, asombrada.

—¿Por qué?

—Por el modo en que me adquirió. Verás, lo que te dijeron de mí era una mentira. Pero, en aquel momento, él no sabía qué decirte. No sabía que tú y yo ya nos habíamos conocido.

—¿Qué era una mentira?

—No soy prima de Percy —admitió Kelsey—. Soy la amante de Derek.

Reggie hizo girar los ojos, y dijo en tono seco:

—*Eso* ya lo adiviné.

—No, lo que quiero decir es que ya era su querida cuando te conocí. Él me compró en una subasta en una casa de dudosa reputación frecuentada por muchos señores conocidos de él. Por eso no puedo casarme con él. Semejante matrimonio provocaría un escándalo horrible.

Reggie dedicó un momento a asimilar lo que Kesley decía, pero luego dijo:

—El escándalo no es nada nuevo en mi familia... pero, ¿qué diablos estabas haciendo en un lugar como ése? Y si tratas de convencerme de que no eres una dama, de que pertenecías a ese lugar, te sacaré de mi casa de una oreja.

Kelsey abrió grandes los ojos, pero después estalló en carcajadas. Por cierto, se sentía muchísimo mejor, si bien no era esto lo que ella esperaba.

Todavía sonreía cuando dijo:

—No, no trataré de convencerte de eso. Sinceramente, me gustaría decirte la verdad, pero no puedo... a menos que me prometas que no saldrá de ti. Ni tu esposo debe saberlo, Reggie. Y menos todavía Derek. Si se enterara, insistiría en casarse conmigo, y lo quiero demasiado para acarrearle semejante escándalo.

—Pero, tú y Derek son... quiero decir, bueno, ¿por qué no lo sabe él, al menos?

—Porque yo no se lo he dicho, ni lo haré. En realidad, no sabe nada de mí, salvo las pocas mentiras que le he dicho. Cuando decidí hacer lo que hice, tuve que crearme un nuevo origen para proteger a mi propia familia del escándalo que surgiría si se descubriera quién soy en realidad. Derek piensa que mi madre fue una gobernanta, y que yo aproveché los excelentes tutores que tuvieron sus pupilos, y por eso hablo de manera tan refinada.

—Ese pedazo de ingenuo... —resopló Reggie—. ¿En serio, creyó eso?

—Teniendo en cuenta cómo me encontró, ¿te extraña que lo creyese? —lo defendió.

—Bueno, puede ser—admitió Reggie—. Entonces, ¿cuál es la verdad?

—¿Me lo prometes?

—¿No decírselo ni a mi esposo? —trató de persuadirla Reggie—. Podría hacerlo jurar...

—Ni a él.

Reggie suspiró.

—Sí, lo prometo.

Kelsey asintió, pero bebió un sorbo de té, mientras pensaba por dónde empezar. Podría empezar por los padres...

—Mi padre fue David Philip Langton, cuarto conde de Lancastle, de Kettering.

—Por Dios, ¿no era ese conde al que, este mismo año, lo mató la... eh...?

Carraspeó, y se quedó en silencio, sonrojándose.

Kelsey se inclinó adelante y le palmeó la mano.

—Está bien, al parecer, todo el mundo lo sabe. Sí, mi madre lo mató, aunque no era ésa su intención. Sucedió que ella estaba furiosa con él porque participaba en juegos de azar. Había perdido lo que quedaba de su herencia, incluyendo nuestra casa, en un estúpido juego de naipes, ¿entiendes?

—¿Fue por *eso*?

—Sí. Y mi madre sufrió tal impacto por haberlo matado, en lugar de herirlo para castigarlo, como era su intención, que retrocedió, horrorizada, hasta caerse por la ventana, que estaba justo detrás de ella. Sigo creyendo que yo podría haber evitado la muerte de ambos si hubiese subido más rápido cuando empezaron los gritos.

Esta vez, fue Reggie la que le dio unas palmadas consoladoras.

—Es casi imposible interrumpir una discusión explosiva, pues los que están en ella suelen ignorar a cualquiera que haya alrededor.

—Lo sé —Kelsey suspiró—. Mis padres *nunca* discutían delante de los criados, pero esa vez había no menos de siete de ellos delante de la puerta abierta del cuarto, escuchando con avidez, impidiéndome entrar. Uno me detuvo con la advertencia de que no era momento para molestarlos. Y entonces, se escuchó un disparo...

—¡Qué tragedia!... Oh, querida, se la llamó La Tragedia, ¿no es verdad?

—Sí —respondió Kelsey, crispándose al oír el término—. Y de la fortuna de mis padres no quedó nada. El miserable que ganó ese juego de naipes fue a desalojarnos a mi hermana y a mí de nuestra casa pocos días después de los funerales.

—Ya lo creo que es un miserable —dijo Reggie, indignada por la amiga—. ¿Quién era? Me gustaría presentarle a mi tío James.

Kelsey esbozó una tenue sonrisa.

—Ojalá lo supiera. Pero en ese momento estaba demasiado alterada para recordar el nombre.

—Pobre querida—la compadeció—. No me extraña que hicieras lo que hiciste.

—No fue por eso, Reggie —corrigió Kelsey—. Aún contábamos con una pariente a la que recurrir: la hermana de mi madre, Elizabeth. Es una mujer dulce, la quiero mucho... y es la que tú conociste.

—Oh, por Dios —dijo Reggie, al comprenderlo—. La que estaba en ese hotel, ¿era tu tía?

—Sí, ella y mi hermana vinieron a la ciudad a hacer unas compras para las vacaciones... y ninguna sabe lo que hice. También tuve que mentirles a ellas. Creen que estoy acompañando a una amiga enferma aquí, en Londres.

Reggie se apoyó en el respaldo, frunciendo el entrecejo.

—Ahora sí que me has confundido por completo.

—Lo lamento, no debería haberme ido por las ramas. Después de la muerte de mis padres, mi hermana Jean y yo nos fuimos a vivir con nuestra tía, y ella se alegró mucho de tenernos. Todo habría estado bien, debería haber salido bien si Elliott, el marido de mi tía, tuviese un poco más de fortaleza de carácter.

—¿Es un canalla?

—No, en realidad, un poco débil de personalidad, aparentemente. Debes saber que proviene de una buena familia, pero sin fortuna. Hasta la casa en que viven pertenece a mi familia. Mi madre jamás comprendió por qué Elizabeth se casó con él, pero así fue; y yo añadiría que ha vivido muy feliz con él todos estos años... y no sabe lo que ha sucedido. Logramos ocultárselo.

—¿Otro jugador?

—Eso fue lo primero que pensé cuando encontré a Elliott sentado ante una botella de licor, diciendo que pensaba suicidarse. Siempre había trabajado para sostener a la familia, ¿sabes?, y tuvo un buen empleo durante muchos años. Pero lo perdió. Y esa pérdida lo perturbó de tal manera que desde ese momento no pudo conservar ningún otro. Si hubiese podido superar ese fracaso y seguir adelante... pero supongo que perdió la confianza en sí mismo.

—Como dijiste, carece de carácter.

—Eso parece. Sin embargo, siguieron viviendo como si nada hubiese cambiado. Incluso nos recibieron a mi hermana y a mí, aunque no podían permitírselo. Las deudas siguieron aumentando. No ingresaba dinero, no había ahorros a los que recurrir, y nadie más a quien pedir prestado. Todo eso ya se había agotado. Y se llegó a un punto en que los acreedores iban a quedarse con la casa de mi tía en los próximos tres días, si Elliott no saldaba las deudas de inmediato.

Reggie suspiró.

—Me imagino que lo convenciste de que no se suicidara. No sé si yo lo habría hecho.

—Pero eso no habría hecho más que empeorar las cosas para mi tía. Ella ignoraba la gravedad de la situación, no sabía que estaba por perder la casa. Iríamos todos a parar a la calle, sin nadie a quien recurrir... en sólo tres días. Si Elliott hubiese dicho algo antes, habría habido tiempo para encontrar un marido rico para mí. Pero tres días no era tiempo suficiente.

—No, hace falta más tiempo —concedió Reggie—. Salvo que ya estés siendo cortejada. Deduzco que no lo estabas.

—No —contestó Kelsey—. Todavía estaba de duelo y en una ciudad que no conocía. Aún no había conocido ningún hombre que pudiese elegir. Y Elliott no frecuentaba a los caballeros de clase alta. Tampoco conocía a nadie a quien abordar. No había tiempo para que yo consiguiese trabajo, en caso de que pudiera hallar uno donde me pagaran lo suficiente para mantenernos. Y tenía que pensar en mi hermana. Sólo tiene doce años, y yo soy responsable de ella.

—¿Así fue como se te ocurrió la idea de venderte en un remate?

A esa altura, Kelsey no pudo menos que reír.

—¿A mí? Yo no tenía ni idea de que eso existía.

Reggie sonrió.

—No, me imagino que no. ¿Así que, en realidad, fue sugerencia de tu tío?

Kelsey negó con la cabeza.

—En realidad, no. Esa noche, estaba tan ebrio que casi no sabía qué decía. Se refirió a un amigo que había afrontado una situación parecida, y cuya hija había salvado a la familia vendiéndose a un viejo libidinoso al que le gustaban las vírgenes. Luego, habló de la existencia de hombres capaces de pagar por una nueva amante, si era «fresca», en el sentido de que los amigos aún no la hubiesen descubierto.

—No puedo creer que hablara de tales cosas con una sobrina inocente —dijo Reggie, apabullada.

—Estoy segura de que no lo habría hecho si hubiese estado sobrio, cosa que no sucedía. Yo pensé que no había ninguna solución, pero la había. Pero como yo estaba muy alterada por toda la situación, creo que no pensaba con mucha mayor claridad que él. De cualquier modo, le pregunté si conocía a alguien dispuesto a pagar para obtener una nueva querida. Dijo que no, pero que conocía un lugar frecuentado por señores ricos, donde podría ser presentada y recibir alguna oferta.

Reggie frunció el entrecejo.

—Eso no se parece a una subasta.

—A mí tampoco me lo pareció —admitió la joven—. Yo no tenía idea de qué sería eso, ni de que ese «lugar» era una casa de dudosa reputación. Pero ya había aceptado, ya me había dejado en esa casa. Y seguí convencida de que era el único modo de pagar las deudas de Elliott en el escaso tiempo que quedaba.

»Por cierto, Elliott no tenía modo de conseguir una suma tan elevada. Ya había agotado todas las posibilidades. La solución que se le ocurrió fue suicidarse, para no tener que decirle a mi tía que estaban por perderlo todo. Y, además, yo tenía que pensar en mi hermana. No quería que ella perdiese la oportunidad de hacer, algún día, un matrimonio decente. Nada de esto fue culpa de ella.

—Tampoco tuya.

—No, aunque yo era la única que podía hacer algo para solucionarlo. Por eso, hice lo que tenía que hacer. Pero no salió tan mal, Reggie. Soy muy feliz con Derek.

—Lo amas, ¿verdad?

—Sí.

—Entonces, cásate con él.

—No. Abandoné mi derecho a casarme cuando me subieron a una mesa en un salón lleno de señores, y me subastaron al mejor postor.

—Derek no debe de verlo así desde el momento en que te pidió en matrimonio —señaló Reggie.

—Por su conveniencia, Derek olvida cómo me conoció. Pero yo nunca lo olvidaré. Y ya ha tenido más tiempo para pensarlo y actuar con sensatez. No volvió a pedírmelo.

—¡Las estúpidas reglas de la sociedad...! —protestó Reggie, con aspereza—. No tendrían por qué gobernar las vidas de las personas del modo en que lo hacen.

Kelsey sonrió.

—¿Acaso olvidas que a estas horas *tú* no estarías casada con tu Nicholas si esas reglas no te hubiesen obligado, en aquel momento?

Reggie tosió.

—Muy cierto.

46

Una tradición del clan Malory era reunirse en Haverston en las fiestas de Navidad. Por lo general, Derek se quedaba una o dos semanas, como casi toda la familia. Ese año, no pensaba hacer nada diferente. Pero como estaría ausente tanto tiempo, llevó a Kelsey con él. No a Haverston, por supuesto, aunque bien hubiese querido hacerlo.

Le habría gustado mostrarle la propiedad ancestral donde había crecido, presentarla al resto de la familia, besarla debajo del muérdago que colgaba en la entrada del salón cada Navidad. Pero nada de eso era posible, a menos que ella aceptara casarse con él y, por supuesto, que él no había desistido de esa idea. Más bien se daba su tiempo, esperando la mejor oportunidad para volver a abordar el tema, una ocasión en la que Kelsey no perdiese los estribos.

La instaló en una agradable posada donde podría escabullirse todos los días para verla. Pero no le gustaba. Y eso chafaba un tanto su ánimo. Se preguntó si ése sería el motivo por el que Reggie le había dado una patada en la espinilla en cuanto lo vio. No, todavía no había tenido tiempo de notar que él estaba melancólico. Además, no era propio de ella darle un puntapié sin un buen motivo, esa pilla... y no decirle por qué.

Llegaron Amy y Warren, que habían vuelto del viaje de bodas. Los recién casados estaban radiantes de felicidad, algo que abrumó aún más a Derek.

Para distraerse de sus propios problemas, intentó adivinar quién sería la amante de tantos años de su padre. Pero fue una tarea imposible. Con lo grande que era Haverston, había demasiadas personas que estaban ahí desde que él tenía memoria. Lo único que podía hacer era preguntárselo al padre. Sin embargo, estando toda la familia en la casa, era difícil encontrarlo solo.

No obstante, lo logró, el tercer día de su permanencia en la casa. Jason se había levantado temprano y Derek volvía de pasar la noche con Kelsey. Se encontraron en la escalera. El hijo, cansado —el tiempo que pasaba con Kelsey casi no dormía—, estuvo a punto de plantearle la pregunta sin mayor preámbulo, pero se contuvo, para no demostrar falta de tacto. En cambio, le pidió una conversación en privado, y siguió a su padre al estudio.

Era tan temprano que aún no estaban abiertas las cortinas. Jason las abrió mientras Derek se dejaba caer en una de las sillas, junto al escritorio.

De todos modos, le espetó sin rodeos:

—¿Quién es la amante que tienes desde hace años?

Jason se detuvo camino del escritorio.

—¿Cómo dices?

Derek rió.

—Bien podrías confesarlo. Sé de muy buena fuente que tu querida vive aquí mismo, en Haverston, contigo. ¿Quién es?

—No es asunto tuyo —dijo Jason secamente—. ¿Y cuál es esa buena fuente?

—Frances.

—¡Maldita mujer! —explotó Jason—. Juró que no te lo diría.

Derek estaba demasiado cansado para captar el significado de las palabras del padre.

—No creo que haya querido decirlo —concedió—. Me topé con ella y su amante, ¿entiendes? Y estaba a punto de estrangularlo.

Esto último hizo parpadear, asombrado, a Jason, y luego, estallar en carcajadas. Pero, después un momento, tosió y preguntó con expresión neutra:

—¿Salió caminando?

—Oh, sí. No habría sido justo aporrear a un tipo tan insignificante. Sin embargo, no era en eso que estaba pensando. Frances me detuvo cuando empezó a gritar lo de tu querida. Pienso que creyó necesario defender su posición con esa pequeña revelación, y así echar sobre tus hombros el peso de su infidelidad. Afirmó que jamás consumaste el matrimonio. Dios, esa sí que fue una sorpresa.

Jason ya se había ruborizado.

—Creí que eso había quedado claro cuando conté a la familia que me divorciaba.

—Dijiste que ella jamás había tenido un verdadero matrimonio contigo, pero no pensé que fuese *tan poco* convencional. O sea, ¿en tantos años, ni sola una vez? Frances afirmó que nunca dormiste con ella, desde el principio. Y eso fue lo que me enloqueció de curiosidad: hacía tanto tiempo que tenías una amante y, al parecer, siempre la misma. Es un tiempo increíblemente largo para una relación con una mujer que no es tu esposa. ¿Quién es?

—Repito que ese no es asunto tuyo.

Derek suspiró. Por supuesto que Jason tenía razón: en verdad, a nadie le incumbía. Pensó que ojalá su padre creyese lo mismo con respecto a su vida privada, pero por desgracia, a Jason le importaban las actividades personales de Derek hasta cierto punto... siempre que él no fuese del todo discreto. Y eso fue lo que hizo en ese preciso momento.

—Hablando de queridas, ¿en qué diablos estabas pensando cuando llevaste a la tuya a cenar a la casa de tu prima? —preguntó el padre.

Derek se levantó de la silla, furioso. Diablos, no esperaba que se diesen vuelta así las posiciones. Se sintió traicionado.

—¿Quién te lo dijo? ¿El tío James? ¿El tío Tony?

—Cálmate. Deberías saber que mis hermanos jamás me dirían *nada* que yo necesite saber. He hablado con James. Estaba preocupado de que te apegases demasiado a esa chica, pero no me dijo que estaba preocupado. Y no habló de la cena.

—Entonces, ¿cómo...?

—Me enteré por mi ayuda de cámara, que está enamorado de la doncella de Georgina, que oyó a James y a su esposa hablando de eso. Y James ni siquiera dijo a su esposa que había estado cenando con tu querida. Hasta donde sé, aún lo ignora. Lo que se mencionó fue el apellido de la chica que, según recordarás, tú mismo me dijiste. Entonces, ¿es o no es la prima de Percival Alden?

Derek se encogió. Era evidente que el padre ya había llegado a la conclusión de que lo era, y ésa era la causa de la mitad de su disgusto, al menos.

—No lo es —le aseguró—, Cuando Reggie nos sorprendió con Kelsey en las carreras, a Jeremy se le ocurrió la idea, para darle una apariencia más aceptable. Reggie ya la había conocido, ¿sabes?, y resolvió que se hicieran amigas rápidamente. Lo único que Jeremy pretendía era ahorrar a Reggie, a todos nosotros, en realidad, una situación embarazosa.

—¿Por qué diablos Reggie quiere hacerse amiga de una mujer como ésa?

Derek se ofendió:

—Quizá porque no es una mujer *como ésa.*

Jason suspiró, y se sentó tras el escritorio.

—Vamos, no te pongas así, ya sabes lo que quiero decir —murmuró.

Derek también suspiró: lo sabía. Pero en ese momento estaba un tanto susceptible en lo que a Kelsey se refería. El amor y las emociones que acarreaba eran nuevos para él. Y hasta el momento, no le encontraba nada de placentero.

Ojalá pudiera compartir *eso* con el padre. Pero no quería alarmar a Jason más de lo que ya estaba, diciéndole que había hallado a la mujer con la que quería casarse. No era una noticia para un momento como ese.

Intentó explicarse, diciendo:

—El problema es que Kelsey parece una dama, actúa como una dama, hasta habla como tal. La mayor parte del tiempo es terriblemente difícil recordar que no es de clase alta.

—¿Estás seguro de que no lo es?

No era la primera vez que se lo preguntaban. Y se quedó pensándolo, igual que antes. En definitiva, ¿qué era lo que en realidad sabía de Kelsey, fuera de lo que ella misma le había contado? Pero, no sería capaz de mentirle, ¿cierto? No, no le mentiría. Estaba seguro, bueno, casi seguro de eso.

Ese asomo de duda le obligó a admitir:

—Sólo sé lo que ella me ha dicho, que no es mucho, pero no tiene por qué mentirme. Y teniendo en cuenta cómo la adquirí...

—Sí, sí, supongo que tienes razón. Aunque aún no me explicaste por qué la llevaste contigo a cenar a casa de tu prima. Mi muchacho, eso pasa de los límites.

—Lo sé, pero Reggie fue muy insistente y, bueno, en tanto creyese que es la prima de Percy, pensé que no habría ningún problema. Y le dijimos que Kelsey regresaría pronto al campo, para que no siguiera procurando su amistad. Ahí tendría que haber terminado todo, y nadie saldría dañado. Y de hecho, así fue. Reggie no ha vuelto a verla, ni la verá.

Por lo menos, hasta que me case con ella.

Pero esto no lo dijo. Y el padre no estaba del todo apaciguado. No tuvo necesidad de preguntar por qué.

—¿*Estás* encariñándote demasiado con esa chica?

Derek estuvo a punto de reír.

—¿Y tú me preguntas eso, tú, que mantienes una amante desde hace... cuánto? ¿Más de veinte años?

Jason se sonrojó, tocado.

—Me rindo. Sólo te pido que no cometas ninguna tontería en relación con esa chica.

¿Tontería? ¿Como enamorarse y querer casarse con ella? Ya era tarde.

47

En Nochebuena, Derek volvió a pedir a Kelsey que se casara con él. Se había retirado pronto de la reunión familiar para encontrarse con ella. Le ofreció vino. La preparó con docenas de pequeños regalos, algunas tonterías que la hacían reír, como un dedal de tamaño desmesurado, un sombrero con plumas de un metro de largo, campanillas para los pies. Dejaba la sortija de compromiso para el final.

La oportunidad no podía ser más perfecta. Por fin, Derek preguntó:

—Kelsey, ¿quieres casarte conmigo?

La respuesta de Kelsey fue serena. Se volvió hacia él y lo abrazó. Lo besó con fervor. Luego rodeó las mejillas de Derek con las manos, y dijo:

—No.

Teniendo en cuenta las circunstancias, en realidad esta vez Derek no esperaba esa respuesta, como tampoco la había esperado la primera vez. Por lo tanto, no había preparado argumentos para discutir.

De hecho, lo único que se le ocurrió fue:

—¿Por qué? Y si llegas a hablar otra vez de escándalo, es probable que te estrangule.

La joven le sonrió.

—Tú sabes que habría un escándalo muy grande.

—¿Todavía no se te ocurrió pensar que a mí me importa un bledo si lo hay?

—Ahora dices eso, Derek, pero, ¿y después, cuando en realidad suceda? ¿Y qué me dices de tu familia, que también se vería afectada? Estoy segura de que tendrían algo que decir al verse arrastrados a esa clase de escándalo.

Ese argumento dio a Derek la idea de adelantarse a la reacción familiar. Su padre acababa de hacer un impresionante anuncio sobre su divorcio. Él podría hacer lo mismo con respecto a sus planes para casarse... y ver por dónde soplaba el viento.

Decidió que la cena de Navidad era el momento perfecto para anunciar sus planes, con toda la familia reunida. El ánimo era festivo. Se oían muchas risas. Pero Derek no pudo hacerlo, pensando que, al menos a algunos de ellos, les arruinaría la cena.

Sin embargo, el día siguiente no vaciló. También era la hora de la cena, pero esta vez no estaban todos presentes. Diana y Clare habían regresado a su casa esa mañana, junto con sus esposos. Marshall, el hermano de ellas, se había ido a visitar a un amigo del condado vecino, y aún no había regresado. Y la tía Roslynn estaba en la planta alta, atendiendo a la inquieta Judith, que estaba con un resfriado. Pero no había problemas. No era una gran diferencia que faltaran algunos.

El resto de la familia estaba reunido, y una vez más, el ánimo general era excelente. Las mujeres conversaban de vacaciones, recetas, niños y modas. James había lanzado algunos dardos a Warren, pero su cuñado respondió con risas, y James tampoco parecía demasiado enfadado. Nicholas y Jeremy discutían amistosamente sobre un potro de Nicholas, que ese día había perdido en las carreras.

Edward y Jason hablaban de las últimas inversiones de aquel. En apariencia, habían hecho las paces con respecto al tema del divorcio... un detalle que Derek consideró una buena señal. Una de las cosas buenas de su familia era que sus miembros no se guardaban rencor. La única excepción había sido cuando desheredaron a James durante una década, pero incluso eso terminó de manera amigable.

Antes de que llegaran los postres, Derek se puso de pie y dijo:

—Quisiera pedir a todos un poco de atención por unos momentos, pues tengo una buena noticia para daros: para mí, por lo menos, es una buena noticia. Tal vez algunos de vosotros no estéis de acuerdo, pero... —se alzó de hombros, y echó una mirada hacia la cabecera de la mesa, donde estaba su padre, y añadió—: He decidido casarme con Kelsey Langton.

Jason se limitó a mirarlo fijamente; la incredulidad le impedía hablar. Anthony tosió. James puso los ojos en blanco. Jeremy se tapó los suyos.

En el silencio que provocó el anuncio, Georgina dijo:

—Es maravilloso, Derek. Parece una buena chica.

Y la tía Charlotte preguntó:

—¿Cuándo la conoceremos, Derek?

Edward, que estaba sentado cerca de Derek, se estiró y palmeó su espalda:

—Espléndido, muchacho. Sé que Jason se lo pasaba rechinando los dientes porque no sentabas la cabeza.

Amy, que estaba frente a él mirándolo con expresión radiante, dijo:

—¿Por qué no te decidiste un tiempo antes? Podríamos haber celebrado una boda doble.

Jeremy reía entre dientes y movía la cabeza al mismo tiempo.

—En este preciso instante, no quisiera estar en tu piel, primo.

Nicholas asintió, completamente de acuerdo.

—Me parece que él sabe cómo cavar un hoyo bien profundo, ¿no es cierto?

Reggie dio un codazo a su marido y siseó entre dientes:

—Tendrías que haber sido así de romántico cuando nos conocimos.

Nicholas echó una mirada preocupada a su esposa, y de pronto, se le hizo la luz:

—¡Por Dios! ¿Cómo llegaste a descubrirlo? —exclamó, atrayendo varias miradas curiosas.

—No importa —murmuró Reggie—. Pero me parece muy valiente de su parte no hacer caso de las convenciones y dejarse llevar por el corazón en estas cuestiones.

—Me imagino —replicó Nicholas, sonriéndole.

Derek no oyó nada de eso y no dijo nada más. No dejaba de mirar a su padre, juntando ánimos para la esperada explosión... que no llegó.

Jason estaba furioso, sin duda, pero dijo con tono muy tranquilo:

—Te lo prohíbo.

Esa frase provocó una barahúnda de exclamaciones.

—Por Dios, Jason, ¿por qué harías algo semejante? —dijo Charlotte.

—Da la impresión de que él sabe quién es la moza, ¿no? —dijo James a Anthony.

—Me imagino que sí —repuso el hermano.

Pero Edward los oyó y preguntó:

—¿Quién es ella? ¿Qué sucede, quién es?

—Kelsey es la prima de Percival Alden —dijo Georgina, bien intencionada.

—En realidad, no tiene el menor parentesco con Percy, George —dijo James a la esposa.

—Por favor, ¿alguien podría explicarme qué es lo

que está pasando aquí? —preguntó Travis, confundido.

—A mí también me gustaría saberlo —refunfuñó el padre, mirando a Jason.

—Cachorro, creo que sería oportuno añadir algo más de información al anuncio —le dijo Anthony a Derek—. Ya que has llegado hasta aquí, bien podrías explicar el resto.

Derek hizo un seco asentimiento.

—Es cierto que Kelsey no es la prima de Percy, como algunos aquí suponen. Es mi amante.

—Oh, Dios —exclamó Charlotte, bebiendo precipitadamente un sorbo de vino

—Por Cristo, ¿has perdido los sesos, primo? —preguntó Travis, incrédulo.

Y Amy dijo a su hermano:

—Se conocen casos de hombres que se casaron con sus amantes, sobre todo cuando la dama es apta para el matrimonio, en otros aspectos.

—Pero éste no es el caso, mocoso —dijo Jeremy a su primo.

A esas alturas, Amy imitó la reacción de su madre:

—Oh, Dios.

—No veo por qué tanto escándalo —dijo Georgina—. Si quiere convertirla en una mujer honesta, a mí me parece bien.

James puso los ojos en blanco.

—Otra vez piensas como una auténtica norteamericana, George.

—Eso espero —dijo Warren en defensa de la hermana, guiñándole un ojo.

—En el ambiente del que provienes no horrorizaría a nadie, yanqui —comentó Anthony—. Pero aquí, sencillamente no se ha hecho nunca.

Warren se encogió de hombros.

—Entonces, que se case con ella y que se vaya a vivir a Norteamérica, pues allí sí se hace. Hasta podría disfrutar al romper un poco con las convenciones.

—Es una buena idea —admitió Derek, sonriendo. Él ya lo había pensado, pero...

—Eso también te lo prohíbo —dijo Jason.

—Bueno, con eso queda todo resuelto, ¿verdad? —dijo James con sequedad, subrayando la ironía.

En caso de que a alguien se le hubiera escapado el sarcasmo, Edward sugirió:

—Jason, él tiene edad suficiente para que no puedas prohibirle nada, por mucho que quieras hacerlo. Más bien, ¿por qué no intentas convencerlo de desistir?

Jason asintió brevemente, con los labios apretados, y salió del comedor. Derek suspiró. Ésa era la parte que menos le gustaba.

48

Jason había ido al estudio. Derek entró y cerró la puerta, consciente de que ésa sería una discusión de las más ruidosas que tendrían. Jason, de pie tras el escritorio, con los brazos apoyados en él, parecía coronado por las nubes de una tormenta pronta a estallar. En el comedor, se había contenido. Aquí, no lo haría.

Derek intentó eludir la diatriba.

—Nada de lo que digas me hará cambiar de idea. Si Kelsey me acepta, me casaré con ella.

Eso cambió un poco la expresión de Jason.

—¿Si te acepta? —preguntó, esperanzado.

Con semblante contrito, Derek admitió:

—Me ha rechazado.

—Bueno, gracias a Dios por esa pequeña bendición. Por lo menos uno de vosotros tiene sentido común.

—¿Quieres decir que no tengo sentido común porque la amo? —preguntó Derek, rígido.

Jason negó con la cabeza.

—No hay nada malo en que ames a tu querida. Dios sabe que yo lo hago. Hasta es correcto que compartas tu vida con ella, si te las arreglas para hacerlo con discreción...

—¿Como tú?

—Sí —respondió el padre, y subrayó—: Pero *no* está bien que te cases con ella, pues tienes la responsabilidad de hacerlo con alguien de tu clase... y, en efecto, tienes esa responsabilidad, Derek, como futuro marqués de Haverston.

—Conozco mis responsabilidades. También sé que el camino que he elegido no es fácil. Pero un escándalo no es el fin del mundo, padre. El día que nací, yo *fui* un escándalo. He sobrevivido a eso: ahora sobreviviré a esto.

Jason suspiró.

—¿Por qué no me hablaste de esta ridiculez la última vez que conversamos?

—Porque sabía cuál sería tu reacción. Pero voy a seguir el impulso de mi corazón. Tengo que hacerlo, pues la amo demasiado. Así que, se lo pediré una y otra vez, hasta que me acepte.

Jason meneó la cabeza.

—Derek, en este aspecto, no estás pensando con claridad, pero ella sí. Y espero que continúe así...

—¡Jason! —Molly irrumpió en el cuarto, muy acalorada—. Acabo de enterarme de que Derek quiere casarse con... su... —al notar la presencia de Derek se sonrojó furiosamente y se calló—. Oh, perdóname, pensé que estabas solo.

El rubor los traicionó; Jason también estaba encendido.

—Por Dios, ¿*ella* es tu amante? —dedujo Derek.

—¡No! —respondieron al unísono con exagerado énfasis.

Derek se limitó a reír entre dientes, sin dejarse confundir.

—Maldición —dijo—. Jamás imaginé que fueses tú, Molly —entonces, sonriente, lanzó una mirada al padre—: Tendrías que haberte casado con ella. En verdad, no me habría disgustado llamar mamá a Molly. De hecho, ha sido más una madre para mí que lo que fue jamás Frances.

En ese momento, Molly estalló en llanto y salió corriendo del estudio, cerrando la puerta con un golpe.

Derek parpadeó. «¿Qué dije?», se preguntó.

—Maldición —farfulló—. No quise hacerla llorar —agregó, mirando interrogante a su padre.

—Ella... bueno... se pone un poco sensible cuando llegan las fiestas. Le pasa todos los años.

—Qué lástima. Pero asegúrale que no estoy horrorizado ni nada de eso... bueno, *estoy* impresionado. Jamás habría sospechado que era Molly. Pero estoy encariñado con ella. Sólo que me llevará un tiempo acostumbrarme, supongo.

—¿Por qué no te desacostumbras a esa idea? —le propuso Jason, creyendo que lo hacía con tono razonable—. Preferiría que lo olvidaras por completo.

Derek rió, y movió la cabeza.

—No puedo. Esto te pone en el mismo barco junto con todos los demás varones imperfectos, que no podemos resistir la atracción del bello sexo. Te diría que me gusta; ya lo creo que me gusta.

—Maldita sea.

En el comedor, la discusión no terminó cuando Derek y Jason salieron. Más bien, se tornó más acalorada cuando Jeremy dejó deslizar que Derek había comprado a Kelsey en una subasta y el lugar donde ésta se había realizado.

Reggie encontró muy duro mantener la promesa hecha a Kelsey, pero aun así la mantuvo. No obstante, sabiendo la verdad, apoyó por completo la decisión de Derek, y no lo ocultó. El tío Edward era el que objetaba más ruidosamente, pero eso no era de extrañar, pues era muy conservador.

Lo que irritaba a Reggie era que los tíos más jóvenes se opusieran. Ella sabía bien que si hubiesen tenido que adoptar la misma decisión que Derek, habrían hecho exactamente lo mismo y mandado al infierno a la opinión pública.

—Aunque la chica sea la más dulce y encantadora de toda la creación, aun así no resultaría —decía Edward—. Si sólo la familia conociera el caso, sería diferente, pero no es así.

—Hay que tener en cuenta que ella era virgen *antes* de que Derek le pusiera las manos encima —señaló Reggie, con cierta brusquedad—. ¿Eso tampoco marca ninguna diferencia?

La cara de Edward enrojeció. James rió. Jeremy se levantó parpadeando.

—Caramba, prima —dijo el muchacho—. Están presentes los mayores.

Entonces, Reggie también se ruborizó, pero Anthony se sumó al reproche:

—Eres demasiado romántica, chiquilla. Sabes que Eddie tiene razón. Todos los caballeros que llenaban ese salón, y que vieron que Derek compraba a la muchacha, no estaban presentes para enterarse si ella era doncella o no, y tampoco les importaría un bledo. Pero te aseguro que no la olvidarán. Y si Derek termina por casarse con ella, ¿crees que la historia de cómo la obtuvo no se divulgará más aún?

—Ése ha sido un buen argumento, viejo —apoyó James—. Yo añadiría el simple hecho de que el gran mundo jamás aceptará a la moza.

Reggie resopló.

—Esta familia ha soportado muchos escándalos, la

mayoría de los cuales fueron provocados, justamente, por dos de sus integrantes —miró con aire significativo a Anthony y a James mientras lo decía, y agregó—: No creo que uno más vaya a destruirnos.

—No nos hará ningún daño, Regan —admitió James y, por una vez, los hermanos no le saltaron al cuello de inmediato por haber usado el apodo que él solía aplicar a Regina—. La que no podrá superar esa clase de escándalo es Kelsey, y tampoco Derek. La sociedad los apartará a ambos. En mi caso... y en el de Tony, ya que estamos... los que nos excluimos fuimos nosotros, así que no nos importaba un rábano si nos aceptaban o no. Pero Derek no es igual. Es una criatura social, siempre lo fue. Y como a Kelsey le importa mucho, no querrá arrebatarle eso.

—Ése sí que es un buen argumento, hermano —rió Anthony; James se limitó a encogerse de hombros.

Pero Reggie suspiró. Derek no había dicho que Kelsey lo había rechazado, de modo que ella tampoco podía decirlo. Y, de todos modos, la discusión era inútil pues Kelsey *no* se casaría con él.

Por eso, apaciguó la discusión, señalando:

—Creo que Derek dijo que *quería* casarse con Kelsey, no que ella lo había aceptado. Bien podría rechazarlo, y ahí terminaría todo.

—¿Rechazar a Derek, que es un candidato inmejorable? —replicó Edward, desdeñoso—. No creo que eso ocurra, en verdad.

—Es posible, tío Edward —repuso Reggie—. Tú no la conoces, pero a mí me impresiona como una persona muy sensata y nada codiciosa. Apuesto a que preferiría abandonar a Derek antes que causarle ningún daño. Y consideraría que la ruina social sería un daño para él.

49

Cuando Kelsey abrió la puerta del cuarto en la posada, se sorprendió mucho ya que ella esperaba a Derek, no a su padre. Y no cabía duda de que él era su padre. Jason Malory se presentó, para no dejar dudas de quién era, aun cuando Kelsey no las tenía. Además, entró directamente en la habitación, sin esperar una invitación. Sin embargo, la muchacha se sintió tan intimidada por el tamaño formidable y la áspera expresión del hombre, que ni pensó en señalárselo.

Se apresuró a decir:

—Derek no está —esperando que eso haría que se marchara.

No fue así. Y la presencia de ese individuo la alteraba tanto, que se dio cuenta demasiado tarde de que no debería haberle suministrado esa información. Pero era evidente que él ya lo sabía.

—Sí, acabo de dejarlo en Haverston —dijo—. Me imaginé que usted no estaría lejos, teniendo en cuenta lo enamorado que está, y ésta es la posada más cercana.

Ya ruborizada, Kelsey preguntó:

—Entonces, ¿es a mí a quien quiere ver?

—Por supuesto. Quiero saber qué piensa de este absurdo.

—¿A qué absurdo se refiere?

—A que Derek quiere casarse con usted.

Kelsey ahogó una exclamación:

—¿Le *dijo* eso?

—Se lo dijo a toda la familia.

Kelsey atinó a aferrarse a la silla más cercana y se sentó con dificultad. ¿Podría una persona morir de vergüenza? Le pareció que sí.

—No debería haberlo hecho —dijo, casi susurrando.

—Estoy de acuerdo... pero, ¿por qué piensa eso?

—Porque es absurdo, como dice usted. No tengo intención de casarme con él. Ya se lo he dicho.

—Sí, se refirió también a eso. Lo que me preocupa en realidad, es la seriedad de su negativa. Porque él no desistirá.

—Lord Malory, si eso es lo único que lo preocupa, tranquilícese. Soy consciente del escándalo que provocaría semejante matrimonio, y no sólo quiero proteger a Derek de eso sino también a mi propia familia.

—¿Su familia? —frunció el entrecejo—. No sabía que la tuviera usted. ¿Quiénes son?

—Eso no tiene importancia —contestó Kelsey—. Es suficiente que sepa que mi familia significa todo para mí. Si estoy en esta situación es porque... bueno, eso tampoco importa, pero cuando hice lo que hice, sabía que jamás podría casarme. Se lo repito: un escándalo de esta clase le haría tanto daño a mi familia como a la suya, y no estoy dispuesta a permitir que eso suceda.

La expresión de Jason se relajó bastante. Incluso pareció un tanto avergonzado.

—Empiezo a entender —dijo a regañadientes—. Lamento que esta cuestión no tenga solución. Tengo la impresión de que usted sería una esposa excelente para Derek, si él pudiese casarse con usted.

—Gracias. Me dedicaré a hacerlo feliz... sin matrimonio.

Jason suspiró.

—Ojalá que mi hijo no deba vivir la misma situación que yo... pero me alegro que sea usted.

Fue el mejor cumplido que podría haberle hecho. Y no se quedó para no crear una situación embarazosa para ambos exponiendo más aún sus sentimientos. Se podría decir que huyó, seguramente porque no querría toparse con Derek. Sin embargo, Kelsey estaba segura de que Derek ya lo sabía, que habría visto a su padre en el pasillo, cuando oyó otra llamada en la puerta, instantes después de la partida de Jason.

Sin embargo, una vez más, no era Derek el que estaba ahí parado, ni Jason, que acaso volviera a decirle algo más. Esta vez, era la madre de Derek. Pero, al principio, Kelsey no lo advirtió, hasta que tuvo ocasión de observar varias expresiones conocidas, la sonrisa tan familiar y también la preocupación de la mujer.

—Lamento molestarla tan tarde, señorita Langton —empezó diciendo.

—¿La conozco?

—No, no hay motivo para que me conozca —sonrió—. Soy Molly Fletcher, el ama de llaves de Haverston. Me he enterado de su existencia, y Derek acaba de descubrir la relación entre su padre y yo... y, bueno, necesito hablar con él.

Otra vez, Kelsey estaba roja de embarazo. El anuncio de Derek ya se había difundido, también, entre los criados, pero...

—¿Usted y su padre? —dedujo la respuesta antes de formular la pregunta—. ¡Oh, lo siento! No es necesario que explique. Pero Derek no está.

—¿No? Lo vi marcharse de Haverston. Pensé que, seguramente, habría ido con usted.

—Y supuso que yo estaría cerca.

—Claro, pues.

Kelsey sacudió la cabeza, asombrada. ¿Acaso todos los hombres viajaban con sus queridas? ¿O era costumbre entre los Malory?

—Bueno, si no está en Haverston, no tengo idea de dónde puede estar.

—Entonces, querrá estar solo —dijo Molly, retorciéndose las manos—. Me lo temía. Lo mismo hacía siempre, de niño, cuando estaba perturbado. Se iba solo, para meditar.

—Pero, ¿qué puede haberlo perturbado? —preguntó Kelsey—. Ultimamente, ha enloquecido de curiosidad por saber quién era usted, es decir, con quién era que su padre... bueno, me imaginaba que le habría aliviado saberlo, al fin.

—Es que no debía saberlo, señorita Langton. No debería haberlo descubierto nunca. Pero como no fue así, bueno, no quisiera que piense mal de mí.

Kelsey frunció el entrecejo: no entendía bien la aflicción de esa mujer.

—Sería un poco hipócrita de parte de él, ¿no cree?

—No necesariamente —repuso Molly—. Existen otros factores... pero no tienen importancia. Esperaré a hablar con él otro día.

Y se marchó.

Cuando oyó el siguiente golpe en la puerta, Kelsey ya no supuso que fuera Derek. Sin embargo, lo era, y llegaba con un brazo escondido tras la espalda. Pasó la mano hacia adelante y le entregó un ramo de exquisitas rosas.

Kelsey sonrió encantada.

—Dios mío, ¿dónde las conseguiste en esta época del año?

—Hice una incursión en el invernadero de mi padre.

—Oh, Derek, no debiste hacerlo.

Sonriendo, el joven la atrajo a sus brazos y la estrechó con fuerza.

—No las echará de menos, pues tiene cientos de variedades. Pero yo sí te eché de menos a ti, todo el día de hoy.

Recordando las otras visitas, Kelsey se puso rígida.

—Me sorprende que encontraras tiempo, con un día tan lleno de acontecimientos.

La miró, alarmado.

—¿Cómo sabes que fue un día lleno de acontecimientos?

—Tu padre estuvo aquí.

La soltó, para mesarse el cabello.

—Por todos los demonios. No te molestó, ¿verdad?

—No, ¿por qué iba a molestarme que hayas contado a *toda* tu familia acerca de nosotros? En cuanto a tu padre, sólo quería tener la seguridad de que no me casaría contigo.

—Por todos los demonios —repitió, con creciente exasperación.

Y antes de que pudiese terminar de digerirlo, Kelsey añadió:

—Tu madre también estuvo aquí.

—¡Mi *madre*!

—Sí, le preocupaba que te afectara lo que supiste anoche.

—¿Lo que supe? Ah, te refieres a Molly. Pero ella no es... mi... ¡No! No puede ser. ¡Él me dijo que mi madre había muerto!

Al oírlo, Kelsey palideció.

—¡Oh, Derek, cuánto lo siento! Supuse que sabías quién era tu madre, y que lo que no sabías era que seguía siendo la amante de tu padre. Pero, por favor, yo sólo estaba imaginando... y, con toda seguridad, me equivoqué. Ella no dijo que fuera tu madre.

—No, claro que no. Al parecer, yo no debía enterarme nunca. Pero ahora lo veo claro. Por supuesto que es mi madre. Y malditos sean los dos por habérmelo ocultado.

50

Derek estaba completamente furioso. ¡La madre estaba viva... y no sólo eso: había estado viviendo todos esos años ahí mismo, en Haverston! Y ellos no creyeron apropiado decírselo. Le dejaron creer que Molly no era más que una criada. Que su madre estaba muerta.

No podía perdonar eso. Jason podría haberle dicho cualquier otra cosa, que la mujer se había marchado, que estaba demasiado avergonzada para permitir que se conociera su identidad, que no quería saber nada del hijo que había concebido. Cualquier otra cosa hubiese sido más fácil de asimilar que enterarse de que ella había estado todo el tiempo ahí y él lo ignoraba.

Fue a buscar a su padre. Sabía que hubiese sido conveniente esperar a calmarse, como le sugirió Kelsey, que incluso trató de retenerlo para que no regresara a Haverston esa misma noche.

Pero estaba demasiado furioso para oír razones. Y cuanto más lo pensaba, más se exasperaba. No podría calmarse hasta que no tuviera algunas respuestas.

No encontró a su padre en su propia habitación, ni en ninguna otra parte de la casa principal. O no estaba... o estaba con Molly. Derek sospechó que debía de ser esto último, y bajó al ala de los criados para comprobarlo. No tenía necesidad de preguntar cuál era la habitación de Molly. De niño, había estado muchas veces allí, cuando se acostumbró a acudir a ella con sus pesares. Y, ahora que lo pensaba, qué natural le había resultado hacerlo.

Estaba en lo cierto. Oyó las voces en el cuarto antes de llamar a la puerta. Después, un silencio, más significativo aún.

Molly atendió la puerta, y su sorpresa fue evidente.

—¡Derek! ¿Te dijo Kelsey que yo quería hablar contigo?

El joven entró en la habitación. No había señales de Jason, y en el cuarto no había ningún sitio donde pudiera ocultarse un hombre de ese tamaño. No obstante, *había* oído la voz de su padre, no la había imaginado.

Miró a Molly.

—No, ¿tenía que decírmelo?

—Bueno, no —dijo, advirtiendo, al fin, que la expresión de Derek era demasiado contenida, que algo malo sucedía. Alarmada, agregó—: En ese caso, ¿qué estás haciendo aquí, tan tarde, Derek?

Él no respondió a eso. En cambio, dijo en voz alta, como dirigiéndose a la habitación en general.

—Ya puedes salir, padre. Sé que estás aquí.

Molly ahogó una exclamación. Pasó un largo momento hasta que Jason se decidió a mostrarse. Entonces, se abrió una sección de la pared, despertando en Derek el recuerdo de la puerta oculta en la casa de los horrores de Ashford.

—Qué conveniente —comentó, con desdén—. Supongo que va directamente a tu habitación —dijo a su padre, quien lo confirmó con un breve asentimiento—. Bueno, ahora entiendo cómo es que este asunto ha permanecido tanto tiempo en secreto.

—Debes de estar enfadado porque fui a hablar con la chica —dijo Jason.

—No. Habría preferido que no la molestaras, pero no me sorprende que no resistieras el impulso de ir.

—Entonces, ¿estás enfadado porque fui a verte allí? —preguntó Molly.

—En absoluto.

—Derek, es muy evidente que *estás* enfadado —remarcó Jason.

—Desde luego, sí que lo estoy —dijo Derek en voz tensa, fría, controlada—. En realidad, no recuerdo haber estado tan furioso jamás. Después de todo, no todos los días uno descubre que su madre, de la que le dijeron que estaba muerta... ¡no lo está!

Jason lanzó un suspiro triste, derrotado. Molly se puso muy pálida.

—¿Cómo lo supiste? —preguntó, susurrando.

—Kelsey descubrió el parecido mientras hablabas con ella, y nadie le había dicho que mi madre estaba muerta. Supongo que una extraña, que no nos ha conocido antes, ve las semejanzas que no captan los que nos conocen desde hace muchos años —miró furioso a su padre—. ¿Por qué nunca me lo dijiste?

La que respondió fue Molly:

—Yo no se lo permití.

—No lo defiendas, Molly... ¿o debería llamarte madre? Nadie impide a Jason Malory hacer lo que tiene ganas de hacer.

—Estás pensando generalidades, Derek, sin tener presente que aquí hubo muchas cuestiones en juego. Tu padre quería decirte la verdad, te lo aseguro. Incluso hace poco, cuando Frances amenazó con decirte la verdad a menos que él le concediese el divorcio, quería decírtelo.

—¿Frances lo sabía?

—Parece que sí, y sólo Dios sabe cómo y cuándo se

enteró. Pero le convencí de que ahora era demasiado tarde para cambiar la historia.

—¿Por eso has aceptado el divorcio? —preguntó Derek a su padre—. ¿Porque Frances estaba chantajeándote? ¡Y yo que te creí generoso por darle la libertad a esa mujer!

El desdén en el tono de Derek hizo encogerse a Jason. Molly, en cambio, perdió la calma.

—¿Cómo te atreves a hablarle así a tu padre? —preguntó—. No tienes idea del infierno que le hice pasar para que te ocultara mi identidad. No tienes idea del infierno por el que pasé yo para decidir que eso era lo mejor... para ti.

—¿Lo mejor? —exclamó el joven, incrédulo—. Me negaste una madre. ¿Cómo demonios puedes creer que eso fue *lo mejor* para mí?

—¿Acaso crees que yo quería renunciar a ser tu madre? Lo eras todo para mí. Te amé desde el instante en que supe que habías sido concebido.

—Entonces, ¿por qué?

—Derek, eso fue hace veinticinco años. Yo era joven y analfabeta. Hablaba como un deshollinador de Londres. En aquel momento, no tenía idea de que podía mejorar. Era demasiado ignorante para saber, incluso, que eso era posible. Y desde el día en que tu padre decidió convertirte en su heredero oficial, me horrorizó la perspectiva de que el futuro marqués de Haverston se avergonzara si supiera, si cualquiera supiera, que su madre no era más que una criada, que no sabía leer ni escribir. Mi hijo sería un *lord*, un miembro de la nobleza. No quería que se avergonzara de mí, y sin duda te habrías avergonzado.

—¿Así que, también decidiste acerca de mis propios sentimientos? —dijo Derek, moviendo la cabeza, para luego lanzar al padre una mirada acusadora—. ¿Y tú permitiste que te convenciera con una suposición semejante?

Molly intervino antes de que Jason pudiese hablar.

—Soy capaz de ser muy persuasiva, y estaba terminantemente decidida a que no lo supieras. Pero, sobre todo, tu padre cedió a mi insistencia porque me ama. Y tú ya tenías bastante con tu ilegitimidad, Derek. Yo sabía que eso no sería fácil para ti. Pero, al menos, se daría por cierto que habías heredado sangre noble por ambos lados. Sería mucho peor si se supiera quién es, en realidad, tu madre.

—Aún así, podrías habérmelo dicho. Si te parecía, podrías haberlo ocultado al resto del mundo y decírmelo *a mí*. Tenía derecho a saberlo. Y el hecho es que no siento ni la menor vergüenza al saber que tú eres mi madre, Molly. Tu suposición no era más que eso: una suposición. En cambio siento una verdadera furia porque nunca has sido mi madre, porque te ocuparas de mí todos estos años, sabiendo que soy tu hijo, pero sin dejar que yo lo supiera. Me dejaste pensar que no eras nada para mí. ¡Que mi madre estaba muerta!

No pudo continuar. Las emociones lo ahogaban, y más al ver que los ojos de Molly se llenaban de lágrimas. Abandonó la habitación, antes de ceder él también al llanto.

Al oír sollozar a Molly, Jason la atrajo a sus brazos.

—¡Oh, Dios!, ¿qué he hecho? —exclamó, rompiendo a llorar amargamente.

—Cuando uno es joven, siempre comete errores, Molly. Este fue uno de los nuestros. Démosle tiempo para acostumbrarse a la verdad. Una vez que lo haya pensado bien, a fondo, comprenderá que siempre has sido una madre para él, que has estado siempre presente para compartir sus dolores, las penas de sus años infantiles, que lo ayudaste a crecer, a convertirse en el hombre espléndido que es hoy.

51

—Quisiera haber estado allí para oírlo —dijo Roslynn a su esposo, mientras le entregaba a Judith—. Ten, es tu turno de pasearla.

—¡Hola, cariño! —dijo Tony a su hija, dándole un fuerte beso en la mejilla—. No nos sentimos bien, ¿eh? —dijo a su esposa—: Me alegra que no estuvieras. Fue muy embarazoso.

—¿Embarazoso? ¿En el seno de la familia?

Lanzó una exclamación de escepticismo.

Tony alzó una ceja.

—¿Y tú, qué habrías agregado?

Ya le había relatado toda la discusión, pero a Roslynn aún le costaba creer que Kelsey Langton no fuese la dama que parecía ser.

—Le habría hecho notar a tu hermano lo anticuado y autoritario que es.

Anthony rió.

—Aunque deteste decirlo, Jason *es* anticuado, Ros.

—Entonces, no lo digas —replicó—. Pero, ¿qué es más importante, el amor o la opinión pública?

—¿Qué es eso, una pregunta tramposa?

—No es asunto de bromas, Tony —lo regañó—. El amor es más importante, y tú lo sabes. ¿O acaso puedes decir que no te habrías casado conmigo si no hubiese unos cuantos condes y terratenientes en mi árbol genealógico?

—¿Debo responder a eso?

—Si no puedes hablar en serio, te golpearé —dijo Roslynn, sin darse cuenta de que había vuelto a su fuerte acento escocés.

Tony rió.

—No lo harás mientras tenga en brazos a Judith... vamos, vamos —dijo, viendo que avanzaba hacia él. Hasta que al fin, añadió, gruñendo—: Oh, bueno, está bien, sí, de todos modos me habría casado contigo pero, *por fortuna*, no tuve motivos para preocuparme de que no fueses apta. Además, te olvidas de que a esa chica la compró en una subasta, en una casa de rameras. Y *eso*, mi querida, va un poco más allá de la opinión pública.

—Eso lo saben pocas personas —señaló.

—Debes de estar bromeando ¿no? —repuso Tony—. ¿Siendo un chisme tan sabroso? A esta altura, seguramente se habrá difundido por todas partes.

Varias habitaciones más allá, James y su esposa conversaban del mismo tema, acurrucados en la cama. Georgina, al menos, trataba de hablar al respecto. En ese momento, James tenía otra cosa en mente, y sus manos vagabundas dejaban pocas dudas sobre el particular.

—No veo qué tiene que ver que ella sea de clase baja. Tú te casaste conmigo, ¿no? —recordó Georgina—. Y, por cierto, yo no tengo ninguno de esos estúpidos títulos vinculados a mi apellido... bueno, al menos hasta que me casé contigo.

—Tú eres norteamericana, George. Como te has criado en otro país, ves todo muy diferente, pero ella es de aquí. Habla como una duquesa, revela su nacionalidad con cada palabra que sale de su boca. Además, yo no soy el que tiene que concebir la siguiente generación de marqueses. Eso recae sobre los hombros de Derek, mi querida. Ni siquiera tenía obligación de casarme nunca, y como tú sabes, no tenía intenciones de hacerlo... hasta que te metiste en mi cama.

—Yo no hice semejante cosa —replicó—. Si mal no recuerdo, tú me *arrojaste* sobre tu cama.

Riendo, James le mordisqueó la oreja.

—¿Eso hice? Qué inteligente, si se me permite decirlo.

—Ahá, sí... ¡vamos, déjalo ya! Estoy tratando de hablar en serio.

James suspiró.

—Sí, ya lo he notado. Es una lástima.

—Bueno, quiero que hagas algo al respecto —insistió.

—Excelente idea, George —dijo él, poniéndose en posición para darle un apasionado beso.

Georgina lo apartó, irritada.

—No hablo de *eso*... todavía no —se corrigió—. Me refiero a la actitud de Jason. No te hará ningún daño hablar con él, señalarle que no se muestra nada razonable.

—¿Yo? ¿Aconsejar a uno de los mayores?

Rompió a reír.

—No es divertido.

—Sí que lo es. Los mayores son muy empecinados en sus ideas. No aceptan consejos, sólo los dan. Y Jason sabe que, en este caso, él tiene razón. En cuanto a eso, la chica también. No quiere casarse con el muchacho, George, así que la discusión resulta inútil.

—¿Y si lo rechaza porque sabe cuáles son los sentimientos del padre en este sentido?

—Eso significa que es lo bastante inteligente para darse cuenta de que no tendrían un matrimonio dichoso si fuesen en contra de los deseos de Jason. Sea como sea, no hay solución para ellos, así que, olvídalo. No podemos hacer nada por esos dos, salvo darle una nueva identidad a la chica, y ni eso puede hacerse. Esa subasta fue un acontecimiento demasiado público. Si no fuera por eso, se podría hacer algo, pero no es así.

Georgina farfulló algo por lo bajo, y James rió.

—No puedes resolver los problemas de todos, querida mía. Hay algunos que son insolubles.

—¿Por qué no te esfuerzas en hacérmelo olvidar? —le insinuó.

—Eso sí puedo hacerlo —dijo, disponiéndose otra vez para un apasionado beso.

Y en la otra ala, Nicholas Eden decía a su esposa:

—Tú sabes algo más de lo que dejas ver, ¿no es cierto?

—Un poco —admitió Reggie.

—Y no piensas aclarármelo, ¿no es cierto?

Reggie negó con la cabeza.

—No puedo. He prometido que no lo diría.

—Supongo que sabrás que esto es muy irritante, Reggie —se quejó.

La mujer asintió, completamente de acuerdo.

—Es más que eso: es trágico. *Tendrían* que poder casarse. Se aman. Y sé que me volveré loca si no se puede hacer nada para remediarlo.

Nicholas la abrazó.

—No es tu problema, cariño.

—Para mí, Derek más que un primo es un hermano. Nos criamos juntos, Nicholas.

—Lo sé, pero en realidad no puedes hacer nada para ayudarlos.

—Bueno, no creerás que *eso* me impedirá intentarlo, ¿no?

52

El día siguiente, casi toda la familia se reunió en la sala para tomar el té. Los recién casados fueron los únicos —tan embebidos estaban uno en el otro— que no notaron la tensa atmósfera en la sala. En cuanto a los otros, las conversaciones eran huecas, en el mejor de los casos. Todos se esforzaban por no aludir la situación sin esperanzas de Derek y Kelsey.

Era obvio que Derek y su padre no se dirigían la palabra, y se suponía que esto se debía a la posición adoptada por Jason con respecto al matrimonio de su hijo. Nadie preguntó el contenido de la conversación que habían tenido la noche pasada, al abandonar el comedor, pero era bastante evidente que no se habían puesto de acuerdo. Más aún: Derek estaba más enfadado que la víspera.

Entonces, el mayordomo apareció en la entrada con una visita que, sin esperar a ser anunciada, lo hizo a un lado y pasó. La mujer tenía poco más de cuarenta años, todavía hermosa para su edad, y con señales de haber sido una beldad en su juventud. Aunque no era muy alta, era de constitución fuerte y, en ese momento, su expresión, incluso su actitud, la hacían parecer formidable. Hacía pensar en un dragón a punto de lanzar fuego.

—Estoy buscando a Derek Malory.

Derek se puso de pie y le hizo una breve reverencia,

aunque el tono brusco de la mujer le hizo decir con cierta cautela:

—Ese soy yo, señora.

La mujer se volvió hacia él y exigió:

—¿Dónde tiene escondida a mi sobrina? Y no me mienta: sé que la tiene. El canalla de mi marido me ha hecho una confesión completa. Él ha sabido su nombre por el miserable que se la vendió a usted, cuando fue a recoger ese dinero mal ganado.

Tras semejante afirmación, no se oyó una sola palabra. Silencio absoluto.

Y entonces, intervino Reggie:

—Haga el favor de sentarse, mi buena mujer. Estoy segura de que Derek no está escondiendo a su sobrina. Más aún, no dudo de que está cerca de aquí.

Elizabeth miró a Regina con un ojo medio cerrado.

—¿No la conozco, joven?

—Sí, nos conocimos hace poco, en su hotel. Yo estaba buscando a Kelsey y, si bien me dijo que tenía una sobrina de ese nombre, pensé que la que yo buscaba no podía estar emparentada con usted —en ese momento, Reggie sonrió, encantada de que la tía de Kelsey al fin hubiese descubierto la verdad, pues eso podría cambiar mucho las cosas—. Al parecer, estaba equivocada, ¿no es así?

—Absolutamente —bufó Elizabeth.

Entonces, habló Derek con el entrecejo fruncido por la confusión.

—Un minuto. ¿Debo entender que es usted la tía de Kelsey Langton?

—Ha entendido a la perfección —repuso Elizabeth, mirándolo con severidad.

—Pero no sabía que tuviese parientes vivos.

—No tiene muchos, pero no tiene ninguna importancia que usted lo sepa o no.

—La mayoría de los aquí presentes hemos conocido a su sobrina, señora. Y como Derek, ignorábamos que tuviese familia alguna que valiese la pena mencionar. Sería conveniente que se presentara usted —dijo Jason.

—¿Y quién podrá ser usted, señor? —le preguntó Elizabeth, con rigidez.

—Soy el padre de Derek, Jason Malory.

—Ah, bien. Usted podrá garantizar que su hijo colabore. Yo soy Elizabeth Perry. Claro que eso no significaría nada para usted, pues me casé, y eso significa menos aún para mí, en el presente. No obstante, mi abuelo fue el duque de Wrighton, título que ha quedado vacante y lo estará, hasta que Kelsey tenga un hijo.

—¡Santo Dios! —exclamó Anthony.

—¡Ella me dijo que la madre era institutriz! —dijo Derek, sin poder creerlo.

—Difícil —dijo Elizabeth, con desdén—. La madre, mi única hermana, murió a principios de este año en un infortunado accidente... después de haber matado a su esposo. Es probable que hayan oído hablar de ese incidente. El padre de Kelsey era David Langton, cuarto conde de Lancastle.

James rompió a reír.

—Eso explica por qué parecía, actuaba y hablaba como una dama, ¿no?

Su esposa replicó:

—Pero esto es una delicia. Ahora, es perfectamente apta...

—No del todo, George —la interrumpió James.

Roslynn agregó:

—Pero está más cerca de serlo...

—*Ni siquiera* está cerca, cariño —cortó Anthony.

Ambas señoras dirigieron sendas miradas ceñudas a sus maridos, pero guardaron silencio. Desde luego, más tarde tendrían mucho que decir, cuando estuviesen a solas con cada uno de ellos.

En ese momento, Reggie reflexionó en voz alta:

—¿Por qué será que Kelsey no habló de ese bisabuelo duque cuando me contó... bueno, casi todo esto?

—¿Eso significa que tú sabías que era la hija de *ese* Langton? —Derek miró a la prima con expresión irritada—. ¿Y no se te ocurrió contármelo?

Reggie se removió en su asiento, incómoda, e intentó explicar:

—Derek, ella hizo que se lo prometiera. No creerás que me *ha gustado* guardar semejante secreto, ¿verdad? Saber la verdad y no poder exponerla en la, bueno... discusión que tuvimos anoche, me volvió loca.

Elizabeth contempló a Regina con un poco más de gentileza. Si Kelsey había confiado en ella, aunque no le había dicho la verdad a su amante, esa chica empezaba a gustarle.

Por eso ahora se dirigió a ella:

—Kelsey no pudo haberle hablado del bisabuelo, porque no sabía quién era. Murió mucho antes de que ella naciera, y mi hermana y yo decidimos no abrumarla con esa carga. La presión de tener que gestar el siguiente heredero de Wrighton significó una gran carga para nuestra madre, que sólo tuvo hijas mujeres, y luego para mi hermana y para mí, cuando fue nuestro turno. Pero ahora depende de Kelsey, porque yo no tengo hijos, y mi hermana tuvo sólo dos niñas, antes de morir.

—Lady Elizabeth, ¿no considera que lo que ha hecho su sobrina ha estropeado sus posibilidades de hacer un buen matrimonio? —preguntó Jason, con delicadeza.

—Por cierto que sí —respondió la aludida—. Por eso habría matado al imbécil de mi esposo de haber tenido un arma a mano, cuando por fin me confesó lo que había hecho.

—¿Qué tiene él que ver en todo esto?

—Kelsey y su hermana menor, Jean, fueron a vivir con mi esposo y conmigo después del funeral, y ese bobo la convenció de que íbamos a ser pobres, que los acreedores me quitarían la casa, que el único modo de impedir que fuésemos a la calle era que se convirtiese en querida de algún lord, que pagaría las deudas de Elliott.

—¿Eso quiere decir que no era así?

—Por cierto que no... si bien mi marido lo ignoraba, y él se había endeudado mucho sin consultármelo. Pero cuando me casé con él; contra los deseos de mis padres, debo agregar, mi madre me dejó una fuerte suma de dinero, aconsejándome que jamás permitiera que Elliott lo supiese y, hasta hoy, jamás lo ha sabido. Hablando de eso... —sacó de su bolso un grueso fajo de dinero y se acercó a Derek—. Creo que esta es la cantidad que usted...

Derek la cortó:

—No quiero su dinero.

—Pero lo aceptará —y arrojó el dinero sobre el sofá, detrás del joven—. La obligación de Kelsey para con usted ha finalizado. Ella volverá a casa conmigo.

—No.

—¿Cómo dice?

Derek carraspeó, y dijo:

—Tal vez lo haya dicho con cierta brusquedad.

—¿Cierta? —rió Anthony.

—Manténte al margen de esto, viejo, y deja que el muchacho salga por sus propios medios —sugirió James—. Esto está poniéndose interesante.

Mientras hablaban, Elizabeth miraba a uno y otro. Jason murmuró algo por lo bajo, y luego, indicando a James y a Anthony, aclaró:

—Mis hermanos menores... que pocas veces encaran algo con seriedad.

—Lamento discrepar, Jason —repuso James—. Si quieres una opinión seria...

—No la quiero —interrumpió Jason.

—Yo tampoco estoy de acuerdo, Jason... por Dios, ¿eso quiere decir que estoy de acuerdo con James? —preguntó Anthony, con fingido disgusto—. Ros, tócame la frente, pronto. Debo de haberme contagiado la fiebre de Judith.

James resopló. Jason empezó a refunfuñar. Edward, que hasta entonces había estado callado, se lanzó a la refriega.

—La verdad, Tony, podrías haberte ahorrado eso.

En ese momento, Reggie exclamó:

—¡Genial! ¡En un momento como este, ustedes cuatro se ponen a reñir!

—En absoluto, gatita —replicó Anthony, dedicándole una de sus sonrisas pícaras—. Sólo quisimos darle tiempo al chico para que salga del pozo en que se metió.

—Oh... bueno, en ese caso, continúen.

—Gracias, tío Tony, pero no es necesario —Derek enfrentó a la mujer que tenía delante—. Lady Elizabeth, no puedo decir que lamente que no se enterara antes de las dificultades de su esposo, pues de lo contrario, no habría conocido a su sobrina. Pero...

—Esa es una actitud bastante egoísta, joven —interrumpió ella, con aire rígido.

—Lo será, pero yo la amo, ¿entiende? Y quiero casarme con ella.

Elizabeth parpadeó: no esperaba eso. Y tampoco, que Derek Malory fuese un joven tan apuesto. Había acudido a esa casa muy enfadada, preparada para hacer lo que fuera necesario para sacar a Kelsey de esa situación agobiante. No había pensado que, quizá, la sobrina no quisiera salir de ella.

—¿Sabe Kelsey que usted quiere casarse con ella? —le preguntó.

—Sí.

—¿Y qué opina?

—Se niega a casarse conmigo.

—¿Por qué?

—Por el escándalo que se produciría.

—Ah, sí, el escándalo que es imposible evitar. ¿Le dije que el título pasará al hijo a través de ella junto con una fortuna fabulosa y varias propiedades? Pese a cualquier escándalo que levante la muchacha, en realidad no tendrá mucha dificultad en hallar marido.

—Esta familia ya ha sufrido demasiado escándalo relacionado con nuestro apellido —opinó Edward, irritado—. Y por cierto, no necesitamos ninguna fortuna fabulosa.

—¿De modo que así es como sopla el viento por aquí? —quiso saber Elizabeth, con un resoplido indignado.

—No, *no* es así —respondió Derek, enfático, mirando al tío con expresión exasperada.

—Mi hijo está en lo cierto. Si se casa con la chica, contará con todo mi apoyo.

Los ojos de todos los presentes se clavaron en Jason, la mayor parte de ellos mostrando asombro e incredulidad. Y otra vez, se hizo silencio.

Georgina fue la que lo quebró:

—Por Dios, James, no creí que fueses *tan* persuasivo.

James resopló.

—No me mires a mí, George. El cambio de idea no se debió *a mí*.

Y Anthony agregó:

—¿James, persuasivo? Sólo con los puños, mi querida muchacha, y, como verás, Jason no tiene ninguna marca.

Edward protestó en voz alta:

—Esto es absurdo, Jason. ¿Dejarás que te persuada el hecho de que ahora tenga excelentes credenciales? ¿No pensaste que eso hará que el escándalo sea peor aún?

—Es muy probable —admitió Jason—. Pero ya he cambiado de opinión, y no volveré a cambiarla ahora, sólo porque la muchacha resulte ser una dama. He llegado a la conclusión de que debo dar a Derek mi apoyo en esta cuestión, para que no cometa el mismo error que yo cometí.

—¿Qué error? —preguntó Edward.

—Eso queda entre Derek y yo. Si la muchacha lo acepta, tiene mi bendición.

Derek no agradeció a su padre ese apoyo inesperado. Aunque ese cambio quitó algo de hierro a la ira que aún lo alteraba. Y ahí estaba otra vez ese estúpido nudo en la garganta, que amenazaba con ahogarlo.

Tuvo que aclararse varias veces la voz antes de poder decir a Elizabeth:

—Si viene conmigo, la llevaré junto a Kelsey. Tal vez usted pueda convencerla de que se case conmigo.

Elizabeth bufó.

—Eso, si acepto que ella lo haga. Pero después de ver lo dividida que está esta familia, joven, no estoy segura de que esa boda sea conveniente.

53

Kelsey estaba sentada, rígida, sobre el sofá de su cuarto. Derek se paseaba de un lado a otro, con expresión inescrutable. También estaba Elizabeth, sentada junto a su sobrina. Por eso, el rostro de la joven estaba en llamas. Ahora, ambos sabían toda la verdad. Y se sentía tan avergonzada que casi huyó corriendo del cuarto... varias veces.

—Tendrías que haber acudido a mí, Kelsey —estaba diciendo Elizabeth—. Yo tenía dinero más que suficiente para cubrir las deudas de Elliott. No había necesidad de que sucediera nada de todo esto.

—En aquel momento, no parecía posible —replicó la joven—. Ni Elliott ni yo teníamos la menor idea de que tú tenías algún dinero propio.

Elizabeth suspiró.

—Lo sé. Y comprendo el sacrificio que has hecho para protegernos a todos nosotros. Lo que me vuelve loca es que esto haya sucedido. Te juro que, de verdad, habría matado a Elliott si hubiese tenido una pistola a mano.

—No esperaba que confesara.

—La culpa lo roía, supongo. Sabe que traspasó los límites de la decencia. Y conscientemente puso esa idea en tu cabeza, querida mía. También lo admitió. No es excusa que haya estado desesperado.

—¿Dónde está ahora?

—No lo sé, ni me importa —dijo Elizabeth, tensa—. Lo eché de mi casa. No puedo perdonarle que hiciera semejante atrocidad.

—Sin embargo, la decisión fue mía, tía Elizabeth. Él no me obligó a venderme.

—*No* lo defiendas...

—Entonces, permítame que lo haga yo —interrumpió Derek—. Me alegra mucho que hiciera lo que hizo, por la razón que sea.

—¡Derek! —exclamó Kelsey.

—Me alegro —insistió—. Lamento la ansiedad que ha debido soportar usted, señora, pero no lamento haberte conocido, Kelsey, ya que de otro modo no te habría conocido.

En ese instante, su expresión no era inescrutable sino apasionada. Hablaba muy en serio. Ciertamente, Kelsey se conmovió de que Derek hablase en serio... y empezó a ruborizarse una vez más.

—Egoísta —murmuró Elizabeth—. Además, no viene al caso. Kelsey vuelve a casa conmigo. Después de uno o dos años, cuando se haya olvidado todo este lío, será presentada como es debido.

—No —dijo Derek, terminante—. Si quiere que inicie un cortejo en regla, estoy de acuerdo. Pero no en esperar un año o dos...

—Joven —interrumpió Elizabeth severamente—, *no* le corresponde a usted decidirlo, y no creo haber hablado de que mi sobrina se case *con usted*.

Al ver que Derek miraba a su tía con expresión hostil, Kelsey sofocó un grito.

—Señora, usted sabe que, debido a mi relación con Kelsey, la he comprometido más allá de toda redención. ¿Por qué diablos *insiste* en que no me case con ella?

—Porque no insistiré en que se case con nadie. Ella es

la que deberá decidir con quién y cuándo se casará, y aún no la he oído decir que quiera casarse con usted.

Kelsey tuvo que taparse la boca para disimular la sonrisa. Ver a esos dos cabezas duras era... asombroso, que era lo menos que se podía decir. Y conocía a su tía: Elizabeth se mostraba arbitraria sólo para fastidiar a Derek. Lo más probable era que creyese que él era el marido ideal para Kelsey, aunque no estuviese dispuesta a admitirlo.

Suspiró, porque ahora Derek había puesto sus ojos en ella, esperando una respuesta, y la respuesta seguía siendo la misma:

—Nada ha cambiado en ese aspecto, Derek. Yo no confío tanto como mi tía en que esta cuestión se olvide. Los hombres saben que tú estabas allí aquella noche, te nombraron por tu apellido y todos saben que me convertí en tu amante. Si te casaras conmigo, se horrorizarían. Tampoco mostrarían discreción.

—Kelsey, ¿cuántas veces tengo que decírtelo? Me importa un condenado rábano cualquier escándalo que pueda surgir relacionado con nosotros.

—Eso no es cierto, lo sabes —replicó—. Tuviste sumo cuidado en no provocarlos, porque sabes que tu padre los aborrece.

—Ahora, mi padre aprueba nuestro matrimonio —dijo, rígido.

Kelsey parpadeó.

—¿Cambió de opinión porque ahora llevo un «lady» unido a mi apellido?

—No, a causa de mi madre. Creo que él quería casarse con ella hace mucho, pero se dejó llevar por las convenciones, y ahora se arrepiente.

—Pero el apoyo de tu padre no impedirá que...

La interrumpió un golpe en la puerta y, sin esperar

un «Pase», Regina Eden asomó la cabeza, con una enorme sonrisa.

—Oh, bueno, veo que no interrumpo nada —dijo, entrando sin rodeos.

—Reggie, aquí estamos sosteniendo una conversación privada —le dijo Derek.

—¿Ah, sí? —fingió sorpresa—. Oh, caramba... bueno, no los molestaré mucho. Sólo me pareció que debían estar enterados del escándalo que estallará mañana.

—¿Otro escándalo? —el joven suspiró—. Y ahora, ¿de qué se trata?

—Bueno, sé de muy buena fuente que mañana, en Londres, empezará a divulgarse el rumor de que la novia de Derek desde hace mucho tiempo... —se detuvo para mirar a Kelsey—. ¿Sabes que han estado comprometidos desde que ella nació? Bueno, como sea, a esta joven le afligía tanto que él no se decidiera a casarse con ella, que resolvió presionarlo un poco, para ver cuáles eran sus sentimientos.

—Reggie, ¿de qué estás hablando? —preguntó Derek, sin poder creer lo que oía—. En mi vida estuve comprometido.

—Claro que lo estuviste, primo, y déjame terminar. Este chisme se pone mucho más interesante.

—Ha perdido el juicio —aseguró el primo a Kelsey—. Te juro que no he tenido una novia...

—Oh, cállate, primo, por favor —lo interrumpió Reggie, sonriendo—. Bien, como iba diciendo, esta joven es, en cierto modo, una arpía, y le agradan las bromas pesadas... así era yo de joven, y llegó a la conclusión de que el único modo de saber qué era lo que en realidad sentía lord Malory era obligarlo a comprarla, y nada menos que en una subasta. ¡Imagínense! Sé que es un horror, pero la pobre chica está tan enamorada de él, que no ha pensado con lucidez. Y él pagó para sacarla de esa estúpida subasta, y podría agregar, que fue una suma exorbitante. Es muy romántico, ¿no les parece? Por supuesto, él la llevó directamente a la casa de su tía y adelantó la fecha de la boda, para cerciorarse de que ella no haría otra tontería por el estilo.

Derek estaba maravillado.

—¡Por Dios, Reggie, lo has resuelto de manera brillante!

Su prima le dedicó una expresión radiante, y hasta algo presumida.

—¿No es cierto? De paso, hasta el tío Edward está de acuerdo en que se trata de un escándalo tan ridículo que no provocará más que unas pocas risas en el gran mundo, por lo menos entre los caballeros. A las damas, en cambio, les parecerá muy romántico, como a mí.

—Es muy probable —admitió Elizabeth—. Tiene cierto atractivo, eso del joven que se ve obligado a rescatar a la dama de su propia locura.

—¿Kelsey? —dijo Derek—. Este escándalo no es nada comparado con la verdad, que nadie conocerá.

Ella sabía qué estaba preguntándole. Pero no contestó de inmediato. Necesitó unos minutos para entender que había desaparecido el motivo por el que no podía casarse con él. Y el argumento que aún no había expresado pasó a ser ahora el único obstáculo hacia la felicidad.

Lo dijo sin más:

—¿Esperas que me case con un hombre que no me ha dicho ni una sola vez que me ama?

Derek no podía creerlo. Regina puso los ojos en blanco. Elizabeth rió, y dijo:

—Los hombres son remisos a decirlo. Se lo dicen a todas, excepto a la que necesita escucharlo.

—Lo mismo hacen las mujeres —señaló Derek, alzando una ceja—. ¿O acaso te he oído expresar tus sentimientos?

Kelsey se sonrojó.

—Creo que yo también he sido remisa.

—Me parece que es hora de que nos marchemos —dijo Reggie a Elizabeth.

—De acuerdo.

Kelsey no quitaba sus ojos de Derek; tampoco oyó la puerta que se cerraba tras su amiga y su tía. Derek tomó su mano, la animó a ponerse de pie y la besó con dulzura.

—Dilo, querida mía. Di que me amas.

—Te amo —admitió—. Mucho, mucho.

Derek sonrió:

—Lo sabía. Y tú sabes que te amo. Lo has sabido desde la primera vez que te pedí en matrimonio. ¿Qué otro motivo tendría para pedirte que seas mi esposa?

Kelsey suspiró y se apoyó en él.

—¿Quién puede saber cuáles son los motivos de un hombre? Yo, no. Necesitaba escucharlo, Derek.

La abrazó más fuerte.

—Muchacha tonta, desde hoy nunca dejarás de oírlo.

54

Derek entró en la sala de Haverston con Kelsey a su lado, la mano de ella firmemente asida a la suya.

—Tengo otro anuncio para hacer —dijo, orgulloso, a la familia reunida.

—No es necesario, querido muchacho —replicó James, con una amplia sonrisa—. La expresión de tu cara lo dice todo.

—Deja que lo diga, de todos modos —dijo Anthony a su hermano—. No es frecuente que un Malory quiera atarse por su propia voluntad.

Derek rió.

—Lady Kelsey ha aceptado casarse conmigo, gracias a la habilidad de Reggie para divulgar rumores. De paso, ¿dónde está esa pícara? Le debo un enorme abrazo.

—Me parece que está jactándose ante ese inútil con el que se casó —respondió James con sequedad—. La pequeña está demasiado complacida consigo misma.

—Y con razón —intervino Amy—. Estoy muy contenta por ti, Derek.

—Sigo insistiendo en que la mejor opción era marcharse a Estados Unidos —añadió Warren.

—Muérdete la lengua, yanqui —dijo James—. Resulta que mi sobrino es civilizado. No le gustaría vivir entre bárbaros impetuosos como sois vosotros.

Warren se limitó a reír.

—Tú te casaste con una de esas norteamericanas, ¿o acaso escapó a tu conocimiento?

—Mi George es una excepción, te comunico —insistió James.

—Gracias... creo—dijo Georgina, riendo.

Pero Anthony se quejó:

—Ya no es divertido fastidiarlo, no, no lo es. Pero el viejo Nick sigue mordiendo el anzuelo... y con bastante seguridad, podría agregar.

—¿No es cierto? —rió James—. Lo que pasa es que los ingleses somos mucho más de fiar.

Warren no hizo más que resoplar ante esa otra pulla, pero Edward los reconvino.

—Terminad con eso, vosotros dos. Es momento para buenos deseos —y agregó, con rigidez, sonriendo a Kelsey—: Es un placer conocerte, querida mía. Estoy seguro de que serás una excelente adquisición para los Malory.

—Sí, lo será —confirmó Jason, en voz serena.

Derek miró a su padre, que estaba en su sitio de costumbre, junto al fuego. La expresión de Jason era reservada, pero su hijo no podía reprocharle por eso. Las últimas palabras que habían cambiado no habían sido de ninguna manera agradables.

—Padre, ¿podría hablar un momento contigo?

Jason asintió y lo precedió hacia el estudio. Derek llevó a Kelsey con él. Y se encontraron con Molly que venía por el pasillo, por lo que no fue necesario ir a buscarla.

—¿Puedes reunirte con nosotros, por favor? —le pidió Derek, señalando el estudio, en el que Jason ya había entrado.

Molly asintió, con gestos rígidos, y se adelantó, para ir a colocarse junto a Jason. Derek se sintió culpable por causarle inquietud. Era su madre... pero aún no se había acostumbrado a esa situación.

—Admito que estaba enfadado —empezó—. Pero con la felicidad que siento ahora, ya no hay espacio para eso —por si quedara alguna duda de la causa de su felicidad, llevó la mano de Kelsey a sus labios—. Ahora que esas ardientes emociones ya no me nublan el juicio, he comprendido ciertas cosas.

Tuvo que hacer una pausa para aclarar su voz. Otra vez empezaba a formarse ese maldito nudo. La expresión de Molly se había suavizado. Había sonreído a Kelsey y ahora sonreía al hijo.

—Oh, demonios —dijo el joven, atravesando la habitación para rodear a Molly con sus brazos—. Lo lamento. No quise causarte ninguna aflicción. Lo que pasa es que recibí una sacudida, y me sentí... tan despojado —se echó atrás para mirarla—. Sé que siempre has estado presente cuando necesitaba una madre, sólo que hubiera deseado poder llamarte así. Pero creo que entiendo por qué te pareció que no era necesario.

—No innecesario, Derek —replicó la mujer, con gentileza—. Sólo que lo creí mejor para ti... pero ahora admito que esa decisión puede haber sido un error. Me hizo perder muchas cosas. Y ahora, sabiendo cómo te sientes, seguramente lamentaré siempre...

—No lo lamentes —la interrumpió—. Ya ha habido demasiados arrepentimientos. Ahora, al menos lo sé. Aun así, si sigues prefiriendo que no te llame madre, lo entenderé.

Molly estalló en lágrimas y lo abrazó con fuerza.

—¡Oh, Derek, siempre te he amado tanto! Puedes llamarme como te dé la gana.

Eso hizo que Derek riera a carcajadas. Jason también rió entre dientes. Derek miró a su padre sobre la cabeza de su madre, y vio algo que nunca había visto: Jason realmente amaba a Molly Fletcher. Lo vio en la expresión que él tenía cuando la miraba.

—Supongo que vosotros dos no debéis de haber pensado en casaros.

Jason lanzó un suspiro de sufrimiento largamente contenido.

—Ella no me acepta.

Molly bufó, mientras se enjugaba los ojos.

—Eso no es necesario —dijo. Y a Derek—: Quiero que sepas que, así como estamos, tu padre y yo vivimos muy felices. No hay necesidad de revolver el avispero sólo por un estúpido papel, ninguna necesidad.

—Tengo la intención de insistir —dijo Jason, guiñando el ojo a su hijo.

Derek sonrió.

—Por algún motivo, imaginé que lo harías.

—Pero yo no cambiaré de idea —dijo Molly y sonrió a Jason—. Aunque no me molestará que lo intentes.

Esa noche, cuando Derek llevó a Kelsey de vuelta a la posada, para hacer sus maletas —iría a instalarse en Haverston hasta la boda—, le dijo:

—Esta noche, durante la cena mi tío Anthony tenía razón. En realidad, no me atrevería a provocar tu ira... jamás.

Kelsey rió.

—Tu tío estaba bromeando. No es un rasgo familiar matar a los maridos, *en realidad*. En cambio, arrojarlos al fuego es otra cosa.

Derek rió y la atrajo a sus brazos.

—Lo tendré presente, mi amor. Pero no tengo intenciones de hacer que te enfades conmigo. Lo que pienso hacer es enloquecerte de amor.

—Ah, eso me gusta—dijo, besándole la mejilla y luego el cuello—. ¿Crees que podrías hacerme una pequeña demostración?

Derek gimió, y buscó los labios de Kelsey para darle un apasionado beso.

—Tus deseos son órdenes —dijo unos instantes después, con voz ronca—. Y esa es una orden que jamás me cansaré de escuchar.

Kelsey lo miró, con el amor brillando en sus ojos grises.

—Entonces, demuéstramelo, Derek. Demuéstramelo ya.

Lo hizo, con el mayor de los placeres.